Sade A felicidade libertina

ELIANE ROBERT MORAES

Sade

A felicidade libertina

ILUMI/URAS

Copyright © 2015
Eliane Robert Moraes

Copyright © desta edição
Editora Iluminuras Ltda.

Capa e projeto gráfico
Eder Cardoso / Iluminuras
sobre ilustração para o livro *Histoire de Juliette*, Marquês de Sade.
Gravura anônima, Holanda, 1797; contracapa: ilustração para o livro
Les Aphrodites, Andrea de Nerciat. Gravura anônima, França, 1793.

Revisão
Lia Cremonese

CIP-BRASIL. CATALOGAÇÃO-NA-FONTE
SINDICATO NACIONAL DOS EDITORES DE LIVROS, RJ
M819s

Moraes, Eliane Robert
　　Sade: a felicidade libertina / Eliane Robert Moraes. - 2. ed. - São Paulo : Iluminuras, 2015.
　　210 p. : il. ; 23 cm.

　　ISBN 978-85-7321-457-4

　　1. Literatura francesa. I. Título.

14-17056　　　　CDD: 843
　　　　　　　　CDU: 821.133.1-3

2020
EDITORA ILUMINURAS LTDA.
Rua Inácio Pereira da Rocha, 389 | 05432-011 | São Paulo/SP | Brasil
Tel./Fax: 55 11 3031-6161
iluminuras@iluminuras.com.br
www.iluminuras.com.br

Para Maíra,
com saudades da Dorety.

SUMÁRIO

Nota introdutória à segunda edição, 9
Apresentação — *Renato Janine Ribeiro*, 15

CAPÍTULO 1 — *A VIAGEM*

I — O roteiro da libertinagem — Itália: sensualidade e desmedida — As aventuras de Casanova, 23

II — A peregrinação de Justine e o turismo esclarecido de Juliette — O pensamento materialista e a finitude do mundo, 35

III — Viagem e conhecimento no século das Luzes — Os relatos imaginários e as expedições científicas — Os livros de viagem — O viajante-filósofo e a curiosidade impura do libertino, 45

CAPÍTULO 2 — *O CASTELO*

I — A paisagem no século XVIII: dos jardins geométricos à "grande natureza" — Os abismos, 61

II — A ilha, a montanha e o vulcão — Isolamento e amizade na libertinagem — O motivo alpestre e a sensibilidade romântica, 73

III — O castelo gótico — A atmosfera sombria do *roman noir* — Tédio e terror: o *mal de vivre* — O harém oriental: jardim das delícias e dos suplícios — O convento, escola sentimental, 85

IV — O castelo e o sangue — La Coste, o Silling de Sade — O espaço celular: a Bastilha — Walpole e Beckford: o castelo imaginário, 105

CAPÍTULO 3 — *O TEATRO*

I — Artifício e natureza nos cenários do deboche — As origens da desigualdade em Sade e Rousseau — A destruição como princípio natural — A filosofia biológica do século XVIII — O teatro na sociedade setecentista, 119

II — Os figurinos libertinos e a sedução — O comediante, homem das ilusões — A polêmica entre Rousseau e Diderot — A arte da libertinagem — A teatralização do social: identidade e máscaras sociais, 133

III — O teatro de Sade no hospício de Charenton — A psicologia do crime — Ver e ferir: o espetáculo da crueldade, 153

CAPÍTULO 4 — *O BANQUETE*

I — O cerimonial palaciano e a ceia do deboche: requinte e excesso — Brillat-Savarin: a excelência das aves — O cardápio de vinhos — A medicina dos humores e o temperamento lúbrico, 169

II — O gosto pelo discurso — O banquete em Platão e Rabelais — Culinária e filosofia, 185

III — A expansão da oralidade: corpos e alimentos — A sujeira como luxúria — A dieta libertina, 195

IV — A carne humana como gastronomia — A mesa cirúrgica e o altar de sacrifícios — A "parte maldita" e o "modo de improdução libertino" — A questão da autofagia — Consumo e consumação, 209

CAPÍTULO 5 — *O BOUDOIR*

I — O sentimento de intimidade — A privacidade na arquitetura setecentista — Rousseau e o lar; Sade e o *boudoir* — A família, a educação e a sexualidade, 221

II — A torre como *topos* literário — A espacialidade sadiana e os subterrâneos — As entranhas da Terra, 233

III — Razão e paixão no iluminismo — O *philosophe* de Diderot — A filosofia lúbrica — A otomana e os espelhos, 243

IV — A apatia do devasso: estoicismo e epicurismo — Deleuze e a "espiritualização do erotismo" — Viagem e intimidade na literatura pós-revolucionária — A clausura do leitor moderno — Sade e os "vícios privados", 253

BIBLIOGRAFIA, 267

Nota introdutória à segunda edição

Nos últimos anos de vida, passados no hospício de Charenton, o marquês de Sade escreveu um testamento em que, além de dispor dos poucos bens que lhe restavam, manifestava o desejo de ser completamente esquecido depois de morto:

> que os traços de minha cova desapareçam por debaixo da superfície da terra assim como eu anseio que minha memória se apague do espírito dos homens, com exceção, contudo, do reduzido número dos que bem me quiseram amar até o último momento e de quem levo uma doce recordação ao túmulo.[1]

A se crer em seus biógrafos, as disposições testamentárias não foram obedecidas tal como detalhadas pelo velho marquês, e muito menos o seu desejo de ser banido da lembrança de seus semelhantes. Aliás, nesse caso parece ter ocorrido exatamente o contrário: passados duzentos anos de sua morte, o criador da Sociedade dos Amigos do Crime vem sendo cada vez mais recordado por seus escritos e suas ideias, tendo inclusive sido alçado a um lugar de honra na história da literatura.

Com efeito, esses dois séculos testemunharam um significativo deslocamento de juízo de valor no que tange à sua polêmica

---

[1] SADE, Donatien-Aldonze-François, marquês de, citador por LÉLY, Gilbert. *Vie du Marquis de Sade*. Paris: Gallimard, 1957, t. II, p. 659.

ficção. Comparem-se, a título de exemplo, as palavras hostis de Rétif de la Bretonne com a reverência hiperbólica do poeta Guillaume Apollinaire. Enquanto o primeiro, em 1798, lançou um romance com o título de *l'Anti-Justine*, em cujo prefácio declarava o mais absoluto desprezo pelos livros do marquês — "Ninguém ficou mais indignado que eu com as obras do infame Sade" —,[2] o segundo se empenhou na organização da primeira antologia de escritos sadianos de que se tem notícia, publicada em 1909 com um estudo biográfico que exalta o escritor libertino como "o espírito mais livre que jamais existiu no mundo".[3]

Com essas palavras, estava dado o passo definitivo para que o autor de *Justine* viesse a ser venerado pelas vanguardas modernistas, em especial pela geração que se reunia em torno do surrealismo, agregando artistas e pensadores que lhe conferiram um papel fundamental nas grandes transformações sensíveis por que passara a Europa. Considerado um dos mais importantes surrealistas *avant la lettre*, lido e interpretado por nomes como Artaud, Bataille, Klossowski, Magritte, Buñuel ou Breton, Sade influenciou de forma decisiva essa geração, tornando-se unanimidade em meio a grupos nem sempre afinados uns aos outros. Mas Apollinaire havia ido além e profetizara que a figura do marquês iria "dominar o século XX".[4]

Foi o que de fato aconteceu e, com tal intensidade, que os anos Novecentos viram o mais perigoso escritor ocidental se transformar em um respeitável clássico. Para tanto, concorreram as diversas publicações de sua obra completa, iniciadas em 1949 com a ousadia pioneira de Jean-Jacques Pauvert. Estas se multiplicaram depois da supressão da censura nos anos 1960, culminando na edição da prestigiosa Bibliothèque de la Pléiade, capitaneada por Michel Delon no final do século. Acrescente-se a isso o grande número de traduções realizadas nas últimas décadas, em vários idiomas, além

---

[2] BRETONNE, Rétif de la, citador por LÉLY, Gilbert. *Vie du Marquis de Sade*. Paris: Gallimard, 1957, t. II, pp. 531-32.
[3] APOLLINAIRE, Guillaume. "Introduction", *L'OEuvre du Marquis de Sade*. Paris: Bibliothèque des Curieux, 1909, p. 17, tradução nossa.
[4] Idem, ibidem.

de expressiva quantidade de estudos universitários colocados em circulação pelo mercado editorial. Vale lembrar, para ficar num só exemplo, que uma bibliografia organizada em 1973 por E. Pierre Chanover apontava quase seiscentos títulos em torno do autor, a maior parte publicada a partir de 1950.[5]

Afinal, "por que o século XX levou Sade a sério?" — pergunta Delon para responder logo em seguida, com palavras certeiras: "porque ele é um dos nossos maiores narradores da crueldade e do absurdo, um incansável inimigo de todos os dogmas, um mestre do humor negro e um poeta das nossas piores angústias".[6] Considerações que Annie Le Brun de certa forma reitera ao afirmar com igual convicção que "Sade coloca a questão do irrepresentável", enfrentando asim uma das maiores inquietações da história da representação, que ganhou particular centralidade na vida sensível do século passado.[7] Escusado dizer que formulações como essas, tão categóricas quanto recentes, estão na base do notável empenho que vem sendo levado a termo na atualidade no sentido de realizar uma efetiva exegese da literatura sadiana.

Maldito no XVIII, clandestino no XIX, divino no XX, o marquês chega ao século XXI com extraordinário vigor, ocupando uma posição única como pensador e escritor. A excelência das publicações e dos eventos realizados em 2014, ano do bicentenário de sua morte, não deixa dúvidas sobre tal evidência e tampouco sobre seu promissor devir. Uma vez confirmados dados importantes sobre o que Annie Le Brun qualifica de "influência subterrânea de Sade" na moderna cultura ocidental – como a leitura atenta de seus livros por autores como Flaubert, Baudelaire e Goethe, ou por artistas como Goya, Delacroix e Rodin, para citar apenas alguns nomes oitocentistas — abrem-se novos caminhos a serem explorados.[8] Além disso, o legado deixado por seus leitores

---

[5] CHAVONER, E. Pierre. *The Marquis de Sade: a bibliography*. Metuchen, Scarecrow Press, 1973
[6] DELON, Michel. "Donatien Alphonse François, marquis de Sade". In LEMOINE, Hervé (dir.), "Commémorations nationales 2014", Paris: Archives de France / Lyon: Éditions Libel, 2013, p. 155.
[7] LE BRUN, Annie. "Sade pose la question de l'irreprésentable" In *Sade – Attaquer le soleil*, Paris: Musée d'Orsay / Beaux Arts Éditions, 2014, p. 4.
[8] Idem, Ibidem, p. 4-5.

dos últimos cem anos — que vão de Adorno a Barthes, de Lacan a Foucault, de Mishima a Moravia — constitui uma fortuna crítica que demanda balanços e revisões, insinuando outras veredas a serem trilhadas. São realmente tantas que talvez seja o caso de se rever o alcance da profecia de Apollinaire para constatar que, definitivamente, a figura de Sade tornou-se incontornável também na contemporaneidade.

*

Sade — A felicidade libertina participa dessa linhagem de estudos contemporâneos que insiste em propor interpretações para o pensamento sadiano, não obstante compartilhe com outros estudiosos a convicção de que o marquês continua sendo irredutível a toda e qualquer interpretação. Ou, como sintetizou Simone de Beauvoir há mais de meio século, "habitado pelo gênio da contradição, seu pensamento emprega-se em frustrar quem quiser fixá-lo e desse modo ele atinge seu objetivo que é preocupar-nos".[9] Não se trata, pois, de buscar desvendar o enigma que sua obra encerra, mas de tentar reconhecê-lo. Tal é, pois, o objetivo central deste trabalho.

Para tanto, o estudo se valeu de uma estratégia que foi sugerida na própria leitura, consistindo em acompanhar o itinerário dos libertinos desde a viagem, frequente ponto de partida dessas narrativas, até sua chegada, quando se instalam no *boudoir*. Cada capítulo representa uma espécie de "parada" na trajetória prometeica desses personagens, que se inicia nos espaços abertos do universo para se fechar progressivamente nos interiores, onde a experiência da devassidão assume contornos cada vez mais nítidos e insuportáveis. Assim, o percurso proposto nesses cinco capítulos toma ao mesmo tempo duas direções: uma horizontal (do externo ao interno), outra vertical (da superfície ao fundo).

Por isso também, essas "paradas" nos incitam a considerá-las em duplo registro: a viagem, o castelo, o teatro, o banquete e o *boudoir* propõem-se como *imagens literárias*, remetidas ao

---

[9] BEAUVOIR, Simone. "Deve-se queimar Sade?", in SADE, Donatien-Aldonze-François, marquês de; *Novelas do Marquês de Sade*. Augusto de Sousa (trad.). São Paulo: Difusão Europeia do Livro, 1961, p. 38.

romanesco de Sade, e como *figuras do conhecimento*, insinuando a presença do pensar filosófico. Este trabalho buscou valer-se dessa clave dupla, a ficção e a filosofia, tentando fazer jus a um autor que apresentava sua obra como "literatura filosófica". Mas foi preciso ainda, para matizar tal diálogo, lançar mão da história, trabalhar com as visões de uma época em que, para citar um só exemplo, a noção de libertinagem assumia significados um tanto distintos e bem mais complexos dos que viria a conhecer ao longo dos séculos seguintes.

Publicado originalmente em 1994, a nova edição deste ensaio faz coincidir seus vinte anos com o bicentenário da morte do autor. Contudo, diferente do que ocorreu no plano internacional nesses dois séculos, pouco se produziu sobre o marquês ao longo das duas últimas décadas no país. Por tal razão, apesar das promissoras exceções em termos de estudos e traduções, a reedição de *Sade — A felicidade libertina* ainda logra cumprir seu intento inicial, que era o de apresentar a ficção sadiana ao leitor brasileiro. Dito isso, convém alertar que, ao texto revisto e modificado, decidiu-se acrescentar uma série de imagens que, produzidas entre meados do século XVIII e a primeira metade do XIX, dialogam em profundidade com o imaginário de Sade, sendo que algumas delas foram inclusive criadas para ilustrar seus romances.

Por fim, vale lembrar que, como todo livro, este também tem uma história que passa por muitas pessoas. Por se tratar de um percurso que já completou quase um quarto de século, seria difícil citar cada um dos nomes que se ligam a este trabalho, entre os quais se encontram colegas, amigos e familiares, a quem sou imensamente grata. Não posso, porém, deixar de mencionar Renato Janine Ribeiro, que está na origem desta história, e Fernando Paixão, com quem compartilho esta e tantas outras histórias. Ao primeiro, um agradecimento vivo e renovado; ao segundo, uma gratidão profunda que também tem o nome de amor.

Eliane Robert Moraes
Novembro de 2014

Apresentação

Renato Janine Ribeiro[1]

Estudando uma obra complexa como a de Sade, o especialista pode ver-se tentado a encontrar seu sentido, sua coerência. Não é o que faz Eliane Robert Moraes neste livro, e esse me parece ser o seu grande mérito. Se ela buscasse pôr ordem numa produção vasta e por vezes desencontrada, na qual fica difícil conhecer qual a parte da obra, qual o quinhão da vida, certamente acabaria perdendo o sabor do caos com que Sade acolhe seu leitor: a desordem é, nele, importante. Algo de bastante fundamental na literatura e na arte começa a acontecer em seu tempo, que podemos resumir em duas características. Primeira, a vida, que antes se apagava e desfazia ante a obra, vai-se tornando quase tão relevante quanto esta, em artistas que certamente, como hoje, não passam de uma minoria, mas mesmo assim significativa. Faz parte, portanto, da obra sadiana a sua vida irrequieta, à beira do crime e da reclusão — como fazem parte da biografia de Sade seus livros; mais tarde, também será impossível falar de Gauguin sem a ruptura que ele efetua com o mundo bem-pensante e sua partida para o Taiti, ou de Van Gogh sem a orelha cortada e o suicídio, ou de Toulouse-Lautrec sem o aleijão. Tudo isso podem ser anedotas, mas elas assumem uma importância de que não temos paralelo nos autores da era chamada clássica, ou talvez barroca; corrigindo: até o século XVIII a biografia pode em certos casos ser importante para conhecer o autor, mas ela é apenas explicativa (como no caso do jansenismo de Pascal e Racine), ao passo que em autores mais recentes ela adquire uma densidade quase comparável à

---

[1] Renato Janine Ribeiro é professor titular de ética e filosofia política na Faculdade de Filosofia, Letras e Ciências Humanas da Universidade de São Paulo (FFLCH-USP).

da obra. Ou, melhor dizendo: ela é inquietante como a obra. E essa é, seguramente, a segunda característica que descortinamos desde Sade. A presença da vida na obra, e por vezes da obra na vida, não é de ordem neutra. Não se limita a esclarecer, a sanar pontos obscuros. Ao contrário, amplia até a desmedida o obscuro, o perturbador. Traz o espectro da loucura ou, pelo menos, o dos limites fraturados da razão. É o caso tanto dos pintores que mencionei como também o de Nietzsche ou o dos grandes teatrólogos escandinavos de fins do século XIX. Em suma, a vida entra em cena na obra como um elemento quase destruidor, que aparece para trazer a guerra e não a paz, para embaralhar e não para ordenar.

Se essas observações valem para a grande novidade que Sade nos proporciona — talvez o primeiro grande escritor de ficção a instaurar relações assim novas entre seus escritos e seu vivido —, compreende-se que não seja muito adequado lê-lo no intento de dar-lhe um sistema. Uma tal tática terá sua utilidade, mas receio que jamais alcance o vigor de uma estratégia, que jamais consiga dar conta do que, nesse autor, é essencial. E por isso considerei muito feliz — enquanto acompanhava, como orientador, ou, deveria dizer, como leitor, o belo mestrado em filosofia que resultou neste livro — ela tomar o partido de recusar a leitura totalizante ou sistemática para enfrentar a vasta obra sadiana quase como uma guerrilheira, elegendo cinco temas fundamentais — duas atividades e três lugares — e retraçando o que neles é essencial.

O leitor logo verá o percurso de Eliane: principiando pela viagem (a saída de si, percurso horizontal), ela passa por uma construção que é clausura (o castelo), para assim revelar que tudo é rito, é cerimônia construída — que a própria viagem e sua estase, o castelo, são cenário. Daí que o capítulo sobre o teatro se situe a meio caminho, como que dando uma chave para o tema. E a partir daí pode Eliane montar as duas grandes encenações do discurso, os dois lugares em que se teatraliza o logos filosófico: primeiro, o banquete, ocasião em que a boca recebe alimento e exala palavras; segundo, o boudoir, como o castelo um local, porém íntimo, fechado, que é o lar da filosofia. Nesses dois lugares discursivos, o principal tema das falas é o prazer, o da mesa, o da cama. De um trajeto no qual recorreu à análise literária, à história das ideias e até à antropologia, Eliane pode, assim, culminar em alguns grandes temas filosóficos: os da ética (o Mal), da estética (a construção da obra de arte), da política (os despotismos em que se associam paixão e poder) e do conhecimento (qual é o papel do filósofo).

Talvez o que mais convenha salientar aqui, porém, são alguns pressupostos que Eliane utilizou para propor essa leitura, cuidadosa e cativante. Mais que pressupostos, trata-se talvez de opções bem conscientes. Primeiro, uma extrema atenção à imagem, à materialidade do significante. É uma perspectiva que podemos dizer oposta à da transcendência. Um autor como Sade, tão peremptório em seu materialismo, provoca alguns de seus leitores, os de vocação mais espiritual, a procurar descobrir o que está por trás das imagens, como se ele estivesse, em sua blasfêmia mesma, tentando balbuciar uma carência do espírito. Pois a leitura que Eliane efetua é, já por seu modo mesmo, antagônica a essa. O que ela ressalta num banquete, por exemplo, são os alimentos, numerosos, bons, sensuais. O próprio significado que eles tenham se deve buscar, antes de mais nada, neles como significantes. Não se salta a matéria, não se passa impunemente por ela.

Segundo ponto, uma grande atenção ao elemento cênico. Não apenas porque Eliane, num capítulo, que já afirmei nevrálgico, tratará do teatro em Sade, mas porque a própria base de sua leitura está numa ideia de cenários em movimento. Tudo o que ela afirma das imagens em Sade se sustenta em sua teatralização, conceito, por sinal, admiravelmente apropriado às formas sociais do Antigo Regime. Podemos resumir a teatralização em dois elementos. O primeiro é que, se não se chega a proclamar um primado do significante sobre o significado, seguramente se exclui qualquer apagamento daquele em favor de uma suposta soberania deste segundo. Melhor dizendo: a atenção ao teatral exige igual atenção às formas. Para se usar uma distinção velha e imprecisa, mas ainda assim útil, elas são fundamentais para se conhecer o conteúdo.

Já o segundo traço da teatralização reside no movimento que ela imprime às formas. Com efeito, não se trata apenas de formas, mas de cenários ou entrechos, e o fato de estarmos diante de um movimento indica muito bem o caráter produtor, ou produtivo, que é essencial à teatralização. Dizendo de outro modo, a teatralização é tudo menos uma falsidade e é muito mais que um entretenimento. Trata-se de um procedimento no qual extrema atenção se dá ao engate entre forma e conteúdo, significante e significado, operação e espírito. Ora, é justamente esse ponto de encontro — esse ponto de produção — que permite a Eliane mostrar como um mundo, o sadiano, se produz nessas cinco formas que analisa.

Tomemos então uma dessas formas, a que abre o livro: a da viagem. Eliane parte de Sade para pensar a própria história, o tempo mesmo no qual o autor escreve — e não o contrário. Isso ela faz, antes de mais nada, testando em todas as direções o acontecimento viagem. As riquezas do significante se vão, assim, explicitando e se iluminam umas às outras. Por exemplo: a viagem é mobilidade, definição quase acaciana, quase uma tautologia; mas isso pode implicar que seja, também, descoberta. Ela se faz, para os franceses do século XVIII, sobretudo no rumo da Itália. E se reveste de especial sentido para Sade, uma vez ele preso. Aqui temos, pois, uma definição (abordagem filosófica), uma recordação dos itinerários (ponto de vista histórico), uma contraposição entre o autor preso e suas personagens itinerantes (viés biográfico). Torna-se possível agora, a Eliane ou a seus leitores, continuar testando essas diferenças e seus confrontos. O viés biográfico é o da compensação: quanto mais preso na realidade está o nosso autor, mais solto se lança no imaginário. O ponto de vista histórico é o do contexto: a obra se ilumina estudando-se seu entorno como um elemento que concorre para explicá-la. Já a abordagem filosófica parte de uma tautologia: viagem é movimento, portanto, na boa tradição do pensamento europeu, como Eliane recorda em alusão aos portugueses da Renascença, a vida consiste em viajar.

O essencial, todavia, está em fazer funcionarem esses — e outros — registros: em exceder, assim, os seus limites. Caso se contentasse com apenas um deles, a obra de Eliane padeceria de suas limitações: ficaria presa, por exemplo, a uma duvidosa relação da vida com a obra segundo o esquema da compensação ficcional das frustrações vividas ou a uma explicação algo contestável do texto por seu entorno, ou contexto. A multiplicação dos pontos de vista praticada por Eliane deve então ser entendida como um modo de exceder essas limitações — não pelo recurso a uma simples justaposição de procedimentos nos quais um equilibrasse as deficiências do outro, ou a um excesso barroco de quantidades que sonhassem efetuar um salto qualitativo; mas valendo-se de um olhar que, por ser o do prisma, procura dissolver a unidade do objeto, trabalhando-o em suas várias e mesmo antagônicas potencialidades.

Ainda assim, do conjunto extraem-se resultados: não nos perdemos na dispersão. O recurso ao prisma é meio, não fim, deste livro. Por isso, termino salientando duas conclusões que aprecio particularmente no trabalho de Eliane. A primeira consiste no percurso iniciático. Aqui, a autora faz excelente uso da intersecção entre a antropologia e as religiões para, jogando com ideias correlatas aos ritos de passagem e de iniciação, trabalhar em vários níveis a noção de uma mudança. A obra de Sade multiplica pontes, abismos, claustros, ilhas — lugares quer de passagem, quer de encerramento, mas que portam, todos, o sentido de uma transformação em curso, figurada pela translação espacial, e com frequência também o sentido de uma concentração que adensa as experiências novas reveladas no texto. Mas, ao mesmo tempo que na própria obra lemos esses projetos, sucede também em nós, leitores, alguma sorte de passagem, de iniciação. O texto de Sade, apresentado por Eliane na boa, ainda que recente, tradição de um século que deu ao marquês uma popularidade e simpatia antes desconhecidas, não mais se arrasta na repetição ou monotonia de que tanto foi acusado: torna-se o veículo de uma novidade, de uma revelação leiga.

Aqui, a segunda conclusão. Apostando no materialismo de Sade, Eliane Robert Moraes pode então libertá-lo da imagem assustadora que dele construíram os séculos XVIII e XIX. Não, é certo, para compor um marquês bem-pensante, por exemplo, o apóstolo precoce e incompreendido da liberdade sexual. Negar-lhe a identificação com o Mal não significa reduzi-lo a um casto e quem sabe castrado anjo de presépio. Mas era preciso afastar os preconceitos, sair do plano do bem e do mal, para apreender o vigor sensual de uma obra como a de Sade. Dizendo de outro modo, é a perspectiva resolutamente materialista de Eliane que abre caminho para uma leitura que fará mais justiça ao erotismo sadiano do que as leituras assustadas do passado. Para a ficção do marquês expor toda a sua sensualidade, era pois necessário esposar os ritmos de seu pensamento; sem o materialismo, que é de sua filosofia, não será legível o erotismo, que é de sua fantasia. Um repertório de alguns temas seletos assim se mostra especialmente rico para se ingressar no pensamento e na ficção de Sade. E, para terminar numa nota pessoal, minha impressão de leitor que teve o privilégio de acompanhar a escrita deste livro: raras vezes, acredito, o prazer que se tem em ler deverá tanto ao prazer que teve a autora em escrever.

Sete Praias, março de 1994.

Tudo o que é bárbaro conservou o idioma da barbárie. Parece que estamos condenados a falar a língua de nossos cruéis ancestrais, cada vez que imitamos seus costumes atrozes. Vedes o estilo das sentenças, das monitórias, das citações, dos mandatos de prisão; felizmente, é impossível matar ou prender um homem em bom francês.

Sade, *Aline et Valcour*

Se nós admiramos Sade, adoçamos seu pensamento. A bem da verdade, falar de Sade é sempre um ato paradoxal.

Bataille, *O erotismo*

CAPÍTULO I

A VIAGEM

I

> [...] eu viajava; o universo inteiro não parecia vasto o suficiente para abrigar a extensão de meus desejos; ele me apresentava limites: eu não os desejava.
> *Histoire de Juliette*

Minski apresenta-se:

Tendo nascido libertino, ímpio, devasso, sanguinário e feroz, só percorri o mundo para conhecer os vícios e deles só me servi para refiná-los. Comecei pela China, a Mongólia e a Tartária; visitei toda a Ásia; subindo em direção à Kamtchatka, entrei na América pelo famoso estreito de Bering. Percorri essa extensa parte do mundo, ora visitando os povos civilizados, ora os selvagens, unicamente a copiar os crimes de uns, os vícios e as atrocidades dos outros. Na vossa Europa fui testemunha das inclinações mais perigosas, já que condenado a ser queimado na Espanha, esquartejado na França, enforcado na Inglaterra e *mazzolato*[1] na Itália: minha fortuna me protegeu de tudo.[2]

Na África, aprendeu a apreciar a antropofagia, gosto que conserva com paixão, só procurando aumentar-lhe os requintes; após dez anos de viagem retorna a seu país de origem, a Rússia e, aliando a lascívia ao interesse, assassina a mãe e a irmã; herdeiro

---

[1] *Mazzolato*: morto a golpes de um grande martelo.
[2] SADE, Donatien-Aldonze-François, marquês de. *Histoire de Juliette*, in *Oeuvres complètes*. Paris: Jean-Jacques Pauvert, 1987, t. 8, p. 595.

de imensa fortuna, volta à Europa para fixar-se numa insólita ilha no sul da Itália.

No itinerário de Minski temos a trajetória exemplar de um libertino: dotado de natureza peculiar e possuidor de fortuna incalculável, que sempre provém do sangue, ele percorre o mundo para tudo conhecer e experimentar, sendo que tais conhecimentos e experiências só colaboram para reforçar suas inclinações. Encerra-se então num reduto inóspito para poder realizar plenamente seus desejos.

Isolam-se sempre os heróis de Sade; fecham-se em castelos, mosteiros, fortalezas, buscam a clausura para dar vazão às suas tendências voluptuosas. Mas nunca o fazem sem antes viajar. É como se a viagem fosse o ponto de partida desses personagens e o deboche não pudesse eclodir sem os sucessivos deslocamentos que lhe são impostos. Juliette percorre a Itália; Brisa-Testa, sob o nome de Borchamps, faz uma longa turnê pelo norte da Europa; os libertinos de *Les 120 journées de Sodome* deslocam-se para o longínquo castelo de Silling, na Floresta Negra. Além desses roteiros, apontados por Roland Barthes em *Sade, Fourier, Loiola*, há de lembrar Jérôme, primeiro devastando o interior da França, depois explorando o continente europeu de norte a sul. E, ainda, de Sainville e Léonore, que encontram exóticos reinos de Butua e Tamoe no centro da África. A vida no mundo do deboche implica constantes mudanças; não há libertino que não viaje.

Nem tampouco viagem sua que não seja bem-sucedida, o que pode ser comprovado pelo número de vítimas que ele deixa em cada lugar por onde passa, medida das mais seguras na libertinagem. A volta ao mundo empreendida por Minski tem como rastro uma enorme quantidade de mortos; sua hóspede, Juliette, não é menos cruel: só no episódio do incêndio do hospital, durante sua estadia na Itália, ela e seus amigos calculam em mais de vinte mil o número de mortos. Quanto mais vítimas fazem, mais felizes estarão — em perfeito acordo, portanto, com um pressuposto do deboche que esclarece a singular relação entre felicidade e assassinato:

> Supondo haver dez porções de felicidade numa sociedade composta de dez pessoas, ei-las todas iguais, e, consequentemente, nenhuma delas pode gabar-se de ser mais feliz do que as outras; se, ao contrário, um dos indivíduos dessa sociedade chega a privar os outros nove de suas porções de felicidade para reuni-las sobre sua pessoa, com certeza será verdadeiramente feliz; pois desde então poderá estabelecer comparações que antes nem podia conceber.[3]

As dimensões dessa potência e as proporções dessa acumulação evidenciam-se, muitas vezes, pelas viagens. Assim, quando se desloca, o libertino tem não só a possibilidade de aumentar a extensão de sua felicidade, mas também a esperança de fazê-la coincidir com a extensão do mundo. Verneuil é incisivo em seu projeto: "Mais ambicioso do que Alexandre, gostaria de devastar a terra inteira, vê-la coberta por meus cadáveres".[4]

De lugar em lugar, o devasso só acumula êxitos. Nada consegue detê-lo nessa venturosa trajetória, nem mesmo eventuais perseguições a que está sujeito. Posto que as atividades a que se dedica são sempre criminosas, no sentido legal do termo, às vezes é preciso fugir; mas tudo concorre para garantir sua mais plena segurança. A relação entre impunidade e viagens é evidenciada numa das paixões assassinas anotadas por Sade em *Les 120 journées de Sodome*:

> Um grande devasso adora dar bailes, mas sob um teto preparado, que cai assim que o salão está cheio e mata quase todo mundo. Se ele vivesse sempre numa mesma cidade seria descoberto, mas muda-se constantemente; não costuma ser descoberto senão depois do quinquagésimo baile.[5]

Nesse caso é fundamental mudar de lugar para repetir o gozo; nada porém o impede de fazê-lo, e essas mudanças não causam o menor transtorno ao libertino, pois, ao que tudo indica, elas

---

[3] Idem. *La nouvelle Justine*, in *Oeuvres complètes*. Paris: Jean-Jacques Pauvert, 1987, t. 7, p. 103.
[4] Idem, ibidem, p. 193.
[5] Idem. *Les 120 journées de Sodome*, in *Oeuvres complètes*. Paris: Jean-Jacques Pauvert, 1986, t. 1, p. 436.

têm menos a função de esconder o fugitivo do que de viabilizar o aparecimento de novos espaços para a realização do deboche.

A mobilidade é um dos atributos essenciais do herói sadiano. O mundo se oferece a ele ora como um grande laboratório pronto a abrigar suas experiências, ora como um brinquedo feito para contemplar seus gostos, e ele jamais recusará o convite a percorrê-lo, tal o interesse em conhecer e devastar suas terras mais incógnitas, tal a certeza de que a viagem será sempre divertida. "A natureza só criou os homens para se divertirem com tudo o que existe na Terra"[6] — garantia absoluta de que os devassos podem estar em qualquer lugar que desejarem, posto também que não há lugar no mundo onde não encontrem com o que se divertir.

Esse lugar no entanto tem um nome recorrente na obra de Sade: Itália. É para lá que muitos dos grandes libertinos viajam, é lá que vários deles instalam-se definitivamente: "É lá", diz Jérôme seguindo para o sul,

> é sob esse clima delicioso que a generosa natureza inspira ao homem todos os gostos, todas as paixões que podem contribuir para tornar sua existência agradável; e é lá que devem desfrutá-los aqueles que desejam conhecer a verdadeira dose de felicidade que essa terna mãe reservou a seus filhos.[7]

Nesse sentido a viagem de Juliette é exemplar. Ela transfere-se para a Itália logo após o envenenamento do marido, visando estar ao abrigo da justiça,[8] mas sua fuga transforma-se rapidamente em turismo: atividade de puro prazer, pois não há obrigações a cumprir, nem qualquer obstáculo a atrapalhar, só o intenso pulsar das experiências lúbricas. A cada parada, novas descobertas, todas a contemplar a luxúria: a devassidão do ogre nos Apeninos e dos bandidos de Brisa-Testa na floresta, os sacrifícios realizados no

---

[6] Idem. *Histoire de Juliette*, in *Oeuvres complètes*. Paris: Jean-Jacques Pauvert, 1987, t. 9, p. 578.
[7] Idem. *La nouvelle Justine*, op. cit., t. 7, p. 19.
[8] A Itália aparece como o lugar ideal para os fugitivos. Diz Juliette: "Na Itália, basta mudar de província para estar ao abrigo da justiça: a de um Estado não pode vos perseguir no outro; e, como se muda de administração todos os dias, e constantemente duas vezes ao dia, o crime cometido no *jantar* goza de impunidade à *noite*". SADE, Donatien-Aldonze-François, marquês de. *Histoire de Juliette*, op. cit., t. 8, p. 588.

"Grotte de Fingal, a l'Isle de Staffa dans les Hébrides"
— Desenho de W. Torton, França, 1803-1809.

altar da basílica de São Pedro com o papa no Vaticano, os assassinatos cometidos com a princesa Borghèse nas proximidades do Vesúvio, os excessos do príncipe de Francaville nos arredores de Nápoles, tudo contribui para aumentar o prazer da viagem. Em terras italianas, Juliette é uma turista venturosa.

Não menos venturosa, a se crer pelas descrições, terá sido a viagem de um suposto conde de Mazan por essa península no verão de 1772, fugindo da justiça francesa, que o acusava de libertinagem, e da sogra, que o perseguia, levando consigo a cunhada Anne-Prospère de Launay, por quem está apaixonado.[9] É o que se lê numa nota de *Juliette*:

> Os que me conhecem sabem que percorri a Itália com uma mulher belíssima e que apenas por princípio da filosofia lúbrica dei essa mulher a conhecer ao grão-duque da Toscana, ao papa, a Borghèse, ao rei e à rainha de Nápoles; deveis, portanto, ficar persuadidos de que tudo quanto digo na parte voluptuosa é exato [...].[10]

Reconhece-se no itinerário feliz de Sade o roteiro de Juliette. Mas podemos reconhecê-lo, também, no profundo interesse com que a geração de Sade percorre essas terras. Os anos que antecedem a Revolução Francesa constituem, segundo R. Michéa, "a Idade de Ouro da viagem à Itália".[11] Juliette compartilha, em suas aventuras, do entusiasmo que sua época revela pelo sul, e seu itinerário deve muito aos inúmeros guias que orientam os viajantes franceses. A biblioteca do marquês contava com pelo menos vinte títulos de obras históricas e "turísticas" consagradas à península, entre eles *Description historique et critique de l'Italie*, do abade Jérôme Richard, e *Voyage d'un français en Italie*, do astrônomo Jérôme Lalande, verdadeiras enciclopédias do gênero,

---

[9] LÉLY, Gilbert. *Vie du Marquis de Sade*. Paris: Gallimard, 1952, t. I, pp. 287-309; PAUVERT, Jean-Jacques. *Sade vivant*. Paris: Robert Laffond; Jean-Jacques Pauvert, 1986, v. 1, pp. 281-292.
[10] SADE, Donatien-Aldonze-François, marquês de. *Histoire de Juliette*, op. cit., t. 9, p. 163.
[11] MICHÉA, R. citado por MOLINO, Jean. "Sade devant la beauté", in *Le Marquis de Sade: Colloque d'Aix-en-Provence sur Le Marquis de Sade, les 19 et 20 février 1968*. Paris: Armand Colin, 1968, p. 145, nota 15.

constantemente citadas por ele, que parodia essas fontes de informação adicionando a elas o sabor de uma singular lubricidade.[12]

"Cá estou eu na pátria dos Neros e da Messalinas" — diz a libertina — "respirando um ar mais puro e mais livre".[13] A atmosfera que envolve essas viagens é de um prazer vertiginoso: "através de *Juliette* sentimos soprar o mesmo ar louco que vibra deliciosamente em *La chartreuse de Parme*".[14] Com efeito, essa Itália feliz percorrida por Sade e Juliette assemelha-se muitas vezes àquela que, mais tarde, Stendhal vai atribuir uma magia inexplicável: "Experimento nessa região um encanto que não consigo explicar; parece o amor, mas não estou amando ninguém".[15] Estar em terras italianas significa por si só encontrar a felicidade; a natureza mais emocionante, a música mais apaixonada, as paixões mais viscerais; tudo ali contribui para lançar "uma luz extraordinária sobre as profundidades do coração humano".[16] Na Itália, Stendhal vê um tipo de energia e espontaneidade de que a França carece; libertos da afetação e do convencionalismo excessivo dos franceses, os italianos podem abandonar-se a sensações mais voluptuosas e emoções mais intensas, inspirando o temperamento passional dos personagens stendhalianos, que, não se dobrando à lei nem à moral, deixam fluir o curso livre de suas paixões.

Energia é um conceito-chave tanto em Stendhal como em Sade, correspondendo para ambos às experiências nas quais irrompe uma força interna do sujeito, uma vontade de potência, que põe em xeque as limitações das convenções sociais. Quanto mais intensas as paixões, maior a energia e, portanto, a felicidade. Ora, sendo a viagem um elemento deflagrador das paixões, não há como negar que ela fomenta tais experiências, sobretudo

---

[12] MOLINO, Jean. "Sade devant la beauté", op. cit., pp. 144-146. O autor observa um grande número de coincidências entre as celebridades da alta sociedade italiana e as obras de arte citadas nos livros de Jérôme Lalande, do abade Richard e de Sade.
[13] SADE, Donatien-Aldonze-François, marquês de. *Histoire de Juliette*, op. cit., t. 8, p. 578.
[14] MANDIARGUES, André Pieyre. "Préface", in SADE, Donatien-Aldonze-François, marquês de. *Histoire de Juliette: ou, Les prospérités du vice*. Paris: Jean-Jacques Pauvert, 1967, p. XXI.
[15] STENDHAL citado por CANDIDO, Antonio. "Melodia impura", in *Tese e antítese: ensaios*. São Paulo: Companhia Editora Nacional, 1964, p. 146.
[16] Idem. "Prefácio", in *Crônicas italianas*. Sebastião Uchoa Leite (trad.). São Paulo: Max Limonad, 1981, p. 13.

quando o destino é a Itália, lugar onde a energia se mostra na maior intensidade.

O costume de viagens para o sul remonta ao século XV, quando começa a se criar essa mística em torno da Itália e da Espanha, que associa ao clima quente a sensualidade e, às tradições, a sensibilidade artística, tal como será enfatizado nos livros de viagem dos séculos seguintes.[17] Há uma fantasia recorrente que descreve esses países ora como cenários dos excessos passionais, ora como espaços paradisíacos da *dolce vita*.[18] Palcos de grandes desastres amorosos, mas também de alegres aventuras sensuais, Itália e Espanha são, nesse caso, mundos imaginários que no século XVIII abrigam toda sorte de paixões, dos amantes obstinados de Radcliffe e Walpole à sedução frívola dos personagens don-juanescos. Os libertinos de Sade, combinando esses dois atributos — a passionalidade e a ligeireza, substantivadas na dor e no prazer —, encontram ali o lugar perfeito para refinar suas inclinações.

"As descrições ou as invenções italianas de *Juliette* são os únicos lugares da obra do escritor considerada em seu todo onde o sadismo com frequência se mostra *alegre*"[19] — diz André Pieyre de Mandiargues, sugerindo que, quando na França, o devasso tende a ser mais cerebral, intensificando os discursos filosóficos. Marcel Hénaff, no entanto, vai estender a hipótese da alegria a todo viajante libertino que, segundo ele, afirma e preserva "o prazer próprio da viagem, a saber a *surpresa*, prazer pontual, sucessivo e também renovável durante a viagem".[20] É interessante

---

[17] DUCHET, Michèle. *Antropología e historia en el Siglo de las Luces: Buffon, Voltaire, Rousseau, Helvecio, Diderot*. Francisco González Aramburo (trad.). Cidade do México: Siglo XXI, 1984, parte 1, cap. 2; CHAUNU, Pierre. *A civilização da Europa das Luzes*. Manuel João Gomes (trad.). Lisboa, Estampa, 1985, v. 1, pp. 50-89.

[18] O peso dessa cosmovisão "italiana" da vida foi talvez maior no imaginário alemão do que no francês: a representação do diabo na literatura alemã geralmente encarna a figura de um italiano, com traços figurativos extraídos da *commedia dell'arte*, como é o caso do Settembrini de *A montanha mágica*, de Thomas Mann. Como espaço da sensualidade, em que o espírito da comédia superpõe-se ao da tragédia, veja-se, por exemplo, *As viagens italianas*, de Johann W. Goethe. Agradeço essa e outras sugestões a Luiz Roncari.

[19] MANDIARGUES, André Pieyre de. "Préface", op. cit., p. XXI.

[20] HÉNAFF, Marcel. *Sade, L'invention du corps libertin*. Paris: Presses Universitaires de France (PUF), 1968, p. 74.

que Hénaff vá identificar o elemento surpresa num autor como Sade, frequentemente acusado de ser monótono por excessivas repetições; vale examinar mais de perto essa sugestão. Vimos que, quando viaja, o libertino tem sempre a garantia de encontrar espaços perfeitos para a realização de seus desejos; nenhum obstáculo se interpõe em seu caminho e nada o impede de continuar sua trajetória venturosa. Nada a surpreendê-lo então?

Renato Janine Ribeiro, ao abordar o tema da surpresa, justapõe a teoria da fritura de Brillat-Savarin à imagem da cristalização que Stendhal utiliza para explicar o enamoramento. Em ambos opera-se uma transformação do objeto: a fritura embeleza o alimento, exaltando-o sem alterá-lo significativamente; a paixão recobre a pessoa amada de um brilho absolutamente singular aos olhos do enamorado. "Assiste-se, nos dois casos, a uma modificação do objeto que, sem alterar seu interior, exalta, magnífica a sua superfície exterior"[21] — daí o brilho novo, a aparência surpreendente. Assim também ocorrerá com a viagem libertina: sem modificar em nada a essência do deboche, ela possibilita a exaltação da libertinagem ao renovar, de forma incessante, os cenários da luxúria. Ela torna visível a diversidade do crime, mostrando suas múltiplas possibilidades, ao mesmo tempo que celebra seu caráter universal, como confirma Minski: "só percorri o mundo para conhecer os vícios e deles só me servi para refiná-los".[22] Sua trajetória tem um objetivo do qual ele jamais se afasta, mas está sempre aberta ao refinamento — o vício também pode ser embelezado.[23]

A disposição do viajante libertino é a de um turista que, de surpresa em surpresa — leia-se: de prazer em prazer — visa à mais absoluta diversão. Podemos compará-la à viagem do veneziano que, no século XVIII, percorre a Europa e expande a atmosfera

---

[21] RIBEIRO, Renato Janine Ribeiro. "O discurso diferente", in *Recordar Foucault: os textos do Colóquio Foucault*. São Paulo: Brasiliense, 1985, p. 31.
[22] SADE, Donatien-Aldonze-François, marquês de. *Histoire de Juliette*, op. cit., t. 8, p. 595.
[23] Impossível não lembrar aqui a erudita Sociedade de *Connaisseurs* em Assassinato, apresentada por Thomas de Quincey em *Do assassinato, como uma das belas-artes* (Henrique de Araújo Mesquita [trad.]. Porto Alegre: L&PM, 1985), cujas teses têm muito em comum com as concepções dos libertinos sadianos.

alegre da Itália por onde passa: Casanova. Aventureiro no sentido lato do termo — aquele que parte ao encontro de sua ventura —, a vida do cavaleiro de Seingalt é marcada pelo movimento; senhor de muitos amores e de múltiplas atividades, ele não se fixa em ninguém e em lugar algum. O jogo e o risco marcam uma trajetória atribulada por paixões, duelos, intrigas, prisões, fugas mirabolantes, mas sempre bem-sucedida; a vida é uma aventura, e a felicidade reside na sucessão dos prazeres. Casanova encarna um tipo característico do Antigo Regime: aquele que faz da *dolce vita* sua meta e vive a cortejar a fortuna.

Com efeito, na corte francesa do século XVIII a ideia de prazer se desdobra em mil formas e é constantemente renovada. Na administração francesa há um intendente do rei encarregado exclusivamente dos *menus plaisirs*: jogos, bailes, espetáculos, banquetes, sempre organizados segundo a moda, o luxo e a etiqueta que, apesar do insistente apelo às tradições, são objeto de constantes e rigorosas mudanças.[24] A sucessão de prazeres aponta para a variedade, e esta para a inconstância: a aventura e o jogo definem os personagens da época, sejam reais como Casanova, sejam ficcionais como Don Juan.[25]

Também o devasso sadiano faz parte dessa linhagem; no momento da viagem, ele parece aderir por completo aos alegres e aristocráticos aventureiros setecentistas que jogam com a sorte e apostam nas mudanças — não sem o cálculo preciso que lhe garante o infalível sucesso. E ele estará sempre a movimentar-se, buscando novos prazeres, mas sua opção radical pelo desregra-

---

[24] Mobilidade é também uma das características da vida dos nobres na passagem do século XVII para o XVIII, que, itinerantes, "ora vivem em Paris, ora se juntam ao rei em Versalhes, em Marly ou em qualquer outro palácio, ora passam algum tempo em um dos seus solares, ora se instalam no 'solar' de um amigo". ELIAS, Norbert. *A sociedade de corte*. Ana Maria Alves (trad.). Lisboa: Estampa, 1987, p. 22.

[25] Ver, nesse sentido: RIBEIRO, Renato Janine. *A etiqueta no Antigo Regime: do sangue à doce vida*. São Paulo: Brasiliense, 1983; idem. "A glória", in VÁRIOS AUTORES. *Os sentidos da paixão*. São Paulo: Companhia das Letras, 1987; idem. "A política de Don Juan", in VÁRIOS AUTORES. *A sedução e suas máscaras: ensaios sobre Don Juan*. São Paulo: Companhia das Letras, 1988; VAILLAND, Roger. *Le regard froid: réflexions, esquisses, libelles, 1945-1962*. Paris: Bernard Grasset, 1963.

mento faz que eleve os *menus plaisirs* à sua potência máxima, autonomizando-os e talvez até subvertendo-os.

"Plus, encore plus!" — vive a exclamar o libertino. "Plus, encore plus!" — repete uma infinidade de vezes. Incansável, ele quer sempre ir além, como se não houvesse jamais, em sua trajetória, um ponto de chegada. Insaciável, ele pede mais, há ainda caminhos a serem percorridos, terras incógnitas a serem devastadas. Voraz, ele propõe ainda mais: sua imaginação desconhece limites. Como se não fosse possível repetir o gozo sem mudar de lugar, o devasso corre mundo: é preciso viajar, atravessar fronteiras. E o universo sempre parecerá pequeno diante da extensão de seus desejos.

II

> Mas estava dito que o infortúnio me seguiria por toda parte, e que eu seria, perpetuamente, ou testemunha ou vítima de seus efeitos sinistros.
> *Les crimes de l'amour*

Ouçamos não só o libertino, mas o depoimento do romancista:

> O mais essencial conhecimento que [o romance] exige é certamente o do coração do homem. Ora, todos os bons espíritos nos aprovarão sem dúvida quando afirmamos que esse importante conhecimento só se adquire através de *infortúnios* e de *viagens*; é necessário ter visto homens de todas as nações para bem conhecê-los; é necessário ter sido sua vítima para saber avaliá-los [...].[1]

A associação é significativa: só se acede aos segredos do coração ao se observar ou a diversidade de suas manifestações, ou suas formas mais radicais. Horizontalidade das viagens, verticalidade da dor.

> A mão do infortúnio, enaltecendo o caráter daquele que ela esmaga, coloca-o na justa distância a que ele deve estar para estudar os homens: dali ele os vê como o passageiro que observa as ondas em fúria quebrando-se contra o rochedo sobre o qual a tempestade o lançou [...].[2]

O infortunado também é um viajante.

O autor dessas páginas está preso na Bastilha.[3] Tem consigo mais de uma dezena de relatos de viagem e os lê avidamente; utiliza-os constantemente em seus escritos, e à vontade. Cada vez que um libertino profere um discurso, ele cita uma enorme quantidade de exemplos retirados desses livros: a vigência da crueldade

---

[1] SADE, Donatien-Aldonze-François, marquês de. "Idée sur les romans", in *Les crimes de l'amour*, in *Oeuvres complètes*. Paris: Jean-Jacques Pauvert, t. 10, p. 74 (grifo do autor).
[2] Idem, ibidem.
[3] "Idée sur les romans", texto de abertura de *Les crimes de l'amour*, foi escrito na Bastilha entre 1787 e 1788 e publicado em 1800.

em civilizações do passado e nas culturas exóticas que a literatura de viagem descreve permite-lhe forjar uma argumentação segura para justificar o crime. Encerrado numa cela, o marquês recorre aos relatos de Cook, Pauw, Bougainville, Prévost, Montesquieu e viaja através deles; a seus personagens dará uma mobilidade sem par, como a dos viajantes das obras que lê, ou ainda maior. Recorre também à memória: as viagens à Itália são evocadas inúmeras vezes em sua obra, sendo talvez as derradeiras imagens de liberdade que ele tenha registrado, um pouco antes de seu encarceramento em 1777.[4] Passageiro quando lê, infortunado quando recorda, Sade parece reconhecer em sua injusta condição a distância justa que faz dele um perfeito observador do homem.

Viagens e infortúnios: peregrinação. Sainville e Léonore, amantes clandestinos, são afastados por oposição das famílias: o convento para ela; o regimento para ele. Vítimas de projetos de casamentos por conveniência, rebelam-se e conseguem se reencontrar; casam-se secretamente e fogem rumo a Veneza, mas durante a fuga Léonore é raptada. Inicia-se aí uma longa peregrinação dos amantes, um em busca do outro, feita em sentidos contrários e tecida por desencontros, pistas falsas, armadilhas, disfarces, fugas perigosas e toda sorte de obstáculos. Léonore percorre a Itália até o sul; atravessa o mar e atinge a África; chega ao Egito e desce o Nilo, em cujas margens encontra inúmeros reinos, invariavelmente povoados por monarcas cruéis; viaja até a Etiópia e daí para as colônias portuguesas no centro do continente. Torna-se prisioneira dos selvagens antropófagos de Butua; consegue negociar sua libertação e é mandada para Lisboa. Na tentativa de voltar à França atravessa a Espanha — Toledo, Aranjuez, Madri —, onde é capturada pela Inquisição. Mais uma vez consegue fugir

---

[4] Sade viaja duas vezes para a Itália: a primeira em 1772 e a segunda entre 1775 e 1776, clandestino e sob nome falso. No ano seguinte é detido, mandado para Vincennes e, depois, transferido para a Bastilha; só retorna à liberdade em 1790, mas não de forma definitiva. Em 1800, será preso de novo e, em seguida, encerrado no hospício de Charenton, onde viverá até a morte em 1814. Sobre as viagens de Sade, ver: LÉLY, Gilbert. *Vie du Marquis de Sade*. Paris: Gallimard, 1957, t. 2, caps. IX-X.

e finalmente reencontra Sainville que, em sua trajetória inversa, havia passado por privações ainda maiores que ela.[5]

A viagem de Sainville e Léonore tem inspiração nos romances de aventura, entre os quais *Cleveland*, de Prévost, e o *Candide*, de Voltaire, que Sade considerava obras-primas. A aventura consiste então no confronto com obstáculos que, apesar de extremamente perigosos, são sempre vencidos, quer pela astúcia dos personagens, quer por obra do destino. Todas as provações visam a uma recompensa, há sempre um objetivo a ser atingido, mas a ênfase desses romances está nos perigos que os personagens são obrigados a enfrentar em seu caminho. Assim também, a história de Sainville e Léonore privilegia bem mais a trajetória que o reencontro dos amantes e se propõe ao leitor como tal: "Aqueles que amam as viagens estarão satisfeitos" — diz o "Aviso do editor", no qual se reconhece a mão de Sade.[6]

Tema *noir*, trama essencialmente gótica, a peregrinação dos amantes está no centro das obras de Walpole, Radcliffe ou Hoff-man: os caminhos tortuosos, os cenários sinistros, os obstáculos do percurso, enfim, a associação entre infortúnios e viagens é mote constante do romance gótico. E, também aí, a evocação dos cenários serve para descrever situações psicológicas; por meio deles se penetra nos corações. Herança shakespeariana, as paisagens definem o estado de alma dos personagens. Lê-se em *O Italiano*, de Radcliffe:

> O cenário da natureza mostrava-se em perfeito acordo com a alma de Elena. O céu apresentava-se carregado e as ondas que, nas trevas, iam quebrar contra as rochas das margens, uniam ao seu bramido surdo os uivos do vento que agitava violentamente as copas dos altíssimos abetos.[7]

---

[5] A história de Sainville e Léonore é contada em *Aline et Valcour*, compondo uma história autônoma dentro do romance.
[6] SADE, Donatien-Aldonze-François, marquês de. *Aline et Valcour*, in *Oeuvres complètes*. Paris: Jean-Jacques Pauvert, 1986, t. 4, p. 19.
[7] RADCLIFFE, Ann. *O italiano ou o confessionário dos penitentes negros*. Manuel João Gomes (trad.). Lisboa: Estampa, 1979, p. 143. O livro é de 1797.

O percurso do libertino Franval, à procura da filha e amante de quem fora separado — "exausto de fadiga, arrasado pelo sofrimento, devorado pela preocupação, fustigado pela tempestade" —, não é menos desolador:

> Estava horrível a noite, o vento, o granizo... todos os elementos pareciam ter-se desencadeado contra aquele miserável... Há casos, talvez, em que a natureza, revoltada com os crimes daquele a quem persegue, quer massacrá-lo, antes de fazê-lo a ela retornar, com todos os flagelos de que ela dispõe [...].[8]

A trajetória dos infortunados é invariavelmente marcada por uma natureza inóspita, insólita. E em Sade raramente esses personagens conseguem livrar-se desses cenários. Se fogem de um — e o fazem com frequência —, é sempre para encontrar outro, ainda mais sinistro.

Viagens e infortúnios: Justine. Perfeita peregrina, sua história é um encadeamento de desgraças, que, a exemplo da volúpia libertina, não cessam jamais. Diferente, porém, dos devassos ateus, sua viagem pode ser considerada uma peregrinação no sentido mais próprio do termo, o religioso. Dos esconderijos nas florestas, onde é obrigada a conviver com os bandidos de Coeur-de-Fer, ao obscuro gabinete do cirurgião Rodin no burgo de Saint-Marcel, em que testemunha experiências assassinas, do serralho do sinistro mosteiro de Sainte-Marie-des-Bois até ser aprisionada nos subterrâneos do castelo de Roland, nas montanhas dos Alpes, Justine faz uma verdadeira via-sacra.

Não é de estranhar que ela seja citada por Buñuel num filme sobre peregrinação, *La Voie Lactée*.[9] Por onde andam os peregrinos senão por tortuosas estradas? O que encontram senão infortúnios? Se, para alguns desses viajantes, a terra prometida, o lugar santo ou o paraíso terreal acenam com uma promessa, um

---

[8] SADE, Donatien-Aldonze-François, marquês de. "Eugénie de Franval", in *Les crimes de l'amour*. Paris: Jean-Jacques Pauvert, 1988, t. 10, p. 543.
[9] Buñuel cita o episódio em que Justine, sob o nome de Thérèse, é aprisionada nos subterrâneos do castelo de Roland.

fim de percurso venturoso, para outros a verdadeira chegada só ocorre depois da morte. Um dos sentidos da peregrinação — e justamente aquele que pressupõe talvez a maior devoção religiosa — é o da vida como viagem e da viagem como cadeia sem fim de sofrimentos.[10]

Assim concebida, a verdadeira peregrinação só termina com a morte. Não está nesse mundo a recompensa que o peregrino almeja, como prova o desfecho de *Justine*: quando enfim a personagem termina sendo reconhecida e abrigada pela irmã, quando a virtude parece contemplada e a paz restaurada, um raio atravessa-lhe o corpo. A própria natureza se opõe a ela — os cenários sinistros deixam de ser cenários para participar do acontecimento. A natureza é má.

"Justine é uma prisioneira perpétua e uma viajante eterna."[11] Em vão ela se desloca na esperança de encontrar o abrigo da virtude. Quimeras, ilusões — advertirão centenas de vezes seus algozes, e ela nunca aprenderá: de infortúnio em infortúnio, de cárcere em cárcere, prolonga-se uma repetição sem fim. Se ela nunca aprende, nem com os reiterados discursos dos devassos, nem com seu desventurado itinerário — suas experiências anteriores nada valem, nada ensinam e não operam a menor mudança em seu comportamento —, é porque a vítima não é, por natureza, predisposta ao aprendizado; está condenada ao mesmo.

Outro viajante infortunado, que se torna bastante conhecido no século XVIII, Xariar, o sultão das *Mil e uma noites*, dá sentido diverso a seu percurso. Ao tomar conhecimento de que fora traído pela mulher, propõe ao irmão — também desiludido pela mesma razão — que ambos abandonem seus Estados e saiam pelo mundo para, em terras estranhas, melhor esconderem seus infortúnios; o irmão aceita, mas com a condição de voltarem caso encontrassem alguém mais infeliz do que eles. A viagem assume,

---

[10] Sobre a concepção da vida como viagem e seu significado religioso, ver: CORREIA, João David Pinto (org.). *Autobiografia e aventura na literatura de viagens: a "Peregrinação" de Fernão Mendes Pinto*. Lisboa: Editorial Comunicação; Seara Nova, 1979, especialmente a "Apresentação crítica", pp. 24-25, e o cap. CLXV. Tal concepção pode ser encontrada ainda em Gil Vicente, no *Auto da alma*, e em Hermann Hesse, na *Viagem ao Oriente*.

[11] DIDIER, Béatrice. *Sade, essai: une écriture du désir*. Paris: Denoël; Gonthier, 1976, p. 93.

nesse caso, evidente função pedagógica, coloca uma indagação *a priori* e implica a busca de uma resposta. É uma sondagem, que os coloca na mesma posição do observador sadiano que, distante "das ondas em fúria", pode ter a frieza necessária para estabelecer relações e traçar comparações com o que vê. A Justine, porém, não é dada essa capacidade; testemunha passiva, incapaz de observar com método, ela só pode constatar: é vítima do destino.

O libertino, ao contrário, torna-se senhor de seu destino. Em sua trajetória prometeica, raros infortúnios. A esses se contrapõem as prosperidades do vício, num movimento progressivo, ascendente, que raramente é interrompido. Vale lembrar que os fins trágicos ocorrem, sobretudo, nas histórias das vítimas: Aline e Valcour, a marquesa de Ganges, Dorgeville e, obviamente, as três Justines. Para os devassos tais desfechos são raros e concentram-se, na obra de Sade, em praticamente um livro: *Les crimes de l'amour*.[12] Nele teremos a figura do arrependimento e do castigo: Oxtiern e a prisão, a condessa de Sancerre e o convento, Franval e a morte.[13] Mas, salvo poucas exceções, os heróis sadianos são muito bem-sucedidos em seus empreendimentos lúbricos; os finais felizes de suas histórias anunciam a continuidade de seu gozo.

Tomando a obra de Sade como modelo, poderíamos discordar da ênfase que Claude Reichler dá aos desfechos trágicos da literatura libertina, cujo exemplo mais bem-acabado seria encontrado no romance de Laclos, "libertino no desenvolvimento, moral no desfecho". Herói morto, herói punido, Valmont representa uma libertinagem que "termina seu curso histórico

---

[12] Pode-se elencar aí as duas primeiras versões de *Justine* que terminam com o arrependimento de Juliette, embora esse seja um castigo infinitamente menor que o de Justine. A terceira versão, no entanto, contradiz tal desfecho. Outro livro que traz um final moral é *Histoire secrète de Isabelle de Baviere, reine de France*, último romance de Sade e bastante atípico em relação às obras anteriores.

[13] Convém lembrar que as novelas de *Les crimes de l'amour*, assim como a história de Isabel da Baviera, empregam um vocabulário que a segunda metade do século XVIII chamava de "vocabulário da decência", como observam Béatrice Didier e Gilbert Lély. Ao utilizá-lo, Sade parece assumir também suas estruturas narrativas, com a obrigatoriedade dos desfechos moralizantes para punir o crime. Os fins trágicos que sugerem o "justo" castigo aos personagens libertinos pode, ainda, ter inspiração na literatura libertina do século XVII, que insiste nessa estrutura.

Ilustração para o livro *Aline et Valcour* do marquês de Sade — Gravura anônima, Bélgica, 1883.

sob a imagem de uma sedutora desfigurada".[14] Se tal estrutura se repõe em outros romances do gênero — a se ver pelas várias versões de Don Juan, por exemplo —, o mesmo não acontecerá na obra do último teórico da libertinagem.[15] Em Sade, o deboche é raramente punido.

Florville tem duas preceptoras: madame de Verquin ensina-a a trilhar os caminhos do crime; madame de Lérince, os da virtude. Morrem ambas na mesma época: a primeira, sem remorsos; a segunda, apavorada:

> Madame de Verquin, moribunda, lastimava apenas não ter feito bastante mal, e madame de Lérince expirava arrependida do bem que não havia feito. Uma cobriu-se de flores, deplorando só a perda de seus prazeres; a outra quis morrer sobre uma cruz de cinzas, desolada à lembrança das horas que não tinha oferecido à virtude.[16]

Se a virtuosa morre almejando a acolhida do céu, a devassa só pede o reconhecimento dos homens: "os desejos da desventurada criatura foram todos cumpridos à risca, pois ela tomara nesse particular disposições muito firmes; foi sepultada em seu caramanchão de jasmins, sobre o qual foi gravada uma só palavra: VIXIT".[17]

Materialista, o libertino frui de seus prazeres até no momento da morte. No *Dialogue entre un prêtre et un moribond*, o devasso prepara-se para suas derradeiras horas de vida e convida o pregador a segui-lo:

> Meu amigo, a volúpia sempre foi o mais caro de meus bens, e eu que a incensei durante toda a minha vida gostaria de expirar nos braços dela: meu fim aproxima-se, seis mulheres mais belas do que a luz do dia estão no gabinete ao lado, reservei-as para este momento; partilha-as comigo e procura, a meu exemplo, esquecer sobre seus seios todos os vãos sofismas da superstição e todos os erros imbecis da hipocrisia.[18]

---

[14] Reichler, Claude. *L'âge libertin*, Paris: Minuit, 1987, p. 42.
[15] Cito também o final feliz de *Fanny Hill*, de John Cleland, de 1749.
[16] Sade, Donatien-Aldonze-François, marquês de. "Florville et Courval", in *Les crimes de l'amour*, in *Oeuvres completes*, Paris: Jean-Jacques Pauvert, 1988, t. 10, pp. 298.
[17] Idem, ibidem, p. 302.
[18] Idem. *Dialogue entre un prêtre et un moribond*, in *Oeuvres complètes*. Paris: Jean-Jacques Pauvert, 1986, t. 1, p. 512.

Moribundo, o libertino não vacila em seus princípios: ateu, ele blasfema no momento da morte; coerente, morre como sempre viveu.

Poucos são, contudo, os devassos que morrem: é a vida, e apenas ela, que lhes interessa. Concepção radical que, no mundo do deboche, supõe a existência empírica, corpórea e carnal do libertino, evidenciando uma valorização que se repõe na própria organização do texto sadiano. Vale lembrar a morte de Juliette, anunciada sumariamente no último parágrafo do imenso livro que conta sua história: "a morte de madame de Lorsange fez que ela desaparecesse da cena do mundo, como se desvanece tudo o que brilha sobre a terra".[19] Concepção materialista a desses libertinos que, não tendo ilusão de encontrar outro mundo depois da morte, fazem esse eloquente elogio à vida, assemelhando-a a uma viagem triunfante: "Mas a que distância é necessário chegar na estrada do vício para atingir tal ponto!" — diz o bispo de *Les 120 journées de Sodome*, aludindo às mais extremas volúpias do crime. Curval completa:

> Concordo com isso, mas esse percurso se faz imperceptivelmente, caminha-se sobre flores; um excesso conduz a outro; a imaginação, sempre insaciável, nos conduz ao último objetivo e como ela só percorre esses caminhos endurecendo o coração, à medida que atinge sua meta, esse coração, que antes guardava algumas virtudes, não mais reconhece sequer uma.[20]

Assim, também ao devasso será dada a possibilidade de equacionar as viagens aos infortúnios; mas uma sutil troca de sinais faz que sua aventura feliz não se confunda jamais com a infortunada peregrinação da vítima. São dois caminhos que, embora sempre se cruzem, nunca se interpenetram: um coberto de flores, outro de espinhos; o primeiro produzindo e reproduzindo o segundo, com o objetivo único de produzir e reproduzir a felicidade libertina.

---

[19] Idem. *Histoire de Juliette*, op. cit., t. 9, pp. 582-583.
[20] Idem. *Les 120 journées de Sodome*, op. cit., t. 1, p. 298.

III

> Eu atesto isto por tê-lo visto.
>
> *Histoire de Juliette*

Viaja-se muito na Europa setecentista. Não são apenas os aventureiros e libertinos que correm mundo. As missões religiosas ainda seguem para os longínquos impérios ultramarinos no afã da colonização, em especial a Companhia de Jesus, que mantém intensa atividade na América e na China. O mesmo acontece com as missões comerciais: o ouro brasileiro na primeira metade do século XVIII, depois substituído pela prata mexicana que os exportadores europeus negociam com o Extremo Oriente, faz crescer o número de viajantes. Embora relacionados ao mundo dos negócios, eles também representam fortes influências para as artes e o pensamento.

As viagens mais frequentes, porém, são realizadas dentro do próprio continente europeu, que, já desde o fim do século XVII, tem suas fronteiras significativamente ampliadas. Além das tradicionais peregrinações a Roma, ainda em voga entre religiosos e artistas, e de certo encanto que os países do Mediterrâneo continuam inspirando, o norte e o leste, sobretudo em meados do século XVIII, começam a acenar com novas possibilidades de intercâmbio. Franceses e ingleses passam a visitar-se com frequência; a criação das academias na Prússia e na Rússia favorece o contato desses países com as demais nações da Europa. A viagem ao continente é obrigatória na formação dos filhos da aristocracia inglesa, e, apesar das diferenças cada vez maiores entre o norte e o sul, há um forte sentimento de identidade compartilhado por mais e mais europeus.

A Europa se afirma como modelo da civilização e é considerada, por muitos, o centro do universo: "A Europa, espaço cultural, é também o movimento, o progresso. Fora dela tudo é imóvel, fixo, bárbaro", conclui Pierre Chaunu. A *Encyclopédie* resume esse sentimento de forma exemplar:

> Pouco importa que a Europa seja a mais pequena das quatro partes do mundo em extensão de terreno, uma vez que é a mais considerável de todas pelo comércio, pela navegação, pela fertilidade, pelas luzes e pela indústria, pelo conhecimento das artes, das ciências e dos ofícios.[1]

No coração da Europa das Luzes está a França, e, nela, Paris, que começa a disputar o brilho de Versalhes e ostenta a glória de ser chamada de "a capital do mundo europeu". Chaunu conta que a capital régia fora concebida arquitetonicamente como um ponto de chegada e não de passagem, mas em meados do século XVIII é a cidade que parece realizar esse ideal: grande parte dos integrantes da viagem filosófica ruma em direção a Paris, conhecida também como "nova Babilônia". Marivaux chega ao ponto de dizer, através de uma de suas personagens, que "Paris é o mundo, o resto da terra são os arredores".[2]

Essa França setecentista, paradigma da civilização, vai dedicar-se à fundação de uma "ciência do homem". O *nouveau sentiment de l'être* é compartilhado por filósofos, homens de letras e ciências, em torno de um empreendimento monumental: histórias das sociedades humanas, das origens das línguas, das leis, das religiões, das artes e das ciências, dicionários históricos e geográficos; enfim, o projeto de forjar um saber universal e totalizador para toda a humanidade. "Estudar o homem no vasto teatro do universo" — diz o programa da Societé des Observateurs de l'Homme, já no fim do século,[3] fazendo eco ao espírito enciclopedista.

---

[1] Chaunu, Pierre. *A civilização da Europa das Luzes*, op. cit., v. 1, pp. 48-49.
[2] Idem, ibidem, v. 1, p. 51, v. 2, p. 309.
[3] Societé des Observateurs de l'Homme citada em Quaini, Massimo. *A construção da geografia humana*. Liliana Lagana Fernandes (trad.). Rio de Janeiro: Paz e Terra, 1983, p. 76.

Para os *philosophes* a viagem será empresa de conhecimento: Diderot visita a Rússia europeia de Catarina, a Grande; Rousseau oscila entre Suíça, Turim, os Alpes e Inglaterra; Voltaire exila-se nos países do norte. Montesquieu percorre toda a Europa numa longa viagem de estudos cujo itinerário, de acordo com Chaunu, permite traçar uma espécie de geografia psicológica da Europa das Luzes: dos países "limítrofes" do leste, que ele descreve em sua *Viagem à Áustria*, ao tradicional roteiro pelas cidades italianas e dali para o norte — Baviera, Prússia, Holanda, Inglaterra —, o filósofo faz o circuito completo dos povos civilizados.

Se as viagens reais dos *philosophes* circunscrevem-se dentro do continente, as ficcionais levam-nos sempre para o além-mar. O Taiti de Diderot, a Pérsia de Montesquieu, a América de Voltaire, o mundo todo é visitado pelo pensamento. Será necessário olhar o selvagem, examiná-lo através das lentes da civilização, procurar nele as origens mais distantes do homem. Entretanto será igualmente necessário ser visto pelos olhos dos primitivos, repensar a civilização, criticá-la por intermédio deles. Um jogo sutil entre identidade e alteridade instala-se então:

> Um século inteiro que goza fazendo-se olhar por aquele que arde em seus desejos por ir ver; revelando-se a si mesmo a verdade sobre seu príncipe, sobre a obediência, sobre sua forma de fazer amor, enfim, sobre todas as suas loucuras, mediante o artifício de um olhar dirigido àquele que denomina estranho.[4]

A "visão pelos olhos dos outros" é tema constante na literatura setecentista: persas, selvagens e seres de outros planetas saem de seus esconderijos e passam a habitar o centro do mundo.[5]

Uma farta fonte de informações sobre os outros povos vai se tornando cada vez mais acessível: das *Lettres édifiantes et curieuses* dos missionários jesuítas no Extremo Oriente às memórias do

---

[4] GROSRICHARD, Alain. *Estructura del harén: la ficción del despotismo asiático en el Occidente clásico*. Marta Vasallo (trad.). Barcelona: Petrel, 1981, p. 34.
[5] Ver também, a esse respeito: LEBRUN, Gérard. "O cego e o filósofo, ou o nascimento da antropologia". *Discurso*. São Paulo: Faculdade de Filosofia, Letras e Ciências Humanas da Universidade de São Paulo (FFLCH-USP), v. 3, n. 3, 1972, pp. 127-140.

barão de Lahontan na América, dos relatos de Chardin sobre a Pérsia aos de Le Comte sobre a China, a literatura de viagem é moda no século XVIII. As grandes coleções são publicadas, e a mais famosa delas, compilada por Thévenot, terá várias edições. Fonte essencial dos filósofos enciclopedistas, inspiração dos filósofos viajantes, mas também atividade prazerosa para leitores menos eruditos, posto que essas edições, bem menos suntuosas que as do século anterior, destinam-se a um número bem maior de pessoas.

Prévost vai deliciar esse público heterogêneo com sua extensa e última grande obra, a *Histoire génerale des voyages*, escrita em 1746 e 1761 com o objetivo, diz ele, de "constituir um sistema completo de história e de geografia modernas, que representará o estado atual de todas as nações". Inspira leitores como Voltaire, que lhe deve muitas passagens do *Candide*, e Sade, que lhe credita inúmeras informações, não só da *Histoire*, mas também de *Cleveland* e de *Les mémoires et aventures d'un homme de qualité*. Há em Prévost o gosto pela aventura e o que o intriga é, antes de tudo, um itinerário: seus heróis são viajantes errantes, a descobrir o mundo, mas, sobretudo, diz Michèle Duchet,

> lançados ao descobrimento de si mesmos, num espaço que tem as dimensões do sonho, em que os caminhos, os portos, o mar repleto de recifes, as ilhas, os bosques e os desertos figuram uma paisagem interior.[6]

Com efeito, na apresentação de *Cleveland*, ele escreve: "Uma obra dessa natureza pode ser considerada como um país recentemente descoberto; e a intenção de lê-la, como uma espécie de viagem que o leitor empreende".[7] Uma viagem que, ainda segundo Duchet, é símbolo e lugar do novelesco; movimentando-se entre a narração histórica e a fabulação, Prévost abre espaço ao fantástico, ao maravilhoso, ao monstruoso. Como não

---

[6] DUCHET, Michèle. *Antropología e historia en el Siglo de las Luces: Buffon, Voltaire, Rousseau, Helvecio, Diderot*, op. cit., p. 76.
[7] Idem, ibidem, p. 79.

encantar um leitor como Sade, que encontrará nessas páginas "os mais sublimes efeitos"[8] que a literatura pode produzir?

Mas os personagens de Prévost também terão seu lugar disputado por outros viajantes setecentistas. A segunda metade do século ouvirá críticas rigorosas ao exotismo e à fabulação existentes nos livros de viagem: prefere-se a sagacidade de Pauw à elegante narração de Prévost e a *Histoire des deux Indes*, de Raynal, será uma tentativa de resposta à *Histoire des voyages*.[9] Os naturalistas, a partir da *Encyclopédie*, contribuem para mudar o sentido da literatura de viagem; o "curioso" e o "aficcionado ilustrado" vão ser contestados em função do historiador, do geógrafo e do botânico, aos quais se atribui uma formação mais científica que especulativa. Na tópica da viagem, recolocam-se algumas das questões mais candentes do século.

O "viajante-filósofo" elogia a competência e a imparcialidade indo buscar seus modelos na Grécia clássica: Pausânias, Platão, Estrabão inspiram La Condamine, Maupertuis e Cook. Os livros de viagem assumem um caráter antropológico: Buffon, Bougainville, Humboldt, Bayle escrevem os primeiros tratados dessa etnologia que, por trás dos costumes exóticos, vai buscar o passado da espécie e, analisando as alteridades, tenta estabelecer os diversos graus de civilização. A nova ciência do homem funda uma nova ciência de viagem que exige método na observação e pede distância em relação àquilo que se olha para garantir o rigor e a exatidão. A *observation* pouco a pouco vai se tornando *analyse*.

O mundo é um vasto teatro, mas também um laboratório: por trás dos cenários procuram-se leis universais, e as explorações científicas contracenam com a aventura. Talvez seja justamente essa a riqueza do Século das Luzes; o teatro e o laboratório dialogam um com o outro, e os saberes literário e científico, embora

---

[8] SADE, Donatien-Aldonze-François, marquês de. "Idée sur les romans", op. cit., t. 10, p. 71: "[...] essa quantidade de acontecimentos que La Harpe te censura" — diz ele dirigindo-se ao abade Prévost — "além de ser o que na tua obra produz o mais sublime efeito, é, ao mesmo tempo, o que melhor prova o valor do teu espírito e a excelência do teu gênio".

[9] DUCHET, Michèle. *Antropología e historia en el Siglo de las Luces: Buffon, Voltaire, Rousseau, Helvecio, Diderot*, op. cit., pp. 89-101; QUAINI, Massimo. *A construção da geografia humana*, op. cit., cap. IV.

comecem a se tornar antagônicos, ainda mantêm estreita convivência. Se encontrarmos essa liberdade em pensadores como Voltaire e Diderot, que circulam com desenvoltura entre esses saberes, vamos encontrá-la com igual força na literatura filosófica de Sade.

O herói sadiano reunirá as características dos viajantes setecentistas: alegre aventureiro, mas também rigoroso observador, estudioso das alteridades que se faz igualmente observado por elas. Sua viagem é uma aventura, mas nem por isso prescinde de método, como adverte o viajante-filósofo de Sade, compartilhando as teses de Rousseau:

> O filósofo que corre o mundo para se instruir deve acomodar-se a todos os costumes, todas as religiões, toda espécie de tempo, todos os climas, leitos e comidas, deixando ao voluptuoso da capital os seus preconceitos... o seu luxo...[10]

E segue criticando o excesso de fatuidade e a impertinência

> com que nossos elegantes viajam: esse tom de menoscabo que utilizam ao falar de tudo o que não conhecem, ou de tudo que não encontram em casa; esse ar insultante e repleto de desprezo com o qual eles consideram tudo aquilo que não tem sua tola ligeireza.[11]

O fato de criticar a visão deformada e etnocêntrica de alguns viajantes não significa, contudo, que se deva renunciar, nos relatos de viagem, à ficção — desde que esta se mantenha nos limites do verossímil. Ao romancista, o marquês aconselha:

> se fazes viajar os teus heróis, conhece bem a região por onde os conduz, levando a magia ao ponto de me fazer identificar com ela; imagina que eu viajo ao lado deles, por todas as regiões onde os colocas; e que, talvez

---

[10] SADE, Donatien-Aldonze-François, marquês de. "Ernestine", in *Les crimes de l'amour*, in *Oeuvres complètes,* Paris: Jean-Jacques Pauvert, 1988, t. 10, p. 377. Vale indicar que a crítica ao etnocentrismo caminha lado a lado com a exaltação da nacionalidade francesa; sabemos, por exemplo, que a Sociedade dos Amigos do Crime está aberta exclusivamente aos parisienses e moradores dos arredores da cidade.

[11] Idem, *Aline et Valcour*, op. cit., t. 4, p. 311.

"La force à l'epréuve" — Gravura anônima, França, século XVIII.

mais instruído que tu, não te perdoarei uma inverossimilhança de costumes, nem um defeito de usos, e menos ainda um erro de geografia [...] a menos que me transportes a países imaginários, e, mesmo nesse caso, exigirei sempre o verossímil.[12]

Ao historiador, esse leitor de Prévost sugere que lance mão da imaginação quando encontrar lacunas em suas investigações:

> é graças às conjecturas que o historiador reata o fio que se acha quebrado [...] e o trabalho do escritor é, nesse caso, o resultado, não de um desvario do espírito, mas da sua exatidão e nisso há enorme diferença.[13]

Mas imaginação não exclui o rigor da observação. Assim, em várias passagens, Sade assegura ao leitor "a mais extrema exatidão" de suas descrições, ora aludindo às suas viagens reais, como no caso da Itália de *Juliette*, ora às imaginárias. Leia-se o suposto "Aviso do editor" de *Aline et Valcour*:

> Ninguém jamais conseguiu chegar ao reino de Butua, situado no centro da África; apenas nosso autor penetrou nesses climas bárbaros; não se trata aqui de um romance, mas das notas de um viajante exato, instruído, e que conta apenas o que viu.[14]

Há, todavia, uma singularidade no viajante sadiano, que o faz procurar aspectos específicos em suas investigações, como no caso do narrador de uma das novelas de *Crimes*:

> Eu viajo para estudar [...] quanto mais [o homem] se afasta dos limites que lhe impõem as leis ou a natureza, mais seu estudo se torna interessante e digno de meu exame e de minha compaixão [...] Que me importa o que ele transgrediu, o que desprezou, o que fez? É homem, e portanto fraco...[15]

---

[12] Idem, "Idée sur les romans", op. cit., t. 10, p. 76.
[13] Idem, *Histoire secrète de Isabelle de Bavière, reine de France*, in *Oeuvres complètes*. Paris: Jean-Jacques Pauvert, 1991, t. 12, p. 19.
[14] Idem, *Aline et Valcour*, op. cit., t. 4, p. 19.
[15] Idem, "Ernestine", op. cit., t. 10, p. 379. Ao mencionar a compaixão, o narrador revela novamente o tom rousseauniano de sua fala; entretanto, mesmo assim, fica difícil assimilar o uso que Sade faz do termo ao de Rousseau, sobretudo se observarmos a radicalidade com que seus libertinos rechaçam esse sentimento em seus discursos. Vale relembrar a singularidade das novelas de *Les crimes de l'amour* no interior da obra sadiana e, no caso de "Ernestine", entender compaixão como sinônimo de interesse.

É essa "curiosidade impura" que caracteriza os personagens sadianos, levando-os a observar e explorar aspectos que passam despercebidos a outros viajantes, seja por ignorância, seja por preconceito. Para Jean-Claude Bonnet, tal característica vem confirmar a identidade entre autor e personagem:

> A filósofa Juliette, assim como o romancista Sade, avança por terras desconhecidas e deseja explorar as profundezas bizarras do ser. São os *descaminhos do coração humano* que ela estuda com uma paixão de saber que inflama um desejo bruto.[16]

Apesar disso, Barthes dirá que "a viagem sadiana nada ensina" e que, embora este seja por excelência um tema iniciático, no universo libertino a viagem não é fonte de conhecimento: "aquilo que interessa percorrer não são as contigências mais ou menos exóticas, mas a repetição de uma essência, a do crime".[17] Só se viaja, pois, visando à chegada e chega-se sempre ao mesmo lugar: a clausura do deboche. Béatrice Didier também afirma que a viagem dos devassos é "simplesmente um modo da repetição",[18] nada mais que um pretexto para a renovação de episódios semelhantes. Poder-se-ia acrescentar ainda a esse argumento o fato de que, embora Sade descreva inúmeras viagens, é sobretudo nos interiores que ele concentra sua imaginação.

Por que então seus personagens viajam tanto? Por que *esse* pretexto? Os libertinos têm toda condição — a saber: imensas fortunas e poderes ilimitados — para realizar suas atividades lúbricas em qualquer lugar, sem que pareça necessário nenhum deslocamento; a princípio, a clausura que o deboche exige prescinde de mudanças. Às vítimas, de outro lado, não cabe decidir nada, tal sua fragilidade diante de seus senhores: estarão sempre onde estiverem os libertinos. Resta a questão: por que a insistência nas viagens?

---

[16] BONNET, Jean-Claude Bonnet. "Sade historien", in *Sade: écrire la crise [Colloque tenu au] Centre Culturel International de Cerisy-la-Salle [19 au 29 juin 1981].* Paris: Pierre Belfond, 1983, p. 138.
[17] BARTHES, Roland. *Sade, Fourier, Loiola*. Maria de Santa Cruz (trad.). Lisboa: Edições 70, 1979, p. 21.
[18] DIDIER, Béatrice. *Sade, essai: une écriture du* désir, op. cit., p. 190.

Se desfizermos a coincidência entre aprendizagem e iniciação, talvez possamos responder a essa pergunta. Realmente, a viagem do herói sadiano não é iniciática, se tomarmos esse termo no sentido antropológico: a iniciação implica necessariamente uma passagem de um estado a outro. Os ritos de passagem operam uma transformação no sujeito: o iniciado deve deixar algo para trás ao aceder ao conhecimento que lhe é revelado, a fim de assumir uma nova identidade. A viagem, nesse caso, viabiliza tal transformação e, ao retornar, o sujeito não é mais o mesmo.[19] Poderíamos contrapor a esse modelo de aprendizado — que supõe o acesso a uma verdade antes desconhecida — o modelo da acumulação de conhecimento que, se não tem a radicalidade das rupturas, não é menos vertiginoso, a se ver pelo projeto da *Encyclopédie*.

"Tu nada conhecerás se não tiveres conhecido tudo" — nos diz um viajante libertino,[20] apontando para a necessidade de um conhecimento total e universal. Projeto enciclopédico — e não há *enciclopédia* que não seja também *excesso*, lembra Hénaff —, a viagem do deboche supõe um plano de saber

> equivalente ao que representavam as grandes explorações marítimas (Bougainville, La Pérouse etc.) em termos de reconhecimento do planeta: inventário do mundo conhecido e a apropriação do mundo novo.[21]

Não se trata, pois, do acesso a um conhecimento que ao ser revelado impõe mudanças, mas de um projeto que visa a acumular todos os saberes, sem que isso resulte em deslocamentos da posição inicial do observador.

---

[19] Nesse sentido, ver: TURNER, Victor Witter. *O processo ritual: estrutura e antiestrutura*. Petrópolis: Vozes, 1974; VAN GENNEP, Arnold. *Os ritos de passagem: estudo sistemático dos ritos da porta e da soleira, da hospitalidade, da adoção, gravidez e parto, nascimento, infância, puberdade, iniciação, ordenação, coroação, noivado, casamento, funerais, estações etc.* Mariano Ferreira (trad.). Petrópolis: Vozes; São Paulo: Edusp, 1978.
[20] SADE, Donatien-Aldonze-François, marquês de, citado por HÉNAFF, Marcel. *L'invention du corps libertin*, op. cit., p. 73.
[21] HÉNAFF, Marcel. *L'invention du corps libertin*, op. cit., p. 72.

Embora não haja iniciação na libertinagem[22] — o devasso é sempre devasso, e a vítima nunca aprenderá a sê-lo —, o filósofo sadiano, iluminista, reconhece na condição de viajante a possibilidade de realização desse projeto, que lhe é fundamental. Por isso, a viagem é ponto de partida dos personagens de Sade e, de acordo com Hénaff, a condição *a priori* da cena sadiana, sem a qual o desejo não emerge: a experiência do deboche, sendo uma aventura, implica frequentes e arrebatadores deslocamentos, sem os quais o projeto libertino não se viabiliza.[23] Ao mero pretexto contrapõe-se então a condição essencial das práticas devassas; contra o "nada ensina" de Barthes, insinua-se a ideia da viagem como experiência fundadora da libertinagem.

Se o prazer move o libertino, se ele corre o mundo para conhecer todas as modalidades do vício e delas usufruir, deve-se ter presente que sua fruição não se limita às vivências eróticas, já que há uma erotização de todas as atividades levadas a termo durante suas viagens. O filósofo sadiano desfrutará imensamente do prazer de observar, transformando sua atividade em objeto de gozo.

> Juliette, a turista esclarecida, a pesquisadora que sabe o que está procurando, pode tanto tornar-se uma parte integral dessa ordem, por seu deboche e seu crime, como também ver, por trás das aparências, a universalidade dessa mesma ordem.[24]

Observador apaixonado, cujo gosto jamais impede o rigor, pois tem o coração endurecido, o libertino pode colocar-se a uma distância tão justa daquilo que examina quanto o infortunado descrito por Sade ou os viajantes da viagem científica.

---

[22] Claude Reichler, ao trabalhar com a literatura libertina, sugere que esse discurso é iniciático na medida em que põe em cena a transmissão de um conhecimento através das "escolas de libertinagem" e dos "professores imorais". A iniciação libertina seria a passagem do preconceito para a natureza. Embora essas sejam imagens constantes em Sade, considero que tal passagem jamais ocorre no universo sadiano, seja no caso do devasso, seja no da vítima. Vale, no entanto, lembrar que ele acrescenta que o discurso libertino faz de seu leitor o sujeito de uma iniciação, hipótese muito plausível. Ver: REICHLER, Claude. *L'âge libertin*, op. cit., cap. II.

[23] HÉNAFF, Marcel. *L'invention du corps libertin*, op. cit., p. 71.

[24] GUICHARNAUD, Jacques. "The wreathed columns of St. Peter". *The House of Sade: Yale French Studies*. New Haven: Eastern Press, n. 35, p. 38, jan. 1965.

Assim, dirá Hénaff,

> o Discurso, o Prazer traçam o mesmo gesto dentro de diferentes registros, o do percurso minucioso, obstinado, maníaco, sob a evocação implícita daquilo que aparece como a hipótese fundamental do materialismo, a saber que o mundo é finito e que é possível se fazer seu balanço.[25]

Hipótese que o marquês retira das novas ciências do homem e, mais exatamente, do pensamento materialista ateu em voga no século XVIII, cujos principais representantes são exaustivamente citados por ele, sendo, em inúmeras passagens, literalmente copiados linha por linha.[26] Em Buffon e em Robinet, ele encontra as bases naturais da "transmutação" da matéria, sistema que permite indicar a crueldade como "necessidade natural" e apontar seu papel decisivo na economia do universo. O crime assegura o equilíbrio da natureza: tudo se passa, afirma Jean Deprun,

> como se a natureza dispusesse de elementos orgânicos em quantidade finita e a permanência das espécies efetivamente presentes sobre nosso globo, no primeiro comando da espécie humana, lhe furtasse a matéria-prima indispensável ao desdobramento de sua ação criadora.[27]

Se Buffon e Robinet informam Sade sobre a transmutação da matéria, em La Mettrie, em La Caze e, sobretudo, em d'Holbach, ele encontra as teses fundamentais do equilíbrio e da eletricidade como princípios da vida, sustentados ora "como a soma de movimentos do corpo", resultante da proporção dos elementos,

---

[25] HÉNAFF, Marcel. L'invention du corps libertin, op. cit., pp. 72-73.
[26] DEPRUN, Jean. "Sade et la philosophie biologique de son temps", in Le Marquis de Sade Colloque d'Aix-en-Provence sur Le Marquis de Sade, les 19 et 20 février 1968, op. cit., pp. 190-191, notas 6, 12. Ao demonstrar que o materialismo de Sade perde muito de sua originalidade quando remetido às teses da eletrobiologia de seu tempo, o autor conclui que "a grandeza de Sade não está em haver concebido [tal sistema], mas em ter extraído dele uma epopeia trágica da intensidade" (p. 192). As considerações que se seguem têm por base as ideias desenvolvidas por Deprun nesse trabalho que, publicado em 1968, continua sendo a mais importante fonte para os autores que relacionam o pensamento de Sade à filosofia científica do século XVIII.
[27] Daí o libertino poder concluir que, se a natureza sempre permitiu um grande número de massacres no decorrer da história humana, é porque ela "desejava o aniquilamento total dos seres criados, a fim de desfrutar de sua faculdade de recriar novas criaturas". Idem, ibidem, p. 200.

ora como o essencial "fluido elétrico que circula nos nervos". Aderindo às concepções da eletrobiologia — cujo conceito básico é a intensidade —, Sade forja uma noção fundamental na libertinagem a que Deprun dá o nome de "choque-prazer". Lê-se numa extensa nota de *La nouvelle Justine*:

> É dos nervos que dependem a vida e toda a harmonia da máquina; daí os sentidos e as volúpias, os conhecimentos e as ideias; numa palavra: são a sede de toda a organização e lá também se encontra a da alma, isto é, esse princípio de vida que se extingue nos animais, crescendo e decrescendo com eles, e que, consequentemente, é totalmente material.[28]

Uma vez dissipadas as quimeras da religião e da metafísica, uma vez comprovada a verdade irrefutável do materialismo, o conhecimento objetivo visa a inventariar o universo, obter um repertório completo, acumular todas as informações e, no caso particular da filosofia libertina, ampliar ao máximo a esfera das sensações. Também nisso o pensador sadiano é radical: não é possível acatar a existência de domínios reservados e tampouco de interdições; privar-se de parte do saber significa cair nas armadilhas da superstição e, mais ainda, deixar de experimentar as mais extremas — e portanto as mais refinadas — formas de se obter o prazer.

Turistas esclarecidos, filósofos aventureiros, sempre dispostos a iluminar cenários obscuros do teatro do mundo e a realizar estranhas experiências no laboratório do universo, os libertinos sabem que as viagens lhes servem para acumular conhecimentos e prazer. Para aprender. Embora sejam em sua maioria homens

---

[28] A nota inclui: "Consideram-se nervos os tubos destinados a veicular os espíritos nos órgãos onde se distribuem, e a trazer de volta ao cérebro as impressões dos objetos exteriores sobre esses órgãos. Uma grande inflamação agita de modo extraordinário os espíritos animais que correm na cavidade desses nervos, determinando-os ao prazer, se essa excitação é produzida nas partes geradoras ou nas que se lhes avizinham: o que explica os prazeres recebidos por golpes, picadas, beliscões ou chicote. Da extrema influência da moral sobre o físico nasce assim o choque doloroso ou agradável dos espíritos animais em razão da sensação moral que se recebe: de onde se ressalta que, com princípios e filosofia, com o aniquilamento total dos preconceitos, pode-se ampliar extraordinariamente, como já se disse, a esfera de suas sensações" (SADE, Donatien-Aldonze-François, marquês de. *La nouvelle Justine*, op. cit., t. 7, pp. 104-105). Em outra nota, esta de *Aline et Valcour*, (op. cit., t. 4, p. 236), o autor define: "Dá-se o nome de espíritos animais ao fluido elétrico que circula nas cavidades dos nervos; não há nenhuma de nossas sensações que não seja gerada do abalo causado a esse fluido; é dele que nasce a dor e o prazer; ele é, numa palavra, a única alma admitida pelos filósofos modernos".

já maduros e experientes — raros têm menos de trinta e seis anos[29] —, há vários exemplos de aprendizado do deboche na obra sadiana, dos quais o vivido pela jovem Eugénie de *La philosophie dans le boudoir* talvez seja o mais representativo. Para tal aprendizado — percurso que se faz "imperceptivelmente" — basta uma coisa: aptidão. Daí para a frente "caminha-se sobre flores": o que se aprende nessa escola é simultaneamente um conhecimento e uma forma de prazer. *Scientia sexualis* e a *ars erotica* reúnem-se em Sade: não há saber que não seja prazeroso, e essa marca da pedagogia libertina predispõe o viajante aprendiz, sempre, a uma nova lição. E o que desejam, senão aprender, aqueles quatro devassos que, durante cento e vinte dias, passam horas e horas ouvindo os relatos criminosos de suas notáveis historiadoras para depois praticá-los com maestria? E não será justamente por essa razão que o subtítulo, muitas vezes esquecido, de *Les 120 journées de Sodome* é *l'école du libertinage*?

Diz o autor numa dedicatória:

> Ficai convencidos nesta escola de que só ampliando a esfera dos gostos e das fantasias, só sacrificando tudo à volúpia, o infeliz indivíduo conhecido pelo nome de homem, jogado a contragosto neste triste universo, poderá semear algumas rosas entre os espinhos da vida.[30]

Mas a estrada de flores por onde caminham os libertinos é vertiginosa. E a viagem sadiana sempre termina diante de um abismo.

---

[29] Grande parte dos libertinos sadianos tem essa idade. É interessante notar que a Sociedade dos Amigos do Crime só admite membros novos se eles tiverem no máximo quarenta anos, para homens, e trinta e cinco anos, para mulheres; uma vez tendo ingressado na sociedade, porém, não há mais limitação de idade para nela permanecer.

[30] SADE, Donatien-Aldonze-François, marquês de. *La philosophie dans le boudoir*, in *Oeuvres complètes*. Paris: Jean-Jacques Pauvert, 1986, t. 3, pp. 379-380.

CAPÍTULO 2
O CASTELO

I

> Pois, se o crime possui alguns atrativos alhures, estes serão bem maiores aqui, onde, cometido na sombra e no silêncio, ele está isento de todos os temores e de todos os perigos.
>
> *La nouvelle Justine*

Súbito uma paisagem salta aos olhos: florestas, rochedos, penhascos, precipícios. Um grande silêncio completa o cenário acentuando a imagem ameaçadora de uma natureza repleta de ciladas para quem ousa devastá-la. Aproxima-se o momento da chegada; aumentam os obstáculos. De longe os viajantes vislumbram o castelo. Silling. É para lá que se dirigem os libertinos de Sade.[1]

Para chegar ao castelo, os devassos e sua comitiva viajam até a Basileia e atravessam o Reno; ao penetrar na Floresta Negra, abandonam as carruagens e empreendem uma caminhada de quinze léguas "por uma estrada difícil, tortuosa e absolutamente impraticável sem um guia" a fim de entrar na propriedade de

---

[1] Silling é o castelo cuja descrição mereceu de Sade o maior número de páginas e, consequentemente, um nível de detalhamento no que se refere à espacialidade libertina que não se encontra em qualquer outro lugar de sua obra. Considerando que *Les 120 journées de Sodome* é o primeiro romance do marquês, podemos afirmar que Silling, local exemplar do deboche, é o paradigma do castelo sadiano que será recriado nas obras posteriores. Mas os outros castelos sempre parecerão, a nós, leitores, uma citação de Silling.

Durcet, que começa num povoado sinistro, habitado por ladrões e contrabandistas. Esses "fiéis vassalos" de seu senhor, armados, servem de barreira a visitantes imprevistos.

Passada a aldeia é preciso escalar durante cinco horas uma montanha rodeada de precipícios; à medida que avançam, maiores são os obstáculos, e o mais imponente deles evidencia-se como:

> um singular capricho da natureza [...] fenda de mais de trinta toesas sobre o cume da montanha, entre sua parte setentrional e sua parte meridional, de forma que, sem habilidades artísticas, depois de escalada a montanha, torna-se impossível descê-la.[2]

Entre as duas partes abre-se um abismo de mais de mil pés de profundidade. Uma delicada ponte de madeira possibilita o acesso ao pequeno planalto, contornado por penhascos agrestes que "sobem até as nuvens" e, mais à frente, por uma muralha de trinta pés de altura. Do outro lado, um profundo fosso cheio de água, cuja margem oposta comporta uma enorme cerca. Uma passagem subterrânea leva ao castelo. De tal forma está ele separado do resto do mundo que, quando destruída a ponte, "não há, na terra inteira, um único ser, não importa a espécie que se possa imaginar, capaz de atingir este pequeno pedaço de terra".[3]

O local do deboche está sempre fora do alcance da visão dos outros: expressões como "nenhum traço humano apresentava-se a seus olhos", ou "florestas imensas pareciam roubá-lo ao olhar dos homens" são utilizadas com frequência para descrever a situação clandestina e, portanto, ideal, da libertinagem. Desnecessário dizer que não há obstáculo que os devassos não atravessem: conhecendo todos os segredos do lugar, eles encontram os caminhos, pontes e portas secretas, que lhes permitem, invariavelmente, chegar a seu destino. Os obstáculos têm assim dupla função: defesa e passagem. Impedimento absoluto aos ataques de fora; segurança plena ao abrigo libertino. O castelo é inviolável.

---

[2] SADE, Donatien-Aldonze-François, marquês de. *Les 120 journées de Sodome*, in *Oeuvres complètes*. Paris: Jean-Jacques Pauvert, 1986, t. 1, p. 62.
[3] Idem, ibidem, p. 63.

Há imagens na obra de um autor que parecem impor-se mais que outras. Adquirem certa independência, ganham autonomia de voo, ampliam seu campo de significações. Suas referências originais passam a ser apenas um ponto de partida ao qual se agregam outros significados, explicitando para além do que a intenção inicial pretendia, ultrapassando a associação primeira que o autor, consciente ou inconscientemente, propôs através delas.

Perguntado certa vez sobre sua obsessão por tigres, Jorge Luis Borges respondeu: "Não sou eu [...] Eles é que são obcecados por mim".[4] Os tigres não são apenas figuras às quais o escritor recorre quando escreve, escolhendo-as num vasto repertório: assumem estatuto de revelação. A resposta borgeana nos diz que a imagem pode transcender a consciência do sujeito que dela se utiliza, colocando, de imediato, outra questão: é o autor que se serve da imagem ou, ao contrário, é ela que se impõe a seu texto?

No caso de Sade, essa imagem é o abismo. De várias formas ela se enuncia: como elemento obrigatório da espacialidade sadiana, como uma das paisagens privilegiadas do imaginário setecentista, e até como metáfora do pensamento de Sade.

Não há castelo libertino que não seja protegido por um abismo. Não há libertinagem que não seja referida à figura abismal. Para que o castelo seja absolutamente inviolável é necessário precisar (e em Sade esse termo assume um sentido matemático) a distância que separa o mundo exterior do universo do deboche. Daí a recorrente paisagem inóspita, que, se de um lado representa a interdição, de outro anuncia os excessos de uma volúpia cuja principal fonte de inspiração é essa mesma natureza, a ser imitada em sua imponderável capacidade de destruição e, por exigência da insaciabilidade libertina, a ser incessantemente ultrapassada. O abismo não existe apenas para mostrar ao homem a fragilidade de sua condição, mas, sobretudo, para provar, concretamente, que é possível transcendê-la.

---

[4] Entrevista concedida em 1984 para a televisão brasileira.

Tema filosófico que, ao eleger a natureza como campo desconhecido a ser investigado, toma-a como lugar onde está depositada uma verdade irrefutável. As paisagens dão a conhecer leis e princípios imutáveis. O projeto de ler o homem através dos elementos naturais e de conhecer a natureza humana leva o século XVIII a várias vertentes de exploração, quase todas fundamentadas num distanciamento entre sujeito e objeto que pressupõe a natureza como objeto de conhecimento". Tal postura manifesta-se tanto na representação pictórica do mundo natural como em sua exploração científica, como confirma Béatrice Didier:

> Os homens dessa época têm necessidade de certo número de filtros para degustar a natureza; e mesmo aqueles que são capazes de vê-la de outro modo que através das vidraças de seu salão jubilam-se por recorrer a esse intermediário, essa tela que fornece a escritura.[5]

Na segunda metade do século XVIII, um novo sentimento em relação à paisagem surge, interrogando a harmonia dos jardins domesticados que o século anterior cultivava. Uma das primeiras manifestações dessa tendência deu-se na arte da jardinagem. Na França, os jardins clássicos — de formas perfeitamente geométricas, domados pela arquitetura — são gradativamente substituídos pelos modelos orientais, traduzindo a ideia de uma natureza indisciplinada, que ultrapassa a racionalidade da geometria.[6]

A vertente mais romântica desse sentimento substitui o jardim pelo parque, compondo uma paisagem como a que encontramos em *La marquise de Ganges*. O castelo meridional da família de Ganges é contornado por um grande parque de longas alamedas de tílias, de amoreiras, de carvalhos-verdes — espaço nostálgico, bucólico, onde a marquesa se perde em reflexões solitárias. Um cenário natural próximo ao da *La nouvelle Héloïse* e de muitos romances da época — como o *Aldomen*, de Senancour, que traz a

---

[5] DIDIER, Béatrice. *Sade essai: une écriture du désir*. Paris: Denoël; Gonthier, 1976, p. 112.
[6] COELHO, Rui. "Do sobrenatural ao inconsciente", *Folha de S.Paulo*, São Paulo, 2 out. 1987. Folhetim, p. 8; GROMORT, Georges. *Histoire abrégée de l'architecture de la Renaissance en France: XVIe, XVIIe et XVIIIe siècles*. Paris: Vicent, Fréal & Cie., 1930, pp. 212-213.

marca das almas sensíveis e melancólicas, anunciando o clima de "amor à natureza" típico do século XVIII.

É nessa época, ou um pouco antes, que, na Inglaterra, acentua-se a preocupação da alta e pequena nobreza rural com o reflorestamento, segundo os princípios da arboricultura, incentivando a criação de parques privados. Embora de início a palavra *park* se referisse simplesmente a uma área fechada, normalmente bosque, para proteção de animais de caça, a partir de então ela passa a assumir um significado mais preciso, associado à jardinagem paisagística. Os parques representam uma reação contra os jardins excessivamente formais, marcados pela regularidade, cujo modelo mais radical são os labirintos de arbustos silvestres, recusados como "produtos humanos da Razão" em função de uma natureza "não manipulada pelo homem". Ao modelo típico do século XVII vêm contrapor-se os jardins irregulares e românticos, refúgios da intimidade.

O paisagista William Kent, fundador dessa escola, afirmava que os parques deveriam ser planejados de forma a arrebatar e surpreender os observadores, com súbitas e imprevistas mudanças de paisagem. A construção desses cenários naturais levou os seguidores de Kent a levar para a Inglaterra um grande número de árvores estrangeiras, e de tal forma estavam esses paisagistas determinados na decisão de romper com a regularidade das composições que Lancelot Brown, o mais famoso deles, chegou a plantar árvores mortas nos jardins de Kensington.[7] Às soluções artificiais, recusadas pela nova sensibilidade, contrapunham-se os artifícios "naturais", expressão autêntica da natureza.

Como tema literário, ao *locus amenus* que o jardim representava na literatura clássica vem opor-se o que Rui Coelho chamou de *locus silvaticus*. Mas o culto a uma natureza indomada se revelará em múltiplos cenários. A paisagem agreste também será

---

[7] Sobre os parques ingleses, consultar: Hoskins, William George. *The making of the English landscape*. Harmondsworth: Penguin, 1977, cap. 5; para uma interpretação de seus significados na Europa setecentista, ver: Ranum, Orest. "Les refuges de l'intimité", in Ariès, Philippe; Duby, Georges (dir.). *Histoire de la vie privée*. Paris: Seuil, 1986, t. III: De la Renaissance aux lumières, pp. 214-219.

vista através de vários filtros: ora como cenário radioso e diurno que acalenta o sonho do "homem natural", abrigado no seio de sua abundante "mãe", ora como espaço abismal, desconhecido, noturno.

Quando os sonhos de felicidade se petrificam em utopias, "a cor negra começa a invadir a paisagem, levando as ilhotas de luz e idílio à deriva e provocando assim sua cristalização pânica".[8] A "grande natureza" é descoberta; livre, selvagem, perigosa. Florestas, desertos, despenhadeiros e abismos vêm apontar a existência de acidentes naturais, descontínuos, ameaçadores; a angelical marquesa de Ganges, ao sair de seu parque, só encontrará paisagens tenebrosas, repletas de obstáculos, prenunciando todos os infortúnios que o destino lhe reservou. O mal contamina o imaginário da época.

E o que encontram os exploradores de florestas obscuras, de grutas solitárias, de abismos colossais senão o túmulo, o sepulcro, a morte? A exuberância macabra de grande parte dos romances setecentistas evidencia a finitude humana. Os temas que pulsam na literatura da época expressam, de forma candente, essa descoberta histórica do lugar mortal que une o homem à natureza.

Dos jardins geométricos aos parques, e destes às florestas e aos abismos, o que se percebe nessa mudança de paisagem é a descoberta de novos espaços a serem iluminados pela razão. Nesse sentido, Sade é filósofo de seu tempo, fazendo ecoar em sua obra uma disposição compartilhada por grande parte de seus contemporâneos, embora muitas vezes anônima, confinada aos espaços de sua clandestinidade.[9] E talvez ele seja o mais radical defensor dessa ampliação da razão, realizando a impossível aventura de excursionar pelos espaços fronteiriços que unem o prazer ao mal.

Mas a paisagem abismal — e com ela o salto, a vertigem, o caos — projeta-se para além dos limites da escritura sadiana,

---

[8] LE BRUN, Annie. *Les châteaux de la subversion*. Paris: Jean-Jacques Pauvert; Garnier, 1982, p. 112.
[9] O fato de grande parte dos romances góticos ser anônima, somado a seu grande sucesso editorial, confere ao gênero um caráter mítico que Annie Le Brun define, citando André Breton, como "imaginação plural e automática" da época (Idem, ibidem, p. 215). Entretanto, o anonimato significa também que o imaginário *noir* confinava-se em sua obscuridade, não encontrando lugar ao lado dos mitos inconscientes da época.

"Château de Rochemaure, à um lieu de Montélimar"
— desenho de Gautier D'Agoty, França, 1778.

migrando de seu texto para o de seus intérpretes com grande frequência.[10] A ideia de tamanha profundidade ou altura, cujos confins não se conseguem ver, nem conceber, o "fundo falso" que Luiz Augusto Contador Borges evoca para falar de Sade lançando mão da imagem chinesa do *K'an* — o abismo sobre o abismo —,[11] impõe-se aos leitores do marquês assim como os tigres de Borges. E tal é sua força que ela tem o poder de evocar a totalidade da obra sadiana.

Por que o cenário abismal serviu tão bem aos intérpretes do marquês? Por que se tornou quase obrigatório? Bataille responde contemplando a imagem, como se fosse impossível desviar-se dela:

> diante dos livros de Sade estamos como outrora devia estar o viajante angustiado perante os rochedos vertiginosos que em sua frente lhe barravam o caminho: qualquer movimento nos afasta deles e no entanto nos sentimos atraídos. Esse horror nos ignora, mas não terá, porque *existe*, um sentido que nos é proposto?[12]

---

[10] Independentemente das diferenças de interpretação, proliferam imagens abismais como metáfora do pensamento de Sade. Philippe Sollers fala da "experiência dos limites" que pulsa na escritura sadiana, propondo que essa experiência tem o poder de desmascarar os saberes fundamentados na razão, na medida em que enuncia a possibilidade de um "gozo supremo" que é ao mesmo tempo consciência e perda da consciência. Essa mesma noção de vertigem orienta a leitura de Georges Bataille, que vê em Sade a realização de uma "contemplação do ser no cume do ser" e, nela, a proposta de um objeto insuportável à consciência: o delírio. Por isso, diz ele, ao lermos Sade, "nos surpreendemos perdidos em alturas inacessíveis". Annie Le Brun, em *Soudain un bloc d'abîme*, Sade, diz que, ao penetrar no castelo de Silling, o leitor tem a impressão de estar andando em falso, num passo que o desequilibra infinitamente, e que o preço dessa entrada nos domínios libertinos é uma "vertiginosa queda ao fundo da obscuridade individual". Ao submeter a razão à imaginação, afirma a autora, Sade coloca a consciência "à beira da irrealidade". Ver: SOLLERS, Philippe. *L'écriture et l'expérience des limites*. Paris: Seuil, 1968, p. 62; BATAILLE, Georges. *O erotismo: o proibido e a transgressão*. Lisboa: Moraes, 1970, p. 172; idem. *La literatura y el mal Emily Brontë, Baudelaire, Michelet, Blake, Sade, Proust, Kafka, Genet*. Lourdes Ortiz (trad.). Madri: Taurus, 1981, p. 93; LE BRUN, Annie. *Soudain un bloc d'abîme, Sade: introduction aux oeuvres complètes*. Paris: Jean-Jacques Pauvert, 1986, p. 35.

[11] BORGES, Luiz Augusto Contador. "Sade e a Revolução dos Espíritos", in SADE, Donatien-Aldonze-François, marquês de. *Ciranda dos libertinos*. Luiz Augusto Contador Borges (trad.). São Paulo: Max Limonad, 1988, p. 362.

[12] BATAILLE, Georges. *O erotismo: o proibido e a transgressão*, op. cit., p. 172. Há aqui uma reversão da imagem: à profundidade do abismo Bataille propõe a altura do rochedo. Reversão por semelhança, pois ambas as paisagens inspiram o mesmo sentimento: a vertigem.

Um desafio ao leitor: a cada página um abismo, convidando-nos ao salto. Talvez seja essa uma das razões pelas quais, não raro, se acusa o autor pela monotonia de seus escritos. É comum ouvirmos dizer que a literatura sadiana é repetitiva. Não será, contudo, essa atribuição uma espécie de resistência por parte de seus leitores?

Imaginemos um mundo completamente dirigido pelo mal — propõe o marquês. Mas ele não para aí: esse mundo deve desenvolver e aprimorar o gosto pela crueldade em nível de requinte tão alto e inatingível que mantenha a destruição como sua única possibilidade, seu único objetivo e sua única utopia. Daí Sade eleger a sexualidade como *locus* privilegiado para a realização de tal projeto; ali, onde o gozo se impõe e reina a fabulação, ele pede ao leitor que se associe a seu projeto de ultrajar o inconcebível.

Esse leitor ideal, esse "leitor amigo", evocado incansavelmente em sua obra, é definido justamente como aquele que tem condições de apreciar a multiplicidade dos prazeres do crime e, ainda mais, aquele capaz de preencher os espaços do devaneio que o autor lhe oferece. Quantas vezes Sade não afirma que deixa o leitor entregue às suas fantasias ou que prefere não revelar para favorecer a imaginação de quem o lê? Mas perceber o requinte das diferenças que se constroem no texto sadiano e permitir-se criar essa ordem de fantasias implica necessariamente uma identificação. É necessário que haja alguma adesão, algum investimento intelectual ou afetivo, quando se lê. E essa exigência beira o insuportável quando se trata desses livros: "É preciso passar pelos subterrâneos do ser para aceder ao castelo de Silling", diz Annie Le Brun.[13] É preciso saltar abismos, concordam quase todos os intérpretes do marquês.

Barthes pergunta-se sobre sua perplexidade diante do excesso da escritura de Bataille: "Que tenho eu a ver com o riso, a devoção, a poesia, a violência?". O texto de Bataille, assim como o de Sade, tem sempre essa aura de "estrangeiro", daquilo que ameaça

[13] Le Brun, Annie. *Soudain un bloc d'abîme, Sade: introduction aux oeuvres complètes*, op. cit., p. 35.

nossa humanidade e, por isso, provoca repúdio, ou pelo menos distância. No entanto, conclui o crítico:

> basta que eu faça coincidir toda essa linguagem (estranha) com uma perturbação que em mim se chama *medo* para que Bataille me reconquiste: tudo o que ele escreve, então, descreve-me: a coisa pega.[14]

Instala-se aí um jogo em que a resistência só pode ser vencida mediante uma identificação, mas esse reconhecimento tem um nome: medo.

Diante desse vazio, diante dessa imensa lacuna que se apresenta logo à entrada dos castelos libertinos, o leitor sente-se acuado. E não será porque suspeitamos que é esse mesmo vazio que o escritor tentará preencher, assim como preenche toda falta, todos os espaços ocos, todos os orifícios? Nesse sentido a figura do abismo pode ser interpretada como a grande lacuna do pensamento que Sade tenta ocupar, levando a fala aos vazios da interdição, domando uma natureza selvagem e ameaçadora, mas forçada a se apresentar numa mudez definitiva. Pois, ao silêncio sepulcral que envolve a paisagem ao redor desses castelos, contrapõe-se a loquacidade do devasso, seu constante apelo à eloquência, sua interminável fala, numa fidelidade absoluta ao projeto de "tudo dizer".

"E não adquirimos o direito de tudo dizer?" — pergunta Dolmancé ao defender a prática do assassinato.[15] Direito que, para Sade, não só ultrapassa em muito os supostos "direitos do homem" declarados então, mas também os desmascara, apontando sua fragilidade. Não terá sido, para o leitor da época, insuportável aderir a tal projeto, ao qual ele pedia sua colaboração? E não será ainda por essa mesma razão que o pensamento sadiano foi durante tanto tempo proibido como *texto* e admitido como categoria psicológica? Resta saber se esse temor teria deixado de vigorar nos dias de hoje ou se ele se esconde por trás de uma

---

[14] BARTHES, Roland. *Roland Barthes por Roland Barthes*. Maria de Santa Cruz (trad.). São Paulo: Cultrix, 1977, p. 154.
[15] SADE, Donatien-Aldonze-François, marquês de. *La philosophie dans le boudoir*, in *Oeuvres complètes*. Paris: Jean-Jacques Pauvert, 1986, t. 3, p. 525.

adjetivação que, ao atribuir a essa escrita o rótulo de "monótona", descarta sua leitura, atitude por certo motivada pelo desconforto que ela causa. E esse desconforto deve-se à monotonia ou a seu inverso também paralisante: o pânico?

O abismo é uma imagem que captura o sujeito no ato da leitura. É antes ao leitor, e não ao intérprete, que ela se revela. Consciente disso, Sade muitas vezes interrompe o texto para alertar quem o lê: "Neste ponto a minha pena detém-se... eu deveria pedir perdão a meus leitores, suplicar-lhes que não fossem adiante... sim... sim, eles que fiquem por aqui se não querem estremecer de horror...".[16] Ele porém não desiste: continua escrevendo a seus leitores que, não raro, tomados pela vertigem, interrompem ainda no início a viagem que ele propõe.

---

[16] Idem, "Florville et Courval", in *Les crimes de l'amour*, in *Oeuvres complètes*. Paris: Jean-Jacques Pauvert, 1988, t. 10, p. 305.

II

> ... vós já estais morta para o mundo, e é unicamente
> em função de nossos prazeres que agora respirais...
> *Les 120 journées de Sodome*

A ideia de "ilha inacessível" é bastante cara ao imaginário do século XVIII. Em *Les bijoux indiscrets*, de Diderot, encontramos uma "ilha do termômetro" onde se desenvolvem instrumentos para medir a temperatura dos parceiros sexuais; em *Le nouveau Gulliver*, do abade Desfontaines, é descrita uma "ilha dos filósofos" cujos habitantes dedicam-se a estranhas ocupações (como comparar exaustivamente dois pingos de água); em *L'isle des philosophes et plusieurs autres*, do abade Balthazard, um lugar semelhante é habitado por representantes de várias escolas, cuja única ocupação é a discussão filosófica. Esses são apenas alguns exemplos de uma imagem que se impõe em grande parte da produção filosófica e literária setecentista, seja de autores consagrados, seja de anônimos. A ilha longínqua é também um *topos* recorrente do *Dicionário de lugares imaginários*, assim como dos contos de fadas, constituindo, nessa geografia virtual, a projeção de um "paraíso perdido", onde subsiste um estado ideal do passado, no qual a idade do ouro ainda persiste.[1]

A princípio poderíamos supor que a imagem da ilha seria de interesse para Sade, uma vez que ela sugere a situação desejada pelo libertino. É o caso de Minski, que, após dez anos de viagem, retorna à Itália e descobre um paraíso insular para fixar-se em definitivo: "Eu desejava uma posição singular, agreste, misteriosa, na qual pudesse me abandonar aos mais pérfidos desregramentos

---

[1] GUADALUPI, Gianni; MANGUEL, Alberto. *The dictionary of imaginary places*. Nova York: MacMillan, 1980; FRANZ, Marie Louise von. *A interpretação dos contos de fadas*. Rio de Janeiro: Achiamé, 1981, p. 131; idem. *A sombra e o mal nos contos de fada*. Maria Cristina Penteado Kujawski. São Paulo: Paulinas, 1985, pp. 284-186.

de minha imaginação".² Todavia, essa escolha é rara para um personagem sadiano. Com efeito, Béatrice Didier observa que há poucas ilhas na espacialidade libertina: o lago que circunda o castelo de Minski é, no fundo, apenas uma extensão dos inúmeros fossos que barram sua entrada.³ Imagem inadequada para expressar a situação do devasso?

É bem provável que sim. Não é como referência literal que a ilha está presente em Sade, mas pela associação que a faz derivar de *insula*, o isolamento. Blanchot afirma que a moral libertina está baseada numa "solidão absoluta"; Bataille faz eco a esse pensamento aludindo a uma "solidão perfeita"; Barthes fala de uma "solidão filosoficamente exemplar".⁴ Daí que o texto sadiano possa prescindir da imagem, retendo apenas o conceito, ou seja, o sentimento de ilha que supõe uma *tabula rasa*, um marco inicial ao qual ainda não foi acrescentado nenhum conteúdo, um ponto de partida para a criação da filosofia do deboche.

O isolamento define a situação original do homem no mundo: "Não há qualquer ligação entre um homem e outro", "a natureza fez-nos nascer sozinhos" — repetem com frequência os devassos. Condição natural, restaurada plenamente quando o indivíduo, consciente da força de sua solidão no mundo, afasta-se da vigilância da sociedade: "O homem não se ruboriza de nada quando está só; o pudor só começa a cercá-lo quando alguém o surpreende, o que prova que o pudor é um preconceito ridículo, absolutamente desmentido pela natureza".⁵

De fato, Sade refere-se amiúde ao isolamento de seus personagens; mas notemos que esse isolamento é, antes de tudo, moral. Vejamos: a Minski ele chama de "eremita", não obstante a presença de dezenas de empregados, centenas de súditos e convidados como Juliette e seus amigos em seu castelo. "Estar só" para

---

² SADE, Donatien-Aldonze-François, marquês de. *Histoire de Juliette*, in *Oeuvres complètes*. Paris: Jean-Jacques Pauvert, 1987, t. 8, p. 596.
³ DIDIER, Béatrice. *Sade, essai: une écriture du désir*, op. cit., pp. 20-21.
⁴ BLANCHOT, Maurice. *Lautréamont et Sade*. Paris: Minuit, 1963, p. 220; BATAILLE, Georges. *O erotismo: o poibido e a transgressão*, op. cit., p. 169; BARTHES, Roland. *Sade, Fourier, Loiola*. Maria de Santa Cruz (trad.). Lisboa: Edições 70, 1979, p. 23.
⁵ SADE, Donatien-Aldonze-François, marquês de. *Histoire de Juliette*, op. cit., t. 8, p. 109.

o libertino significa principalmente estar fora das restrições que a sociedade impõe. No mais, os devassos estão sempre acompanhados.

Vale tocar aqui num tema pouco tratado quando se interpreta a condição libertina: a amizade. Entre os quatro devassos de Silling nenhum desacordo, nenhuma controvérsia e, sobretudo, nenhum rompimento; nada merece desaprovação quando se está entre amigos, e essa é uma palavra frequentemente utilizada para nomeá-los. Não se faz concessões quando se está entre iguais. Há grande alegria em se compartilhar os prazeres da libertinagem e isso fica claro, também, quando nos lembramos da perfeita amizade que une Juliette a Saint-Fond ou a Clairwil, sentimento que se expressa no campo erótico, lúdico e filosófico. Posto que o devasso não acredita na quimera do amor, a amizade é o único sentimento por ele cultivado que talvez não merecesse desaprovação por parte da sociedade, se a esta coubesse julgá-lo. Uma virtude libertina.

A Sociedade dos Amigos do Crime é um templo da amizade. Dos quarenta e cinco artigos que compõem seu estatuto, pelo menos a metade toca na questão da solidariedade entre os associados. A sociedade não faz distinção alguma entre eles, como reza o oitavo artigo:

> Unidos como num seio familiar, os amigos da sociedade dividem todas as suas penas assim como todos os seus prazeres; eles se ajudam e socorrem-se mutuamente em todas as diversas situações da vida.

Tal perspectiva é ampliada no décimo quarto artigo:

> A maior confiança possível é estabelecida entre os irmãos; eles devem confessar seus gostos entre si, suas fraquezas, deleitar-se com suas confidências, encontrando nelas um alimento a mais para seus prazeres.

Serão sumariamente excluídos da casa os traidores desses princípios. O mesmo acontecerá aos que adoecerem, se não observarem adequadamente o retiro necessário para evitar a contaminação, como reza o trigésimo segundo artigo. Enfim, tudo é planejado no sentido de conservar a vida dos associados. Mesmo as volúpias da libertinagem, quando relacionadas ao suplício, sofrem rigorosas restrições: "no seio da assembleia, nenhuma paixão cruel, com exceção do açoite aplicado simplesmente nas nádegas, poderá exercer-se [...] bastam as volúpias crapulosas, incestuosas, sodomitas e suaves", diz o décimo terceiro artigo. O trigésimo segundo explicita ainda o que é considerado suavidade no crime: "o roubo é permitido no interior da sociedade, mas o assassinato somente nos haréns".

A sociedade chega a assumir até, ousemos dizer, um caráter filantrópico quando se trata de amigos do crime. Embora a anuidade custe a cada membro a vultosa soma de dez mil francos,

> Vinte artistas ou homens de letras serão recebidos ao preço módico de mil libras por ano. A sociedade, amiga das artes, outorga-lhes essa deferência; ela lastima que seus meios não permitam a admissão por tal preço medíocre de um número maior de homens pelos quais sempre terá estima.

Mas essa deferência não é exclusiva dos artistas e o nono artigo estende a solidariedade exposta no sétimo a outros associados: "Haverá sempre em reserva uma soma de trinta mil libras para a utilidade de um membro que a mão do destino houver lançado em má situação".[6]

É verdade que em alguns momentos as exigências do mal falam mais alto. Quando Juliette e Clairwil visitam o vulcão ciceroneadas pela princesa Olympe Borghèse, elas não hesitam em empurrar a amiga para dentro de uma cratera em chamas, divertindo-se juntas com o acontecimento. Mais tarde, ao lado da Durand, a libertina se divertirá envenenando Clairwil. Mas, como observa Jane Gallop,

> a singular devoção de Juliette para com seus amigos consiste em estar em perfeita harmonia com eles até o momento em que ela passa a

[6] Idem, ibidem, pp. 439-448.

responder aos desejos de outro amigo — deixando-se levar por uma total metamorfose.[7]

Se há traições entre amigos, elas observam princípios, e nada têm a ver com a gratuidade com que os libertinos destroem suas vítimas. Quando Juliette e Clairwil, acompanhadas por Sbrigani, estão hospedadas no castelo de Minski e, para fugir dele, ministram ao gigante uma forte dose de soporífero, a libertina recusa-se a aniquilá-lo: "persistindo em minha resolução de jamais fazer tombar sob meus golpes aqueles que fossem tão cruéis quanto eu".[8] O "respeito aos talentos" que faz parte das regras do castelo de Silling encerra um princípio constitutivo da libertinagem; não deve haver traição quando o devasso está entre pares. Salvo exceções, excessos.

Daí a conclusão de que o libertino raramente está só, já que ele insiste em se manter ao lado de seus comparsas, reconhecendo talentos e desfrutando do conforto das boas companhias. No texto sadiano, as cenas de solidão — como a de Justine perambulando pelas florestas — são reservadas quase que exclusivamente às vítimas. Assim, o sentimento de ilha que une os devassos supõe outra forma de solidão, comunitária, implicando um tipo de sociabilidade que não encontra lugar na vida social.[9] Afastados do mundo, os devassos de Sade parecem sempre estar numa situação adâmica. Mas juntos. Momento fundante que eles repetem toda vez que entram em seus domínios.

"Na mais alta montanha" — é lá que invariavelmente instalam-se os libertinos. Não há castelo que não seja protegido por uma cordilheira. Não há libertinagem que não comece nas altu-

---

[7] GALLOP, Jane. *Intersections: a reading of Sade with Bataille, Blanchot, and Klossowski*. Lincoln: University of Nebraska Press, 1981, p. 57.
[8] SADE, Donatien-Aldonze-François, marquês de. *Histoire de Juliette*, in *Oeuvres complètes*. Paris: Jean-Jacques Pauvert, 1987, t. 9, p. 15.
[9] Vale, aqui, aludir à fórmula que Luiz Roberto Monzani propôs a esse respeito: se os devassos de Sade têm como característica o egoísmo radical, não seria a amizade libertina a reunião de "egoísmos coincidentes"? Sob esse ângulo, a amizade não seria definida pela chave da concessão, mas por afinidade absoluta, o que parece perfeito para o personagem sadiano, que descarta de seu sistema qualquer possibilidade de renúncia.

ras. A montanha, portanto, merecerá por parte dos personagens sadianos toda sorte de justificativas e elogios.

Justificativas geográficas: nas terras altas o frescor do ar é "necessariamente mais puro e bem menos denso que nas planícies" — observa Juliette dos aposentos superiores da Villa Albani. Justificativas históricas: ao visitar Capri, as montanhas que dividem a ilha numa parte alta e outra baixa evocam à libertina os feitos exemplares de Tibério: "seus palácios, um dos quais se encontrava cravado na ponta de um rochedo de altura tão prodigiosa que a vista mal alcançava", o imperador costumava atirar crianças "para atender a um de seus caprichos". Justificativas políticas: "Ei-las, as soberbas montanhas que te dominam do lado da minha pátria" — diz o rei da Sardenha a Juliette para provar sua soberania — "a mão que as elevou não te prova então, empilhando-as assim, que teus direitos não podem ultrapassar estes montes?".[10]

Os altos vales fechados das regiões montanhosas como aquele de Silling são concebidos, na geografia, como "ilhas", figura do isolamento.[11] Essas regiões, pela dificuldade de acesso, tendem a ser preservadas como natureza, selvagem, e como cultura, tradicional: "a montanha é, por excelência, o lugar da conservação do passado". Por isso, continua Fernand Braudel, as colinas e terras altas constituem-se não raro como "um mundo à margem das civilizações, que são uma conquista urbana, das planícies".[12]

Não estranha que, aos homens da planície, retocados pela civilização, os habitantes dos planaltos — representando natureza e passado intocados — despertem certa apreensão e desconfiança. Judith C. Brown observa que o isolamento a que estavam submetidos os montanheses italianos no Renascimento suscitava medo no povo da planície: "o demônio, como se sabia, gostava daqueles

---

[10] Sade, Donatien-Aldonze-François, marquês de. *Histoire de Juliette*, op. cit., t. 9, pp. 74, 391; t. 8, p. 583.
[11] Brunhes, Jean et al. *Geografia humana*. Joaquina Comas Ros (trad.). Barcelona: Juventud, 1955, p. 37.
[12] Braudel, Fernand. *O espaço e a história no Mediterrâneo*. Marina Appenzeller (trad.). São Paulo: Martins Fontes, 1988, p. 17; idem. *The Mediterranean and the Mediterranean world in the age of Philip II* citado por Brown, Judith C. *Atos impuros: a vida de uma freira lésbica na Itália da Renascença*. Cláudia Sant'Ana Martins (trad.). São Paulo: Brasiliense, 1987, p. 53.

lugares altos e isolados, onde o catolicismo romano deixara apenas pálidos sinais e onde a magia e a superstição reinavam". Como tema literário, diz ela, "a violência, a ignorância e a ingenuidade do povo das montanhas desenvolveram-se como uma variante do tema mais geral da *sátira del villano*".[13]

A relação planície-civilização-medo, opondo-se à montanha-natureza-violência, cabe perfeitamente para o esboço de uma geografia sadiana. Em Sade, os homens civilizados são justamente aqueles que, estando lá embaixo, nivelados, não conseguem sequer enxergar — digamos também, aventar — o lugar do deboche.

"Um dia, observando o Etna, cujo seio vomitava chamas, desejei ser este célebre vulcão" — diz Jérôme na Sicília, gritando a seguir: "Boca dos infernos! Se, como tu, eu pudesse tragar todas as cidades à minha volta, que lágrimas não verteria!".[14] Semelhante exaltação invade Juliette ao visitar o Pietra-Mala na Toscana: "Ó natureza! Como és caprichosa! [...] E não desejarias então que os homens te imitassem?".[15] Identificação absoluta entre os devassos e a "grande natureza" que os cerca: desejo de ser cataclisma.

Ou "fantasia natural", como prefere aludir aos vulcões o libertino de *La philosophie dans le boudoir*. Espelho da natureza, o personagem sadiano empreende uma descoberta que, de certo modo, se aproxima do sentimento que se apodera de Bataille ao subir ao Etna:

> nós estávamos extenuados e, de alguma forma, exorbitados por uma solidão muito estranha, muito desastrosa: é o instante de dilaceramento em que nos inclinamos sobre a ferida escancarada, sobre a fissura do astro no qual respiramos.[16]

Momento de descoberta que ultrapassa as possibilidades do entendimento humano, engendrando uma espécie de loucura

---

[13] Idem, ibidem, pp. 53, 160, 187 (nota 13).
[14] SADE, Donatien-Aldonze-François, marquês de. *La nouvelle Justine*, op. cit., t. 7, p. 41.
[15] Idem. *Histoire de Juliette*, op. cit., t. 8, p. 591.
[16] BATAILLE, George. *Le coupable*, citado por ARNAUD, Alain; EXCOFFON-LAFARGUE, Gisèle. *Bataille*. Paris: Seuil, 1978, p. 164. Vale lembrar ainda que a palavra *fêlure*, em francês, significando fenda, rachadura, fissura, tem um sentido figurativo também de loucura.

que resiste a qualquer investida racional.[17] O libertino, porém, tem a ousadia de propor essa vertigem à razão. Ao identificar nos fenômenos naturais suas próprias intenções, ele copia as "torpezas" da natureza, como faz o químico Almani de *La nouvelle Justine*, provando que o mal é "um simples termo adequado para traduzir o efeito do dinamismo natural".[18]

Por sua capacidade imponderável de destruição e seu efeito progressivo, o vulcão revela a crueldade da natureza,[19] sendo a prova do mal natural, como propõe Philippe Roger, que "pode tornar-se o princípio de reinterpretação do mal moral". Na erupção vulcânica "a natureza se mostra em sua verdadeira face: a da indiferença para com a humanidade, a da devastação, a da destruição".[20] Imagem perfeita à qual comparar a vibração — o *vibrato*, dirá Roger — dos personagens sadianos.

Imagem viril e, nesse sentido, incompatível com a simbologia insular: "a ilha supõe um devaneio de água, com todos os seus elementos complementares: embalo, universo feminino etc.",[21] afirma Béatrice Didier, contrapondo-a ao símbolo fálico do castelo. Dado o desprezo que os libertinos cultivam por esses princípios femininos e maternos, entende-se não ser a água, mas o fogo, o elemento de referência do deboche.

Senão, vejamos: são raros os afogamentos em Sade, sobretudo se comparados ao número de incêndios. Em Roma, Juliette e seus amigos, a exemplo de Nero, reúnem-se para executar um plano

---

[17] O vulcão é imagem recorrente em Bataille: já em *L'anus solaire* e em *L'oeil pinéal* encontramos evocação de *Jesuvio*, termo que ele cria a partir de *Jesus* e de *Vesuvio* para designar uma espécie de deus vulcão com o qual o autor se identifica.

[18] KLOSSOWSKI, Pierre. *Sade, meu próximo*. Armando Ribeiro (trad.). São Paulo: Brasiliense, 1985, p. 95.

[19] As imagens da natureza permitem, entretanto, diversas leituras. Diderot utiliza o exemplo do vulcão para argumentar que "tudo é bom na natureza": o furacão limpa a floresta, a tempestade purifica as águas e o vulcão "derrama de seu flanco entreaberto ondas de matéria incandescentes, elevando aos ares o vapor que os depura". DIDEROT, Denis. *Discurso sobre a poesia dramática*. Luiz Fernando Batista Franklin de Matos (trad.). São Paulo: Brasiliense, 1986, p. 43.

[20] ROGER, Philippe. *Sade: la philosophie dans le pressoir*. Paris: Bernard Grasset, 1976, p. 158. Philippe Roger dedica uma parte de seu livro à análise do vulcão em Sade, associando-o à sexualidade do libertino e relacionando o orgasmo do devasso à erupção vulcânica. Ver especialmente pp. 156-165.

[21] DIDIER, Béatrice. *Sade, essai: une écriture du désir*, op. cit., p. 21.

"Vue intérieure du cratère du Mont Vésuve, avant la grande eruption de 1767" — Desenho de Pierre Fabris, França, 1776.

de destruição, pelo fogo, de vinte e oito hospitais e nove casas de caridade: o incêndio dura oito dias e os devassos, que se deleitam ao assistir ao espetáculo dos terraços de um palácio localizado no topo de uma colina romana, calculam em mais de vinte mil o número de mortos. Também nas torturas que poderíamos chamar "de gabinete", há preferência pelos ferros em brasa, o mercúrio, os poços em cujo fundo ardem grandes fogueiras. Com efeito, ao detalhar, numa nota de *Aline et Valcour*, os três tipos de suplícios empregados pela Inquisição, Sade é categórico: "A tortura do fogo é a mais rigorosa de todas".[22] No vulcão, imagem recorrente, o fogo aparece abrigado pela montanha, protegido, na garantia de não ser jamais apagado.

O fim do século XVIII demonstra grande curiosidade pela montanha. Multiplicam-se as "viagens aos Alpes" e, seguindo a trilha de Shaftesbury e de Rousseau, diversos autores dedicam-se à descrição de paisagens alpestres. Os *Voyages dans les Alpes*, de Horace-Bénédict de Saussure, têm grande sucesso em 1787. Paralelamente, proliferam as edições de gravuras do gênero, documentando de forma idílica essas paisagens que transformam a natureza "bruta" em "bela natureza". Um significativo número de aquarelas pintando vistas de grandes alturas invade a Inglaterra e a França, não obstante o gênero ser considerado uma arte "menor" pelos salões acadêmicos. A sensibilidade romântica elege a montanha como refúgio e, embora o sentimento pastoral e a poética da "felicidade rústica" já sejam atropelados, mesmo no campo, pela devastação industrial, a imaginação dá conta de recriá-los idilicamente.[23] A montanha será um dos cenários da época, depositário de uma série de fantasias, abrigando diversas sensibilidades. Entre elas, a de Sade, cujo sentido pode ser aproximado a conteúdos mitológicos.

Em muitas mitologias a montanha está ligada ao conhecimento. Estando perto dos céus, ela é lugar de revelação, como a

[22] SADE, Donatien-Aldonze-François, marquês de. *Aline et Valcour*, in *Oeuvres complètes*. Paris: Jean-Jacques Pauvert, 1986, t. 5, p. 206.
[23] STAROBINSKI, Jean. *1789: les emblèmes de la raison*. Paris: Flammarion, 1979, pp. 207-212.

transfiguração de Cristo, ou local de orientação, como a aparição de quatro montanhas nos quatro pontos cardeais. Os apóstolos e os líderes espirituais da Igreja, diz Marie Louise von Franz,

> eram cognominados de "montanhas" pelos padres da Igreja primitiva. Ricardo de São Vítor interpreta a montanha de Cristo como símbolo de autoconhecimento que conduz à sabedoria inspirada dos profetas. Frequentemente a montanha é meta de uma longa busca ou local de transição para a eternidade.[24]

Para Bataille, o excesso vertiginoso do pensamento de Sade implica um conhecimento semelhante às revelações místicas, levando ao "cume excessivo do que somos".[25] Em sua ânsia de tudo assimilar, na obsessão de acumular a totalidade de saberes do planeta, o devasso ultrapassa o *philosophe*. Percorre o mundo inteiro para tudo conhecer e, uma vez realizado o projeto enciclopédico, ele refugia-se nas montanhas, *locus* de extremos, onde profetas e vilões, santos e bandidos se escondem.

Ao escolher isolar-se no alto, o libertino não está apenas reafirmando a interdição de comunicação com o mundo, mas também evidenciando que seu deslocamento é uma elevação. Tudo o que deixou fora, ficou embaixo, de onde quase nada se vê. De cima, de seu Olimpo, ele pode ampliar o alcance de sua visão e aumentar a extensão de seu prazer. Por isso, quando a neve cai lá fora, o devasso de Silling clama:

> Não se imagina o quanto ganha a volúpia com todas essas seguranças e aquilo que é possível fazer quando podemos dizer: Estou aqui sozinho, estou no fim do mundo, subtraído a todos os olhares e sendo completamente impossível que alguma criatura chegue até a mim; acabaram-se os freios e as barreiras.[26]

---

[24] FRANZ, Marie Louise von. *A interpretação dos contos de fadas*, op. cit., p. 138.
[25] BATAILLE, Georges. *O erotismo: o proibido e a transgressão*, op. cit., p. 172.
[26] SADE, Donatien-Aldonze-François, marquês de. *Les 120 journées de Sodome*, op. cit., 1986, t. 1, p. 225.

III

> É preciso então renunciar à fuga, minha cara.
> *La nouvelle Justine*

Surgindo no ponto mais obscuro da paisagem, o castelo. No coração da floresta, no meio da cordilheira, à beira do abismo ergue-se a construção sólida, pesada, antiga. O centro da natureza é ocupado por um artifício: "La nature n'existe pas plus qu'un décor". No percurso libertino, que parte da floresta em direção ao castelo, o mundo vai se fechando progressivamente e os obstáculos naturais vão pouco a pouco sendo substituídos pelos artificiais, compondo um espaço cada vez mais sombrio, mais denso, mais *interior*. A topografia das construções sadianas não é menos acidentada do que a da "grande natureza": pelo contrário, sublinha Annie Le Brun, nesses interiores, "tudo se torna insuportavelmente concentrado e ostentório".[1]

As aberrantes muralhas que escondem os devassos de Sade e encerram suas vítimas abrigam ainda outros hóspedes setecentistas: os protagonistas das histórias góticas que também travam um cruel combate entre a virtude e o crime. Acompanhemos, por um momento, a chegada desses personagens ao sombrio castelo. Ouçamos seu relato, excessivo, pleno de imagens.

A carruagem entra e as portas se fecham. Em geral um parque embeleza as cercanias da habitação senhorial, mas nesta se levanta um miserável bosque de pinheiros, mais altos que muralha nua, de cor eternamente escura, parecendo desprezar a vestimenta da primavera. De repente o céu torna-se nublado e uma estranha imobilidade parece tomar conta da atmosfera. Um grande bando

---

[1] LE BRUN, Annie. *Les châteaux de la subversion*, op. cit., pp. 181-182.

de gralhas voa silenciosamente no local. Um mastim começa a uivar alhures. Corvos e gaivotas prenunciam a tempestade. E ali, hostil e solitário, o castelo: testemunha muda da desolação.

"Tínhamos a impressão de navegar à deriva através de ignotos e fantásticos meandros, para nos precipitarmos num tenebroso mundo, povoado de sortilégios e terrores" —, conta um personagem ao ingressar no local. A sinistra fortaleza comporta longos corredores abobadados que levam a uma sucessão de quartos frios e sem móveis; passagens secretas que dão acesso a interditas torres negras; escadarias que conduzem a subterrâneos ocultos. Velhos esqueletos velam, dessas terríveis profundezas, inconfessáveis segredos do passado. Retratos em tamanho natural de antigos barões em traje de caça, gigantescas armaduras e estátuas antigas postam-se, inabaláveis, nas galerias, confirmando a fundação do castelo no sangue.

Tamanha imensidão faz que jamais se conheçam as verdadeiras dimensões da sinistra moradia: percorrê-la é descobrir jardins misteriosos, encerrando um labirinto de cavernas; recintos fechados por grades maciças, onde se percebe a existência de uma porta murada; aposentos sombrios, que escondem bibliotecas secretas; cemitérios abandonados, onde jazem túmulos sepulcrais. Colunas, capitéis, arcadas escuras emergem do espaço sob formas fugidias. Por trás delas, cadafalsos e armadilhas. E, invariavelmente, recônditas salas de tortura, vizinhas às celas e aos calabouços, ornadas por instrumentos de forma estranha e objetos incomuns.

O lugar é soturno, noturno. O que se guarda dele é, sobretudo, a letal atmosfera, apelando enfaticamente os sentidos: um sinistro barulho de chaves; pesadas portas rangendo nos gonzos; tempestades imprevistas provocando um repentino bater de janelas no pavimento superior. Suspiros e gemidos atestam que o castelo hospeda prisioneiros; gargalhadas ecoando nos corredores sugerem que ele acomoda visitantes clandestinos. Na penumbra crepuscular percebem-se sombras; no breu da noite a escuridão só não esconde a malignidade do lugar.

Tomados pela vertigem, os hóspedes do castelo são assaltados repentinamente por assombros, calafrios, desmaios, sonambulismo, doenças de etiologia obscura. Uma terrificante solidão apodera-se deles. O lugar será palco de grandes paixões proibidas, traições maquinadas, intrigas mesquinhas, intoleráveis revelações, horripilantes confissões; cenário de perseguições, vinganças, assassinatos. Tamanho horror impede às vezes a continuidade do relato: "vemo-nos obrigados a lançar um véu sobre o que cimentou este horrível pacto preparado pelas Fúrias, pacto a que o inferno enfurecido deu execução, ponto por ponto".[2]

No momento em que as Luzes ofuscam o século, a arquitetura sombria começa a brilhar. E, em revanche às formas geométricas e claras do edifício clássico, ela vai buscar inspiração nas construções góticas da Idade Média, criando um cenário para abrigar o novo sentimento de natureza. Nas profundezas da alma contemplam-se regiões abismais. A natureza humana desvela seus aspectos tenebrosos.

Ruínas invadem a paisagem setecentista em meados do século. A Idade Média é revisitada por meio dos romances de cavalaria, as catedrais e os monumentos góticos seduzem os olhares, os castelos feudais são modelos a serem copiados. Um súbito interesse pelo passado desloca a atenção para a arquitetura medieval: "Se a catedral gótica fascina, é porque ela faz nascer no espírito ideias de grandeza, por suas dimensões, sua altura, sua terrível obscuridade, sua imensidão, sua idade e sua resistência", diz Hugh Blair.[3] Essas construções monumentais opõem-se radicalmente à economia de espaço, metáfora de um estado de espírito que recusa o pequeno, o mesquinho, não somente como habitação, mas, sobretudo, como dimensão interior.

---

[2] Essa descrição do *château noir* foi feita a partir de imagens e expressões que se encontram em *O italiano ou o confessionário dos penitentes negros*, de Ann Radcliffe, *O castelo de Otranto*, de Horace Walpole, *O castelo mal-assombrado*, de E.T.A. Hoffmann, *Drácula*, de Bram Stocker, e *O fantasma de Canterville*, paródia de Oscar Wilde ao gênero, intercaladas a outras do marquês de Sade, especialmente de *La Marquise de Ganges*.
[3] BLAIR, Hugh, citado por LE BRUN, Annie. *Les châteaux de la subversion*, op. cit., p. 141.

Essas ruínas, contudo, escapam às suas raízes históricas, pois são artificiais. Cenários inacabados que, justamente por serem incompletos, têm o poder de engendrar um espaço infinito, deixando a imaginação entregue a si mesma. Lançado à vertigem de uma liberdade também infinita, o inacabamento se investe de um poder edificador que faz do castelo gótico um espaço aberto para a criação, ou "uma perspectiva que incita a busca do desvario", como propõe Annie Le Brun. Lugar imaginário onde se esboçam os contornos noturnos da figura do homem, ele coloca em questão os limites da natureza humana, tornando-se um "instrumento adequado para interrogar a terrível novidade de uma liberdade infinita".[4]

O castelo é medieval. E contemporâneo da Revolução Francesa. Nas últimas décadas do século uma febre contamina alemães, ingleses e franceses, alastrando-se depois por quase todo o continente europeu. É a febre gótica: o *roman noir* — *genre sombre*, como propôs Baculard d'Arnaud, ou *genre anglais*, conforme Maurice Lévy — faz milhares de leitores mergulharem em suas páginas sombrias para acompanhar a trajetória de inocentes heroínas ameaçadas por tirânicos vilões. Não obstante a semelhança entre todas essas histórias, ou talvez exatamente por isso, seu sucesso editorial foi extraordinário. A popularidade do gênero pode ser confirmada não só pelo grande número de publicações originais ou traduções colocados à disposição do leitor, mas também pelas inúmeras reedições dessas obras. *O castelo de Otranto*, do medievalista Horace Walpole, que dá ao *roman noir* sua certidão de nascimento, é um exemplo disso: de sua publicação original, em 1765, até o fim do século XVIII, ele terá sucessivas edições.[5] Mas é depois da queda da Bastilha que o gênero vai pleitear o estatuto de mito coletivo.

---

[4] LE BRUN, Annie. *Les châteaux de la subversion*, op. cit., pp. 141, 161.
[5] Sobre a popularidade do gênero, ver: LE BRUN, Annie. *Les châteaux de la subversion*, op. cit., pp. 210-215; SEDGWICK, Eve Kosofsky. *The coherence of gothic conventions*. Nova York: Methuen, 1986, cap. I; *Europe*. Paris: Europe/Messidor/Temps Actuel, n. 659, 1984. Le roman gotique; K, Eliane Robert. "Quase plágio: o *roman noir*". *34 Letras*. Rio de Janeiro: Nova Fronteira/34 Literatura, n. 5-6, set. 1989. Apesar de eventuais polêmicas existentes sobre o berço e a época de surgimento do romance gótico, o livro de Horace Walpole é considerado por grande parte dos estudiosos um marco decisivo na história do gênero.

O *roman noir* tem com a Revolução Francesa algumas afinidades. Uma delas é o apelo à liberdade, outra é o terror. Escusado dizer que ele evoca uma liberdade diferente daquela por que os revolucionários clamam pelas ruas de Paris. No que tange ao terror, contudo, é possível estabelecer algumas semelhanças: quando lemos os relatos de Restif de la Bretonne sobre o que se passava nas noites revolucionárias muitas vezes encontramos cenas dignas dos mais pérfidos contos de horror. Execuções em massa, fuzilamentos, afogamentos; e a guilhotina, a "santa guilhotina" como preferiam alguns, emblema por excelência do terror. Há um gosto mórbido em tudo isso. Em 1791, numa assembleia, o abade Morellet sugere que se coloque à venda a carne dos guilhotinados, obrigando por lei que todo cidadão se abasteça num açougue nacional, uma vez por semana, para realizar a "verdadeira comunhão dos patriotas, a verdadeira eucaristia dos jacobinos".[6]

Mesmo assim, a relação entre os aspectos mais sanguinários da Revolução e o gênero gótico poderia parecer demasiado mecânica se não fosse autorizada por um exigente leitor que, em 1801, escreve:

> Convenhamos apenas que esse gênero, por muito mal que dele se diga, não é de modo algum destituído de certo mérito; ora, ele é o fruto inevitável dos abalos revolucionários de que a Europa inteira se ressentia. Para quem conhecia todos os infortúnios com que os malvados podem oprimir os homens, o romance tornava-se tão difícil de escrever quanto monótono de ler; não havia um único indivíduo que não tivesse experimentado, em quatro ou cinco anos, uma soma de desgraças que nem num século o mais famoso romancista da literatura poderia descrever. Era, pois, necessário pedir auxílio aos infernos para produzir obras de interesse, e encontrar na região das quimeras o que era de conhecimento corrente dos que pesquisavam a história do homem neste século de ferro.[7]

---

[6] MORELLET, abade, citado por LE BRUN, Annie. *Les châteaux de la subversion*, op. cit., p. 237. Notável coincidência: os antropófagos do reino de Butua, em *Aline et Valcour*, também se abastecem de carne humana num açougue nacional. A data provável da redação do livro é 1789; foi publicado em 1795.

[7] SADE, Donatien-Aldonze-François, marquês de. "Idée sur les romans", in *Les crimes de l'amour*, in *Oeuvres complètes*. Paris: Jean-Jacques Pauvert, 1988, t. 10, p. 28.

Às palavras de Sade vem se acrescentar o lúcido comentário de Jean Fabre que condensa a atmofesra da época:[8] "O *sadismo* aflora por toda parte: só lhe faltava um marquês de Sade". Expondo tal cumplicidade entre história e narrativa, o *roman noir* reflete sobre a violência muda que ocupa as ruas nos anos revolucionários, dando voz ao mal e abrigando a crueldade em seus castelos. A lucidez noturna da arquitetura gótica recusa a mentira do hedonismo político que se constrói ao preço de uma individualidade submersa no corpo coletivo e relegada à sua particularidade extrema, isto é, à sua loucura. Por isso, diz Annie Le Brun,

> a "inconveniência maior" do *roman noir* está precisamente em expor a solidão terrível do indivíduo confrontado com sua própria violência interior, solidão que a ideologia revolucionária nega projetando-a no mundo passado e inaugurando, a pretexto de fundar a "nação", uma cumplicidade de fato que encerra cada qual em sua criminalidade.[9]

A emergência do romance gótico está associada também a um sentimento que se apodera da Europa na época: o *mal de vivre*. Esse profundo descontentamento terá vários nomes. "O reinado do Tédio instalou-se sobre a Terra" — dirá Walpole. Madame du Deffand responde com as seguintes palavras: "Ignora o senhor que eu detesto a vida, que me desolo por ter vivido e que não me consolo de nada por ter nascido?". Assim também, Rousseau confidencia a Monsieur de Malesherbes: "Eu encontrava em mim um vazio inexplicável que nada poderia preencher, um certo arrebatamento do coração em direção a outro tipo de poder, do qual eu não tinha a menor ideia".[10]

Ninguém escapa a "esse monstro do século XVIII": "nada, nem a exuberância das formas, nem o luxo do detalhe, nem o fausto do *décor*, pode se opor ao *taedium vitae*".[11] Os espíritos da época, espectadores fascinados de uma civilização que agoniza,

---

[8] FABRE, Jean. "Sade et le roman noir", in *Le Marquis de Sade: Colloque d'Aix-en-Provence sur Le Marquis de Sade, les 19 et 20 février 1968*. Paris: Armand Colin, 1968, p. 257.
[9] LE BRUN, Annie. *Les châteaux châteaux de la subversion*, op. cit., p. 238.
[10] WALPOLE, Horace; DEFFAND, madame; ROUSSEAU, Jean-Jacques citados por LE BRUN, Annie. *Les châteaux châteaux de la subversion*, op. cit., pp. 91-99.
[11] LE BRUN, Annie. *Les châteaux châteaux de la subversion*, op. cit., p. 96.

são assaltados pela mesma disposição sombria que domina os hóspedes do castelo. As "doenças da alma" refletem a desesperança e o significativo número de suicídios — realizados com grande rigor de detalhes — expressa o desespero. Basta lembrar a repercussão de *Werther*, romance que inspirou inúmeros suicídios em vários pontos da Europa, criando um gosto coletivo pela morte que Lichtenberg chamou de *furor wertherinus*. Na literatura as heroínas doentes são as mais formosas: a palidez embeleza e os personagens melancólicos detêm a verdade mais profunda dos corações. A virtude anda de mãos dadas com o infortúnio.

Raízes mais distantes do romance gótico já prenunciavam essa atmosfera sombria.[12] Uma delas é de interesse para quem estuda a proximidade do autor de *Justine* ao gênero: o parentesco com as *histoires tragiques* filiadas à sensibilidade barroca da França seiscentista, que fazem dos infortúnios seu tema privilegiado.[13] Se tomarmos essa vertente temática, veremos uma notável continuidade entre as *Histoires tragiques de notre temps*, do bispo de Belley, e *La vie de Marianne*, de Marivaux, passando pelas obras *Pamela* e *Clarissa* de Richardson, pelos folhetins de Defoe, pelas memórias de Prévost (que foi também tradutor de Richardson), pelos vinte volumes das *Causes célèbres et interéssantes*, de Gayot de Pitaval, entre tantos outros escritos, até chegarmos a Sade, leitor dessa literatura. Tal relação pode ser aferida em *La marquise de Ganges*, história de um crime dito verdadeiro cuja primeira versão editada

---

[12] Sade remonta à Antiguidade e à Idade Média ao vasculhar essas raízes em "Idée sur les romans". Horace Walpole, no prefácio à segunda edição de *O castelo de Otranto* (Manuel João Gomes [trad.]. Lisboa: Estampa, 1978, p. 25), afirma sua dívida para com William Shakespeare, "o grande mestre do natural", de quem confessa ter "copiado o modelo". Num erudito comentário sobre essas filiações, Jean Fabre lembra que a temática presente no gênero gótico deve ser considerada como uma tendência permanente da literatura, que se define a partir de critérios estéticos e sociológicos, colocando em jogo um sistema de constantes e de variáveis (em "Sade et le roman noir", op. cit., p. 255). Howard Phillis Lovecraft, na mesma linha, diz que "o impulso e a atmosfera [do *roman noir*] são tão antigos quanto o homem, mas o típico conto de horror da literatura corrente é filho do século XVIII" (*O horror sobrenatural na literatura*. João Guilherme Linke [trad.]. Rio de Janeiro: Francisco Alves, 1987, p. 12).

[13] Alguns títulos da imensa obra de Jean-Pierre Camus, o bispo de Bellay, escrita durante o reinado de Luís XIII, são sugestivos: *Elise, ou l'innocence coupable*, *événement tragique de notre temps*; *Marianne, ou l'innocente victime, événement tragique arrivé à Paris au Faubourg Saint-Germain*; *Eugene, histoire grenadine, offrant un spectacle de pitié et de pitié*; *L'amphithéâtre sanglant, où sont représentées plusieurs actions tragiques de notre temps*; *Les spectacles d'horreur, où se découvrent plusieurs tragiques effects de notre siècle*.

data de 1667, a segunda de 1676 e a terceira de 1685; republicada em 1700, 1701 e 1721 até ser reescrita por Pitaval nas *Causes célèbres et interéssantes*; em 1806 ganha o título de *Les épreuves du sentiment* nas mãos de Baculard d'Arnaud, fonte de Sade, que recria a história em 1813.[14]

Gênero folhetinesco que Fabre define como "indústria literária" ao afirmar que

> é no âmbito do que chamamos hoje de *littérature de colportage* ou de subliteratura que o *roman noir* surgiria na França no século XVII, para aflorar novamente e reivindicar uma nova dignidade no início do século XVIII, quando o romance não ousa mais se confessar como tal, embora o romanesco mais excessivo desabroche numa profusão de narrativas ou memórias pretensamente históricas ou verídicas.[15]

Todavia, se nos primórdios barrocos as tramas trágicas que se popularizaram numa Europa católica tinham propósitos morais e edificantes — o que lhes conferia um caráter de exemplo às avessas —, com o passar do tempo elas vão se mundanizando, não apenas no sentido que Fabre coloca, mas também como polo catalisador das sensibilidades que se forjam nas últimas décadas do século XVIII. A Europa protestante empresta às histórias francesas a atmosfera gótica, que imediatamente invade a França como uma grande sombra.

Por volta de 1790 o universo *noir* é erotizado, sem dúvida apoiado na onda de anticlericalismo que se alastra pelo continente. Isso vai aproximar mais ainda a escritura sadiana dos textos góticos. Cai o véu que obscurece os castelos, e a agressividade sexual aparece como ponto nevrálgico da consciência moral da época. Para conhecer a natureza será preciso transgredir as normas: valendo-se da chave da transgressão, o romance gótico coloca em cena pais, maridos e religiosos no papel de sanguinários vilões a profanar a inocência. Em sintonia com essa tendência, da qual Sade é fundador, seu panfleto "Français, encore un effort si vous voulez être

---

[14] LÉLY, Gilbert. *Vie du Marquis de Sade*. Paris: Gallimard, 1957, t. II, p. 341.
[15] FABRE, Jean. "Sade et le roman noir", op. cit., pp. 255-256.

Ilustração para o livro *Phrosine et Mélidore*, de Pierre Joseph
Bernard — Gravura de Pierre Paul Prud'hon, França, 1797.

republicains", de 1795, vai desmascarar o republicano "sensível e virtuoso", revelando que por trás dele estão o crime e a morte.

Sade, gótico? Por certo, se tomarmos, por exemplo, *La marquise de Ganges*, uma adesão total à estética do *roman noir*; ou se nos remetermos a inúmeras passagens de *Aline et Valcour*, obra destinada ao grande público; e, ainda, se nos referirmos às novelas de *Les crimes de l'amour*, cujos títulos indicam a filiação ao gênero: "Miss Henriette Stralson ou Les effets du désespoir, nouvelle anglaise", "Eugénie de Franval, nouvelle tragique", "Faxelange ou Les torts de l'ambition", "Dorgeville, le criminel par vertu". Vale lembrar que essas obras são escritas nas décadas que antecedem e sucedem a Revolução; quase impossível não ser gótico então, sobretudo para quem escrevia na clandestinidade.

No *Catalogue raisonné des oeuvres de M. de S. à l'époque du 1er janvier 1788*, o autor descreve as novelas de *Les crimes de l'amour*: "Não há, em toda a literatura da Europa [...] qualquer obra na qual o *genre sombre* tenha sido levado a um grau mais apavorante e mais patético".[16] Mas nem por isso ele nos autoriza sua filiação, já que em "Idée sur les romans", texto de abertura do livro, ele vai criticar "esses romances novos, cujo mérito é, quase exclusivamente, composto de sortilégio e fantasmagoria". Diz ainda que, embora *The monk*, de Matthew Gregory Lewis, seja superior "aos voos bizarros da brilhante imaginação de Radcliffe", os autores do gênero pecam pelo excesso de fantasia, desembocando sempre numa dessas alternativas: "ou se revela o sortilégio e, a partir daí, se perde todo o interesse; ou nunca se ergue o véu, e aí temos a mais detestável inverosimilhança". Para um escritor como ele, que se propõe a "mostrar o homem tal qual ele *pode* ser", tal procedimento é inaceitável. Mais que tudo, as soluções do gênero são insuficientes para um autor que, tendo Prévost como modelo de romancista, deseja apresentar situações em que "a natureza estremece de terror".[17]

Quais são os ingredientes do *roman noir*? Vejamos a receita de Lovecraft:

[16] SADE, Donatien-Aldonze-François, marquês de, citado por LÉLY, Gilbert. *Vie du Marquis de Sade*, op. cit., t. II, p. 269.
[17] SADE, Donatien-Aldonze-François, marquês de. "Idée sur les romans", op. cit., pp. 28-29.

> um castelo gótico, com sua lúgubre vetustez, vastas distâncias e labirintos, alas abandonadas ou em ruínas, corredores úmidos, catacumbas malsãs escondidas e uma procissão de fantasmas e de lendas tenebrosas, como núcleo de suspense e demonismo assustador. Além disso, o nobre tirânico e perverso como vilão; a heroína inocente, perseguida e geralmente insípida, que é vítima dos principais horrores e serve como ponto de vista e foco das simpatias do leitor; o valente e impoluto herói, sempre de nascimento nobre, mas frequentemente em disfarce humilde; a convenção de sonoros nomes estrangeiros, o mais das vezes italianos, para as personagens; e toda uma série de artifícios teatrais, entre eles estranhas luminosidades, alçapões apodrecidos, lâmpadas que não se apagam, manuscritos bolorentos escondidos, gonzos rangentes, cortinas agitadas, e por aí afora.[18]

Para quem achar demasiadamente caricatural essa receita, atribuindo-a a seu anacronismo, vale consultar outra, contemporânea de Sade, publicada em maio de 1798 pelo *Le spectateur du nord*:

> um castelo velho que está em ruínas pela metade; um longo corredor com várias portas, muitas das quais devem estar fechadas; três cadáveres ainda sangrando; três esqueletos bem embalados; uma velha enforcada com alguns golpes de punhal na garganta; ladrões e bandidos escondidos; uma dose suficiente de cochichos, de gemidos sufocantes e de *horríveis* ruídos; todos esses ingredientes bem misturados e distribuídos em três porções, ou volumes, dão uma excelente mistura que todos aqueles que não têm sangue negro podem tomar no banho antes de se deitar. Seus efeitos são os melhores. *Probatum est...*[19]

Será possível reconhecer a escritura sadiana num gênero que dentro e fora de sua época mereceu um receituário tão caricatural? Claro que não, e várias são as diferenças. O pitoresco medieval, como nota Fabre, não é fonte de Sade; tampouco há ruínas em seus castelos: ao contrário, os locais do deboche são muito bem conservados e extraordinariamente equipados para garantir sua plena funcionalidade. Nem ruínas, nem fantasmas — estes são meras quimeras condenadas ao desprezo absoluto da filosofia.[20]

---

[18] Howard Phillis Lovecraft, *O horror sobrenatural na literatura*, op. cit., pp. 15-16.
[19] *Le spectateur du nord* citado por FABRE, Jean. "Sade et le roman noir", op. cit., p. 259.
[20] Ver, por exemplo, a historieta: SADE, Donatien-Aldonze-François, marquês de. "Le fantôme", in *Contes, historiettes et fabliaux*, in *Oeuvres complètes*. Paris: Jean-Jacques Pauvert, 1986, t. 2.

Sade tem seu próprio modelo; se retira do gênero gótico alguns cenários e certa atmosfera, de modo algum ele se rende à receita tradicional. Inclusive porque, ao lançar mão de tais recursos, só o faz subvertendo-os. Por isso é importante sublinhar que o marquês procede a uma verdadeira inversão daquilo que poderíamos chamar de "ponto de vista *noir*", em sua obra é identificado exclusivamente ao universo dos súditos.

Justine entra nos domínios de Roland, após exaustiva viagem:

> Enfim avistamos um castelo cravado num topo de montanha, à beira de um horrendo precipício, sob o qual ele parecia prestes a se abismar: nenhum caminho parecia conduzir a ele; o que seguíamos, utilizado apenas pelas cabras, coberto de seixos por todos os lados, levava, através de circuitos inumeráveis, a esse antro de pavor, que dava antes a impressão de ser um asilo de ladrões que a habitação de gente virtuosa.[21]

Se o testemunho dessa chegada, quando narrado pela vítima, é sempre pontuado pelo temor, o relato assume tom diverso na palavra do devasso: "Esta casa fresca, solitária e voluptuosa tinha tudo o que caracteriza um lugar do deboche", diz Juliette ao ser recebida em terras do grão-duque Leopold, numa recôndita montanha dos Apeninos,[22] contemplando uma paisagem que certamente mereceria de Justine adjetivação bem menos atraente.

Assim, a entrada ao castelo só contempla os parâmetros do gênero gótico quando descrita pela vítima. Mas em Sade é herói o vilão, sendo também ele quem reivindica a adesão e a simpatia do leitor. Justine, diz Gernande, "só responde a verdades irreplicáveis com lugares-comuns".[23] Tal crítica poderia estender-se às inocentes e virtuosas heroínas do *roman noir*, incansáveis repetidoras do mesmo, valendo-se de um discurso que defende a virtude, não em suas máximas filosóficas, mas dentro de um limitado repertório de generalidades.

---

[21] SADE, Donatien-Aldonze-François, marquês de. *Justine ou le malheurs de la vertu*, in *Oeuvres complètes*. Paris: Jean-Jacques Pauvert, 1986, t. 3, p. 236.
[22] Idem. *Histoire de Juliette*, op. cit., t. 9, p. 22.
[23] Idem. *La nouvelle Justine*, op. cit., t. 7, p. 179.

A obra sadiana, tomada na totalidade, é menos uma demonstração dos infortúnios da virtude que das prosperidades do vício; diante dela o *roman noir* é uma pálida luz que deixa entrever o mal: um pressentimento, como afirma Annie Le Brun. A audácia e a lucidez de Sade consistem na formulação de um discurso que coloca em cena o *gosto* pelo mal, gosto que por certo se escondia por trás daquelas histórias góticas, pretensamente exemplares e plenas de apelos dignificantes, mas constrangido a não se manifestar.

Ao denunciar os artifícios retóricos da virtude, dando a palavra final aos vilões libertinos, o criador da Sociedade dos Amigos do Crime ilumina, como nenhum outro contemporâneo seu, as paixões que no *roman noir* ainda se ocultavam na penumbra. Essa distância entre o gênero sombrio e as narrativas sadianas é evidenciada nos cenários: no primeiro prevalece a opacidade, as formas são fugidias, as imagens turvas, enquanto em Sade tudo é luz.

"Avançamos: foi preciso ainda atravessar três aposentos, que encontramos mergulhados nas trevas como os precedentes; um salão muito iluminado se abre ao fundo" — relata um personagem de *Aline et Valcour*.[24] Assim, quando o devasso enfim se instala no interior de seu castelo, não há mais escuridão, todas as passagens ocultas são descobertas, todas as portas secretas são abertas. Nada se oculta à sua visão.

Se o cenário *noir* é a chave de entrada da cidadela libertina, após a chegada de seus ocupantes a arquitetura torna-se mais complexa. Serralhos são alas indispensáveis nas construções do deboche, e sempre em número par. No castelo de Minski eles abrigam duzentas jovens cada, vindas das maiores cidades do mundo, e essa população é permanentemente renovada. Na Sociedade dos Amigos do Crime, os dois pavilhões, contornados por enormes muros, são compostos um, de trezentos rapazes na idade de sete a vinte e cinco anos, outro, de igual número de mulheres entre cinco e vinte e um anos. Cada um deles é provido de doze gabinetes de suplício e doze celas. Em Sainte-Marie-des-

---

[24] Idem. *Aline et Valcour*, op. cit., t. 5, p. 114.

-Bois os serralhos são idênticos um ao outro; empregados mudos encarregam-se do serviço.

Como se sabe, o Oriente — e com ele os haréns — é uma das fantasias do século XVIII. Os embaixadores árabes que haviam visitado Luís XIV fascinaram a corte francesa; os viajantes que percorreram a Ásia desde o século anterior deixaram como legado relatos de viagem que seduzem o pensamento das Luzes, influenciando inúmeros livros, escritos por "viajantes" que jamais cruzaram as fronteiras da França. Versalhes recria festas orientais com toda suntuosidade. Na arte da jardinagem, os olhares se voltam para os jardins persas, introduzidos na França através da China; na pintura, Watteau copia os motivos de porcelana chinesa para decorar o castelo de La Muette e Boucher, pintor favorito de madame de Pompadour, cria em sua "Sequência de Figuras Chinesas" modelos que virão a ser reproduzidos em toda a Europa.[25]

A tradução do *Livro das mil e uma noites* por Antoine Galland, iniciada em 1704, tem imediata repercussão e é lida durante todo o século. Influencia o *roman noir* que produzirá mais tarde uma vertente oriental, cujo filho pródigo é *Vathek*, de autoria do inglês Beckford, mas escrito originalmente em francês, em 1782. Os contos árabes seduzem leitores e escritores; Bagdá e Damasco são nomes recorrentes na literatura popular; nos folhetins proliferam as figuras do "espião chinês" ou do "espião turco" a vasculharem os segredos da França.

O fascínio pelo Oriente tem sua contraface no medo. Montesquieu dá continuidade à tradição dos observadores europeus das últimas décadas do século XVII, voltando-se ao tema do despotismo oriental e fazendo eco às histórias escritas por Chardin, Ricaut e Coppin, que converteram o regime otomano em representação por excelência da monstruosidade política. *De l'esprit des lois* utiliza observações dispersas de toda uma geração

---

[25] Sobre o fascínio do Oriente na França clássica ver: GROSRICHARD, Alain. *Estructura del harén: la ficción del despotismo asiático en el Occidente clásico*. Marta Vasallo (trad.). Barcelona: Betrel, 1981. Sobre sua repercussão na literatura, consultar: LOVECRAFT, Howard Phillis. *O horror sobrenatural na literatura*, pp. 29-31, e, na arquitetura, GROMORT, Georges, *Histoire abrégée de l'archicteture de la Reinassance en France: XVIe, XVIIe et XVIIIe siècles*, op. cit., pp. 165-166.

de viajantes, sendo referência obrigatória da filosofia política de meados do século; recebe críticas de Voltaire, em seu *Essai sur les moeurs et l'esprit des nations*, e elogios de Sade, que não deixa de citar os aberrantes exemplos de crueldade nele descritos.

No Oriente de Montesquieu o doméstico encontra-se definitivamente politizado: o poder real assimila-se ao poder paternal. O déspota oriental é definido como sujeito de uma sensualidade absoluta e soberana, fazendo coincidir política e paixões, poder e desejo.

> Sensual, o déspota confunde o serralho e o Estado — voltados para seu prazer pessoal em vez das responsabilidades públicas: liberdade sem recíproca. Concubinas identificam-se a súditos, eunucos a ministros; aplainando o outro (homens e mulheres, animais e coisas, reduzidos todos à privação: à imagem árida do deserto), o sultão faz seu orgasmo estéril coincidir com a passividade feminina, com a castração dos servidores e os suplícios arbitrariamente distribuídos aos súditos.[26]

Nas *Lettres persanes*, Montesquieu desvela o harém, ala do palácio que encerra por trás de seus muros grandes jardins de flores perfumadas, vastos salões onde se realizam festas suntuosas, salas para banhos providas com as mais raras essências, inúmeros quartos e pequenas alcovas, cada qual concebido para melhor contemplar os sentidos, tudo levando à embriaguez. Lugar da lubricidade e dos excessos, onde eunucos e servos mudos testemunham castigos, privações, torturas e assassinatos: "no serralho reinam o horror, a noite e o espanto; cerca-o um horroroso luto" — escreve uma de suas personagens antes de envenenar-se.[27] Jardim das delícias e suplícios, o harém invisível dá visibilidade a um despotismo que funde o sensual e o político.

Sade, que conhecia muito bem o *Livro das noites*, compartilha com seus contemporâneos a curiosidade pelo Oriente. Mas, se os serralhos são alas obrigatórias em seus castelos, nem por

---

[26] RIBEIRO, Renato Janine. *Ao leitor sem medo: Hobbes escrevendo contra o seu tempo*. São Paulo: Brasiliense, 1984, p. 75.
[27] MONTESQUIEU, Charles-Louis de Secondat, barão de. *Cartas persas*. Mário Barreto (trad.). Belo Horizonte: Itatiaia, 1960, p. 277.

isso ele se vale da noção de despotismo oriental: o harém sadiano não se projeta na sociedade. A Montesquieu, Sade deve apenas os exemplos, não a teoria; do modelo oriental, ele guarda apenas os interiores, e não a política, que excede seus muros.

> A pobreza da língua francesa nos força a empregar palavras que nosso feliz governo reprova hoje com tanta razão; esperamos que nossos leitores esclarecidos nos entendam e não confundam de forma alguma o absurdo despotismo político com o muito luxurioso despotismo das paixões da libertinagem

esclarece o autor de *La philosophie dans le boudoir* numa nota,[28] pedindo perdão a seus leitores pela utilização da palavra despotismo. A filosofia sadiana concebe duas liberdades: uma lá fora; outra, bem mais vasta, dentro.

O convento, construção de memória medieval, é outra estrutura à qual recorre a arquitetura do deboche. Dele Sade retira a mesma atmosfera que impregna quase todo o gênero gótico:[29] "as sombras da noite começaram a espalhar na floresta esse tipo de terror religioso que faz nascer ao mesmo tempo a fé nas almas tímidas, o projeto de crime nos corações ferozes".[30] E o terror religioso, para o vasto gosto libertino, é portador de "qualidades que emprestam à luxúria uma atração a mais".[31] Além disso, ao abrigo dos muros monacais se constitui "uma sociedade perfeitamente fechada, um círculo, um clube", definido pelo rigor da clausura e da disciplina.[32] Como não agradar ao libertino?

De fato, as semelhanças entre os locais do deboche e certas instituições monacais são surpreendentes. É o caso de Cluny, o maior mosteiro já construído no Ocidente, fundado no ano 910 e destruído imediatamente após a secularização de 1790. No século

---

[28] SADE, Donatien-Aldonze-François, marquês de. *La philosophie dans le boudoir*, op. cit., t. 3, p. 541.
[29] O tema conventual é recorrente no gênero gótico, sendo o eixo de obras como *O italiano ou o confessionário dos penitentes negros*, de Ann Radcliffe, e *O monge*, de Matthew Gregory Lewis.
[30] SADE, Donatien-Aldonze-François, marquês de. *La nouvelle Justine*, op. cit., t. 6, p. 105.
[31] Idem. *Les 120 journées de Sodome*, op. cit., t. 1, p. 62.
[32] VAILLAND, Roger. *Le regard froid: réflexions, esquisses, libelles, 1945-1962*. Paris: Bernard Grasset, 1963, p. 248.

XII, dominando aproximadamente mil e quinhentas abadias e priorados, Cluny adota a forma de um Estado monacal centralizado, tornando-se a capital de todo um império monástico. Nesse auge, o mosteiro deve sua posição especial a várias circunstâncias: por localizar-se em "território vazio de soberania", que não era parte do Império nem dependia do reino francês; por fundar uma nova espiritualidade monástica que enfatizava a distância de todos os negócios temporais; por sua incomensurável riqueza e por uma dinastia de abades. Estes, conta Wolfgang Braunfels, "quatro dirigentes sábios, grandes, realmente geniais" se converteram em "príncipes monacais", que os inimigos insistiam em comparar a reis.[33] Impossível, ao ler as descrições de Cluny e tomar conhecimento da extensão do poder exercido por esses quatro abades, não nos lembrarmos do quarteto de Silling ou dos quatro monges de Sainte-Marie-des-Bois.

Marcell Hénaff chega a dizer que o modo de vida dos devassos está calcado completamente sobre o modelo monacal, e que o signo mais manifesto desse modo de organização é o sistema de regras que definem direitos, deveres e atitudes dos hóspedes de Silling ou dos membros da Sociedade dos Amigos do Crime. Para ele, a estrutura monástica fornece o modelo da comunidade libertina tanto em nível institucional — por meio da regra, da clausura e do silêncio — como no das relações internas dessa comunidade, fundadas sobre uma moral da esterilidade que pressupõe a separação sexual e a recusa de reprodução da célula familiar. Os conventos, a exemplo das associações libertinas, constituem-se como "uma sociedade dentro da sociedade".[34]

Hénaff, porém, não leva em conta que, para além dos níveis de organização comunitária, é, sobretudo, a função atribuída aos conventos no decorrer do século XVIII que vai chamar a atenção de Sade. É como escola sentimental, disciplinadora do corpo e do espírito, que o tema interessa a ele e a muitos de seus

---

[33] BRAUNFELS, Wolfgang. *Arquitetura monacal en Occidente*. Michael Faber-Kaiser. Barcelona: Barral, 1974, cap. 4, pp. 73-74.
[34] HÉNAFF, Marcel. *Sade, l'invention du corps libertin*. Paris: Presses Universitaires de France (PUF), 1978, pp. 174-178.

contemporâneos. Heroínas inocentes são preparadas nessas casas virtuosas antes do casamento — muitas vezes contra a vontade. Viúvas desafortunadas, jovens desiludidas, libertinas arrependidas procuram ali o refúgio, às vezes provisório, frequentemente permanente, como foi o caso de madame de Sade. Lugar de aprendizado da virtude e da fé religiosa, o convento abrigará muitos personagens literários (Cécile de Volanges em *Les Liaisons dangereuses*, Faxelange nos *Les crimes de l'amour*, Léonore em *Aline et Valcour*), sendo local de redenção para outros (O Don Juan, de Merimée, a condessa de Sancerre, de Sade), sempre realçando sua função central que gravita em torno da educação.

Mas a época também colocará em xeque essa capacidade de formação. Uns verão nos conventos a obscuridade da razão, inimiga das Luzes. *A religiosa*, de grande repercussão na época, conta a história de uma freira forçada a professar e impotente para abandonar a prisão conventual, que escreve, pelas mãos de Diderot, um dos mais radicais depoimentos contra a instituição monacal. Por trás de suas muralhas um verdadeiro "inferno monástico" é descoberto; os diários de religiosos desvelam conflitos, castigos e penitências. E transgressões: *As cartas da religiosa portuguesa*, surgidas no século XVII, descrevem sóror Mariana Alcoforado recebendo livremente seu amante no convento de Beja, numa cela por certo muito pouco monástica. Ao lado da mortificação da carne descobre-se o êxtase, a volúpia e o prazer.

Quando as instituições parecem não corresponder mais às necessidades para as quais foram criadas, ou quando essas necessidades desaparecem, situação comum nos regimes que vivem suas fases finais, elas tendem a transformar-se em instrumentos de prazer, afirma Roger Vailland. "Quando o amor não serve mais que acidentalmente a procriar, começa o prazer. Quando o convento deixa de ser o asilo das súplicas, ele torna-se a escola dos apaixonados".[35]

A virtude que a educação religiosa prega tem profundos laços de parentesco com o vício: Justine e Juliette. As duas irmãs são

[35] VAILLAND, Roger. *Le regard froid: réflexions, esquisses, libelles, 1945-1962*, op. cit., p. 245.

educadas numa das melhores abadias de Paris até que, abandonadas pelo pai, que foge do país por causa de uma crise financeira, e pela mãe, que morre de desgosto dias depois, cada qual segue diferente destino. De formas radicalmente opostas, ambas conhecem o outro lado da vida monástica.

"Vocês conhecem a celebridade dessa abadia e sabem que foi de seu seio que, depois de alguns anos de formação, saíram as mulheres mais belas e mais libertinas de Paris"[36] — conta Juliette, ao narrar sua história. Órfã aos quinze anos de idade, continua abrigada pelo convento de Panthemont, onde é educada dentro dos princípios lascivos de sua preceptora, a abadessa Delbène, professando com ela os conhecimentos teóricos e práticos que a iniciam na libertinagem. Após alguns anos, deixa essa casa, tranfere-se para o mais famoso bordel de Paris, e daí prossegue numa prodigiosa carreira que a leva a pôr em prática seus conhecimentos em outros conventos (o das carmelitas em Paris, o das freiras de Bolonha), chegando, inclusive, a realizar no Vaticano uma notável orgia ao lado do papa.

Justine, vítima da impiedade dos religiosos por não acatar a educação fundamentalmente anticristã que lhe é imposta, acaba sendo expulsa da abadia. Aos treze anos de idade, pobre e desamparada, não encontrando em lugar algum os refúgios que a fé lhe prometera, parte na longa peregrinação que a leva a conhecer as mais extremas escolas do crime. Entre elas, o sinistro mosteiro dos beneditinos, onde, "sob qualquer forma que o vício se mostre, ele certamente encontra dentro desta casa infernal ou sectários defensores ou templos". "Não há na França nenhuma casa onde se formem moças como esta" — diz o monge Antonin ao receber a orfã em Sainte-Marie-des-Bois.[37]

---

[36] SADE, Donatien-Aldonze-François, marquês de. *Histoire de Juliette*, op. cit., t. 8, p. 53.
[37] Idem, *La nouvelle Justine*, op. cit., t. 6, pp. 257, 318.

IV

Vês que as janelas são inacessíveis...
La nouvelle Justine

É denso o diálogo que Sade trava com as imagens de seu tempo. Nos castelos, a influência da atmosfera sombria da segunda metade do século XVIII, herdeira das histórias trágicas que se forjam na sensibilidade barroca; nos serralhos, ele compartilha com seus contemporâneos o fascínio pelo Oriente, exótico e cruel; nos conventos, descobre a contraface da virtude, fazendo ecoar em sua obra as denúncias dos filósofos das Luzes. Mas, para além dessas imagens, há outras, guardadas como lembranças, que habitam a memória do prisioneiro.

As fortalezas libertinas são muitas vezes identificadas com as prisões onde Sade viveu grande parte de sua vida e onde realizou a maior parte de sua obra. Mais que identificadas, às vezes são tratadas como reflexo desses cárceres. Primeiro Vincennes, depois a Bastilha e mais tarde o hospício de Charenton, estadias que somam vinte e sete anos dos setenta e quatro que ele viveu. Por certo, não se pode negar as condições de produção de seu texto, sobretudo pela radicalidade da reclusão a que o autor foi condenado. Esquece-se, contudo, que o marquês foi, além de preso, prisioneiro de sua imaginação. E de sua memória.

Há de se voltar ao castelo. Há de se voltar a La Coste. Ou, primeiramente, ao *hôtel de Condé* em Paris, já que os laços entre o castelo e o sangue não são exclusividade da imaginação gótica. Lá, em 1740, nasce Donatien-Aldonze-François, herdeiro único de uma grande família da nobreza francesa. O palacete ocupava quase um quarteirão da cidade, e seus magníficos jardins em terraços, vizinhos aos de Luxembourg, eram tão vastos que se abriam à população quando o jardim público estava fechado.

Dizia-se que os Condé, do ramo dos Bourbons, aos quais Sade está vinculado pelos laços maternos, franqueavam seus jardins a fim de que o público pudesse comparar maliciosamente os canteiros dos príncipes de sangue com os da família real. O palacete disputava com o palácio a realeza de suas flores.

A suntuosidade do *hôtel de Cond*é é um bom exemplo do que eram as residências da alta nobreza de corte.[1] Mobiliado com peças de requinte, encontrava-se nele um número de estátuas raramente visto em outros palácios, quadros de grandes mestres (o *Batismo de Nosso Senhor*, de Albano, havia pertencido ao duque de Lesdiguières), tapeçarias extraordinárias (vindas da casa de Montmorency) e uma vasta biblioteca composta de livros curiosos e cartas raras. Numa das passagens autobiográficas de *Aline et Valcour*, Sade escreverá: "Tendo nascido em Paris, no seio do luxo e da abundância, acreditei, desde que pude raciocinar, que a natureza e a fortuna haviam se reunido para me fartar com seus dons".[2]

O jovem marquês não encontrará a mesma suntuosidade em Saumane, onde viverá depois que o pai transfere-se para o Languedoc. A nobreza da província não compartilha o luxo da corte. Mas nem por isso esse castelo terá menor importância em sua vida. Saumane, localizado num alto vale circundado por montanhas, havia sido projetado inicialmente para ser uma fortaleza. Por motivos desconhecidos, a construção foi interrompida em meados do século XV. Isso lhe dava um duplo aspecto: de um lado, um profundo fosso cavado nos rochedos contornava uma muralha inacabada; de outro, escadas de discretos terraços antecipavam a fachada simples e baixa do castelo, todo em pedra talhada, aparentando uma quinta provençal. Lá vivia o abade Jacques-François de Sade, tutor de Donatien. Um homem erudito e libertino.

Nas muralhas, o abade mandara abrir janelas; as paredes e as abóbadas dos austeros apartamentos, ele mandara decorar

---

[1] Para descrições dessas residências e seu significado social, consultar: ELIAS, Norbert. *A sociedade de corte*, op. cit., cap. I, e, sobre sua concepção arquitetônica, GROMORT, Georges. *Histoire abrégée de l'architecture l'architecture de la Reinassance en France: XVIe, XVIIe et XVIIIe siècles*, op. cit., pp. 161 a 172.

[2] SADE, Donatien-Aldonze-François, marquês de. *Aline et Valcour*, op. cit., t. 4, p. 40.

com afrescos, "ao gosto italiano", figurando paisagens de um colorido muito vivo. Mesmo assim havia algo de sombrio no local. Escadarias interiores cortavam a fortaleza, levando a galerias circulares, vastas caves, profundos subterrâneos. Ao se ler as descrições de Saumane, somos muitas vezes transportados aos castelos imaginários do escritor. "E já não estamos no castelo de Roland?" — pergunta Maurice Heine ao descrever o lugar.

Apesar disso, o grande castelo do marquês é La Coste.[3] Diz Barthes:

> La Coste foi para Sade um lugar múltiplo, um lugar total [...] primeiramente, lugar provençal, lugar original, lugar de Retorno (durante toda a primeira parte de sua vida, Sade, embora fugitivo, procurado, não deixou de lá *voltar*, desprezando toda a prudência); e depois: espaço autônomo, pequena sociedade completa de que ele era o senhor, única fonte de seus recursos, lugar de estudo (lá tinha sua biblioteca), lugar de teatro (lá se representavam comédias) e lugar de deboche (Sade levava consigo os criados, a juventude das camponesas e dos secretários, para sessões de que a marquesa não era excluída).[4]

Sade sempre retorna a La Coste. E a imagem do castelo retornará com frequência à memória do prisioneiro depois de 1777, quando finalmente o inspetor Marais, orientado pela sogra, consegue mandá-lo para Vincennes. Boa parte da correspondência enviada das prisões durante décadas a seu infiel advogado Gaufridy revela a preocupação com o estado do castelo, com o mobiliário, com o pomar e os jardins. Trinta anos depois, já no hospício de Charenton, ele escreverá ao advogado ainda uma vez indagando sobre a propriedade, que não lhe pertence mais: "E meu pobre parque, é ainda possível se reconhecer nele algo de mim?".[5]

---

[3] Essas descrições têm por base a clássica biografia de autoria de Gilbert Lély, *Vie du Marquis de Sade*, e a mais recente, assinada por Jean-Jacques Pauvert, *Sade vivant*.
[4] BARTHES, Roland. *Sade, Fourier, Loiola*, op. cit., p. 170.
[5] Sade é internado em Charenton, pela segunda vez, em 1803. De acordo com Gilbert Lély (*Vie du Marquis de Sade*, op. cit., t. I, p. 276), a frase encontra-se numa correspondência de 1813, um ano antes de sua morte; Jean-Jacques Pauvert (*Sade vivant*. Paris: Robert Laffond/Jean-Jacques Pauvert, 1986, v. 1: Une innocence sauvage: 1740-1777, p. 43) data, no entanto, a mesma carta como sendo de 1806.

Construído à beira de um planalto rochoso no Lubéron, nas proximidades de Avignon, dominando uma admirável paisagem, La Coste é um castelo do século XV, de grandes proporções, contendo quarenta e dois cômodos em suas duas alas e, fora deles, ainda um teatro e uma capela. A ala sul era o espaço predileto do marquês: entre o pavimento térreo (onde estavam os salões destinados às refeições e às visitas) e o segundo (com os aposentos dos empregados), encontrava-se o misterioso primeiro andar que se mantinha cuidadosamente trancafiado na ausência de seu senhor. Um longo corredor conduzia aos quartos cujas portas e janelas haviam sido reforçadas com o auxílio de pesadas ferragens; no fim deste, a *chambre d'hiver*, conhecida também como o gabinete secreto de Sade, que levava como acesso único a uma torre escura, de janelas muradas, como as do convento de Sainte-Marie-des-Bois. Foi nesse primeiro andar que ele viveu boa parte de sua vida e, embora haja pouco registro do período, André Bouer batizou o espaço de *laboratoire du sadisme* ou *l'aile de menus plaisirs*.

A partir dos anos 1770, o castelo será a residência definitiva do marquês, de onde só sairá para viajar, o que para ele, então, é sinônimo de fugir. Nesses últimos anos de liberdade, Sade imprime uma dinâmica própria à propriedade, que vai progressivamente se fechando aos visitantes e se tornando autossuficiente. Mais que nunca La Coste é destinado à libertinagem. O marquês recruta seus empregados para partilhar com ele e Latour de encenações e orgias: "à noite ele se abandonava ao lado se seus criados a um verdadeiro sabá", conta Bouer.[6] Procurado pela polícia, ele se fecha no castelo, onde representa a autoridade máxima. La Coste não está em terras do papado; isso significa que o senhor do castelo só prestava contas ao rei, a quem representava diante

---

[6] Gothon, Nanon, Rosette, Du Plan, Adelaide e Catherine Trillet — cozinheira que atendia pelo nome de Justine, e que lhe rende seu último processo — serão alguns personagens desse universo retido na memória de Sade. BOUER, André. "La Coste, laboratoire du sadisme", in *Le Marquis de Sade: écrire la crise Colloque d'Aix-en-Provence sur Le Marquis de Sade, les 19 et 20 février 1968*. Paris: Armand Colin, 1968, p. 19.

de seus vassalos, sendo que estes lhe deviam reverência de joelhos. "A lei é ele" — diz, conclusivo, um de seus biógrafos.[7]

"La Coste é o Silling de Sade" — afirma Jean Desbordes, numa frase que ecoa em muitos intérpretes do marquês.[8] De fato, há semelhanças entre os castelos, e Bouer observou várias similitudes arquiteturais entre ambos, dizendo que a disposição dos apartamentos num e noutro é praticamente idêntica. Mas a imaginação sadiana vai retocar as imagens retidas na memória, como se percebe na descrição de Silling, quando o narrador adverte que vai "pintar este retrato não de forma como ele teria sido no passado, mas num estado de embelezamento e de solidão ainda mais perfeito".[9] Silling seria um La Coste acabado, refeito e perfeito.

Assim como Silling, La Coste é uma construção imaginária que se realiza na literatura. Arquiteturas textuais de Sade, cujos alicerces fixam-se ora na imaginação, ora na memória; espaços mentais, de devaneio, que assumem certa equivalência se se leva em conta o lugar de onde ele escreve. Seu primeiro manuscrito é o *Dialogue entre un prêtre et un moribond*, de 1782; antes disso ele havia esboçado algumas notas esparsas, pequenos poemas, peças de teatro, cartas e registro de algumas reflexões. Mas é o *Dialogue*, escrito durante a detenção em Vincennes, que inaugura sua monumental obra. Uma literatura, dizem muitos, produzida *na* e *pela* prisão. Vejamos.

No ano de 1784, a fortaleza Saint-Antoine recebe o novo preso, transferido de Vincennes após cinco anos e meio de reclusão. Faz parte de uma categoria especial de detentos: sua estadia na prisão é mantida pela família. O aristocrático libertino é alojado na Tour de la Liberté; tem então quarenta e três anos de idade.

---

[7] DESBORDES, Jean. *O verdadeiro rosto do Marquês de Sade*. Frederico dos reys Coutinho (trad.). Rio de Janeiro: Vecchi, 1968, p. 118. É certo que na década de 1770 o poder desses senhores já estava sendo minado: grande parte da população local é protestante e as ideias liberais já ecoam no lugar. Sobre a comunidade de La Coste na época de Sade, consultar, além das biografias: VOVELLE, Michel. "Sade, seigneur de village", in *Le Marquis de Sade: Colloque d'Aix-en-Provence sur Le Marquis de Sade, les 19 et 20 février 1968*. Paris: Armand Colin, 1968.

[8] DESBORDES, Jean. *O verdadeiro rosto do Marquês de Sade*, op. cit., p. 117.

[9] SADE, Donatien-Aldonze-François, marquês de. *Les 120 journées de Sodome*, op. cit., t. 1, p. 62.

A "deuxième liberté", como era conhecido o único quarto do segundo andar da torre, era um compartimento octogonal com paredes e tetos caiados, chão de tijolos, um leito, mesas e cadeiras. Um lugar frio e escuro. Instalado ali, o prisioneiro recebe alguns de seus pertences pessoais: pequenos objetos, roupas, cobertores, perfumes, louças e uma grande quantidade de livros. Durante quase seis anos suas atividades serão as mesmas: tem o direito de passear no pátio da fortaleza durante uma hora por dia; no mais, fica fechado em sua cela. Come voluptuosamente. Lê sem parar. E escreve com a mesma intensidade.

Na Bastilha, Donatien-Aldonze-François escreve seu primeiro grande romance. Em três semanas, trabalhando de sete a dez horas por dia, principalmente à noite, ele redige em minúsculas letras, num rolo de papel de doze metros de comprimento, o manuscrito ao qual dará o nome de *Les 120 journées de Sodome* ou *L'école de libertinage*. Quatro anos depois, às vésperas da Revolução, quando é transferido pela primeira vez para o hospício de Charenton, o marquês de Sade tem uma obra de quinze volumes: a primeira versão de *Justine*, as novelas de *Les crimes de l'amour*, os contos e historietas e provavelmente o romance epistolar *Aline et Valcour*.

"Agoniza o homem, nasce o escritor" — afirma Simone de Beauvoir.[10] Outras vozes vêm se juntar a ela, condenando a literatura de Sade à prisão. Michel Foucault dirá que o texto sadiano produz-se como "resistência do imaginário":

> não é por acaso que o sadismo, como fenômeno individual que leva o nome de um homem, nasceu do internamento e no internamento; não é por acaso que a obra de Sade está ordenada pelas imagens da Fortaleza, da Cela, do Subterrâneo, do Convento, da Ilha Inacessível que constituem como que o lugar natural do desatino.[11]

---

[10] BEAUVOIR, Simone de. "Deve-se queimar Sade?", in SADE, Donatien-Aldonze-François, marquês de; BEAUVOIR, Simone de. *Novelas do Marquês de Sade e um estudo de Simone de Beauvoir*. Augusto de Sousa (trad.). São Paulo: Difusão Europeia do Livro (Difel), 1961, p. 17.

[11] FOUCAULT, Michel. *História da loucura*. José Teixeira Coelho Netto (trad.). São Paulo: Perspectiva, 1978, p. 359.

"Carceri d'Invenzione" — Gravura de G.B. Piranèse, Itália, 1760.

Jean-Jacques Brochier retoma as ideias de Foucault para afirmar que "a escritura de Sade está diretamente ligada ao espaço celular e ao fato de que Sade está na prisão".[12] De fato, as muralhas que contornam as construções libertinas estão mais próximas da Bastilha do que de La Coste ou mesmo de Saumane. A existência de muros protegendo os castelos como se fossem verdadeiras prisões é exigência fundamental para libertinagem. Em Silling, o duque de Blangis ordena:

> será necessário murar todas as portas através das quais se penetra no interior e nos fecharmos completamente dentro deste lugar como se estivéssemos dentro de uma cidadela sitiada, sem deixar a menor saída, seja ao inimigo, seja aos desertores. A ordem foi executada e de tal forma nos trancamos que não foi possível nem ao menos reconhecer os lugares onde havia portas, e instalamo-nos no interior.[13]

O espaço absolutamente fechado é com certeza uma prisão para os súditos do quarteto de Silling. Estes poderiam definir o castelo com as mesmas palavras que o autor anônimo de *La Bastille au diable* utiliza para descrever a prisão em 1789 — "lugar de trevas e de lágrimas", "sepulcro dos vivos", "morada do horror" — ou ainda como o escrevinhador Mauclerc que, na mesma data, chama a Bastilha de "habitação infernal, cujo nome não posso pronunciar sem tremer de horror".[14] Sem dúvida encontraríamos uma grande ressonância entre tais descrições e as de Justine quando encerrada nos sinistros castelos e mosteiros que a hospedam. Mas não se pode ignorar uma questão importante: será possível dizer o mesmo em relação aos devassos?

Vale lembrar aqui a mobilidade desses personagens. E também seu poder absoluto de criar, sempre que quiserem, condições satisfatórias para o exercício pleno do deboche. As portas

---

[12] BROCHIER, Jean-Jacques. "La circularité de l'espace", in *Le Marquis de Sade : Colloque d'Aix-en- -Provence sur Le Marquis de Sade, les 19 et 20 février 1968*. Paris: Armand Colin, 1968, p. 174.
[13] SADE, Donatien-Aldonze-François, marquês de. *Les 120 journées de Sodome*, op. cit., t. 1, p. 67.
[14] LUSEBRINK, Hans-Jürgen. "La Bastille, château gothique". *Europe*. Paris: Europe; Messidor; Temps Actuels, n. 659, pp. 105, 111, 1984. Le roman gothique. O autor desse artigo mostra como as descrições da Bastilha nas últimas décadas do século XVIII assemelham-se às paisagens do *roman noir*.

dos castelos libertinos são fechadas — e abertas — de acordo, exclusivamente, com suas ordens. Seria patético imaginar o todo-poderoso devasso nas condições de prisioneiro. Do ponto de vista libertino, o castelo é o oposto da prisão.

Em 1750, um contemporâneo de Sade, aristocrata e erudito como ele, inicia a construção de um castelo gótico na Inglaterra. Conhecedor profundo da Idade Média, colecionador de objetos medievais, *sir* Horace Walpole dedica quase quinze anos à realização dessa obra, sem nunca conseguir terminá-la: à medida que vai acrescentando novas alas à propriedade, ampliando suas dimensões e aumentando o número de detalhes em seu interior, mais ele reclama da incompletude do projeto, da falta de espaço, planejando ampliá-lo ainda mais. Sentimento de falta, do inacabado, que o leva a corrigir sua construção o tempo todo, buscando imprimir nela a "mesma atmosfera tenebrosa das abadias e das catedrais medievais" que o fascinavam. Em 1764, aos quarenta e sete anos de idade, Walpole realiza sua obra escrevendo compulsivamente, em dois meses, *O castelo de Otranto*. Diante deste, Strawberry Hill nada mais é que uma sombra.

Lugar arcaico e ponto de partida da modernidade, segundo André Breton,[15] Otranto se impõe como o primeiro monumento da descrença que tomará o resto do século. O novo nasce em ruínas. E já como representação do real: o lugar imaginário realiza a construção verdadeira. Strawberry Hill, o *vrai faux* conforme Maurice Lévy, é um falso castelo medieval: construída em pleno século XVIII, a residência de Walpole resulta de uma bricolagem que busca reproduzir, sem nenhuma precisão de estilo, a atmosfera de um passado inacessível, impossível de ser reconstruído. Um passado que existe apenas como ficção do presente.

---

[15] BRETON, André. *La clé du champs*. Paris: Jean-Jacques Pauvert, 1953, p. 22. Os surrealistas terão um extraordinário interesse pelos castelos góticos, encontrando neles a "afirmação de um objeto imaginário", triunfo da representação mental sobre a percepção. A "questão dos castelos", expressão cunhada por Breton, perpassa toda sua obra, do primeiro manifesto de 1924 até "Situation de Melmoth", prefácio ao clássico de Maturin editado em 1954. Vale lembrar a importância que os surrealistas atribuíram a Sade, batizando-o de "divino marquês" e retirando-o do grande ostracismo a que fora condenado até então.

Mais que tudo, Strawberry Hill é um refúgio, fechado ao mundo e aberto para a noite interior que o romance gótico anuncia. Um retiro, que se consolida como tal a partir de 1767, quando Walpole se afasta por completo da vida pública. Filho de um primeiro-ministro britânico, ele havia sido membro do Partido Liberal que representara no Parlamento como deputado da Câmara dos Comuns, mas, depois de abandonar a carreira política, encerra-se na fortaleza, ocupando-se, sobretudo, em ler e escrever.[16]

Trajetória semelhante encontra-se em William Beckford. Herdeiro de grande fortuna, esse outro filho da aristocracia inglesa passa a juventude viajando pela Europa, não raro motivado pelas atividades libertinas que são, muitas vezes, assim como para Sade, sinônimo de fuga. Aos vinte e um anos de idade, em 1782, ele escreve *Vathek*. Aficcionado por temas orientais, torna-se um célebre e requintado colecionador de livros e de pinturas do Oriente, e trabalha sem cessar na tradução de manuscritos árabes. Ao voltar para a Inglaterra deixando a França revolucionária, constrói, com uma despesa prodigiosa, um enorme edifício gótico conhecido como Fonthill Abbey; passa então a viver no ostracismo, encerrando-se no castelo durante mais de três décadas.[17]

Reclusão voluntária, a de Walpole e Beckford, homens solitários que se recolhem em lugares e em tempos fictícios. Tudo leva a crer que seu enclausuramento decorre de uma escolha, expressando o desejo de uma liberdade que só se reconhece no singular. Espaço fechado para fora e aberto para realização interior, o castelo torna possível a criação literária. O espaço fechado, diz Brochier, "é a morte do mundo e o nascimento do livro".[18] E já não estamos bem próximos de Sade?

Vale lembrar que nos últimos anos vividos em La Coste, mais exatamente entre 1773 e 1777, o marquês só sai do castelo para

---

[16] Sobre Horace Walpole e o castelo de Strawberry Hill, consultar: LE BRUN, Annie. *Les châteaux de la subversion*, op. cit., pp. 147-161; GOMES, Manuel João. "Introdução", in WALPOLE, Horace. *O castelo de Otranto*, op. cit.; GOMBRICH, E. H. *A história da arte*. Álvaro Cabral (trad.). Rio de Janeiro: Zahar, 1985, pp. 375-377.

[17] Sobre William Beckford, consultar a Introdução à edição brasileira de *Vathek* e Annie Le Brun (*Les châteaux de la subversion*, op. cit., pp. 157, 273, 276).

[18] BROCHIER, Jean-Jacques. "La circularité de l'espace", op. cit., p. 184.

viajar, quando ameaçado pelo "infernal" inspetor Marais. Seria um grande equívoco dizer que sua reclusão é voluntária, como a de Walpole e, um pouco menos, a de Beckford, mas não se poderia associar o sentimento de inadequação ao social dos dois escritores ingleses ao descontentamento que Sade expressa em relação à sua época? Não é significativo que, justamente num momento de combate aos emblemas do Antigo Regime, esses autores tenham buscado refúgio, para si e seus personagens, num castelo medieval?

Trata-se aí de uma liberdade diferente daquela que se vê nas ruas de Paris e que Sade critica com veemência no panfleto "Français, encore un effort si vous voulez être republicains", levando-a às últimas consequências. Não seria a defesa de tais princípios mais arriscada na França pré-revolucionária do que na Inglaterra?

Talvez. Como se sabe, Sade não conseguiu fechar-se em seu castelo, pois seu espaço foi violado.[19] À reclusão voluntária soma-se, no seu caso, a exclusão social e a reclusão forçada. Encarcerado, o marquês não pode, como Walpole, corrigir seu castelo real; mas, a exemplo deste, o faz na literatura. Retoca La Coste e cria Silling; escreve três versões de *Justine*, ampliando de forma prodigiosa o número de detalhes a cada uma delas.

Radicalidade do claustro, radicalidade da literatura. Mas a matriz é a mesma, nos três escritores: desejo de isolamento, vontade de instalar-se na imensidão. Por isso não se deve superestimar o papel da prisão na obra sadiana nem cometer o equívoco de ler o castelo libertino a partir da Bastilha. Antes, convém evocar o retrato desenhado por Man Ray: enquanto, ao longe, a prisão está em chamas, a fortaleza Sade mantém-se inabalada.

---

[19] Sem descartar eventuais razões políticas, o enclausuramento de Horace Walpole parece ter sido motivado, sobretudo, por seu sombrio estado de espírito. No caso de William Beckford, o afastamento da sociedade está relacionado aos escândalos causados por sua ligação com uma prima de sua mulher e, posteriormente, por seus relacionamentos homossexuais. Beckford era filho de um destacado membro do Parlamento, além de herdeiro de uma das maiores fortunas da Inglaterra (Lorde Byron chamou-o de "o rebento mais rico da Inglaterra"). Não teria por essa razão gozado de maior impunidade que Sade? Quanto a este último, sua situação financeira era, para um nobre, bastante precária nos anos 1770. O encarceramento do marquês está profundamente relacionado à perseguição promovida por sua sogra, a toda-poderosa e rica madame de Montreuil, conhecida como a Presidenta, cujas relações com a corte eram bastante sólidas — tanto que consegue pessoalmente do rei a *lettre de cachet*, que leva o genro à prisão.

Como associar o castelo de Walpole, Beckford e Sade ao cárcere, se ele representa, para esses escritores, o lugar por excelência do exercício da liberdade? Melhor seria, então, buscar semelhanças com o "castelo interior" de santa Teresa d'Ávila, inacessível ao exterior mas dotado de notável profundidade. Sua arquitetura complexa se evidencia nas múltiplas salas e, sobretudo, nos apartamentos que constituem as "sete moradas" da alma. Um lugar essencialmente concêntrico (santa Teresa utiliza a imagem de um diamante para defini-lo), onde tudo é concentrado, não permitindo qualquer dispersão. Um castelo que só existe como interioridade.

"As muralhas de Ávila e as de La Coste são irmãs" — confirma Béatrice Didier, lembrando que cada encerra um desejo absoluto de liberdade interior: mística, para santa Teresa; erótica, para Sade.[20] Aliás, nos dois séculos que separam um do outro, como já vimos, as habitações religiosas muitas vezes trocaram a vocação mística pela erótica. Contudo, a diferença mais significativa entre os dois castelos está no fato de que a santa parte de uma imagem irreal que pouco a pouco vai se tornando realidade, enquanto o marquês faz o percurso inverso: seu ponto de partida é um castelo real, repleto de detalhes arquitetônicos, mas, à medida que a narrativa progride, ele se torna palco de cenas cada vez menos reais. É à prova dessa irrealidade que Sade colocará a realidade humana.

Metáfora da interioridade e do absoluto, o castelo sadiano representa o lugar por excelência onde o claustro é libertador, afirmando o triunfo do libertino sobre o espaço e o tempo. Triunfo sobre a grande natureza que, do lado de fora, anuncia a finitude do homem.

---

[20] DIDIER, Béatrice. *Sade, essai: une écriture du désir*, op. cit., p. 28.

CAPÍTULO 3
O TEATRO

I

— Mas de onde vem então esse gosto monstruoso?
— Da natureza, minha filha.

Histoire de Juliette

Desde cedo os criados mantêm-se ocupados com os preparativos da festa no castelo de Gernande. Rosas, cravos, lilases, jasmins, lírios-do-vale e outras flores ainda mais preciosas são distribuídas com arte para decorar e perfumar o ambiente, misturando-se ao aroma de laranjeiras que escapa das janelinhas do belo terraço coberto por um toldo. O piso do salão é forrado por um vasto colchão de dezessete centímetros de espessura, formando um tapete sobre o qual são jogadas algumas dezenas de almofadas; as paredes do fundo, revestidas por espelhos, multiplicam por mil a grande otomana ali disposta.

Em frente a ela, um enorme bufê, contendo finas e suculentas iguarias, simétrica e fartamente dispostas em porcelanas de Saxe ou do Japão, que disputam seu requinte com vinhos e licores conservados em garrafas de cristal de rocha. Na outra extremidade do aposento várias mesas rolantes, de ébano e de pórfiro, exibem os objetos indispensáveis à libertinagem: estimulantes de toda espécie, essências, pomadas, *godemichés*, ao lado de um grande número de instrumentos de suplício como varas, laços de corda e de ferro, seringas, agulhas, alicates, tesouras, punhais, pistolas e taças de veneno. Tudo em profusão.

No fundo do salão vê-se a efígie do "pretenso Deus do universo", na figura de um velho, artisticamente colocada numa nuvem, sob a qual se encontra outra otomana ocupada por objetos de todas as religiões da terra: bíblias, alcorões, crucifixos, hóstias consagradas, relíquias e "outras imbecilidades dessa espécie".

Inicia-se a cerimônia. Assim que os quatro senhores entram, todos em pé, formando um semicírculo, ajoelham-se. Dorothée avança e profere um discurso de exaltação à libertinagem, reverenciando os "ilustres e magníficos senhores", a quem ela se dirige exclusivamente. Gernande toma a palavra para homenagear o convidado de honra, a quem passa o comando da festa. Todos aplaudem. Investido da autoridade suprema, Verneuil dirige-se ao estrado onde está o trono, recoberto por um tapete de veludo carmesim com franjas bordadas em ouro. Instalado nele, recebe seus súditos que, após três genuflexões preliminares, humildemente lhe oferecem as nádegas para beijar.

Após passarem por Verneuil, os súditos se dirigem aos três outros devassos, sentados nas poltronas ao redor do trono, a quem é permitido dispor à vontade do objeto que deles se aproxima. Aos senhores é facultado também, nessa primeira rodada, satisfazerem-se como desejarem desses objetos, contanto que, para não perturbar a ordem, retirem-se aos gabinetes privados, contíguos ao salão, só voltando a este depois de "acalmadas as paixões". Retomam então seus lugares para proceder à confissão pública das volúpias às quais se entregaram.

Segunda rodada: cada amigo (incluindo Dorothée, "que pertencerá sempre à classe dos homens, pois é digna disso") deposita num cálice um papel no qual escreve o desejo de uma lubricidade e assina seu nome. Os bilhetes são embaralhados e colocados na otomana que está embaixo da efígie de Deus. Cada um deles é retirado por um casal de súditos, previamente designado por Verneuil, que deve lê-lo em voz alta ao mesmo tempo que se dirige a seu signatário para satisfazer-lhe a volúpia.

A terceira rodada é dedicada exclusivamente aos suplícios sobre o corpo da condessa de Gernande, aniversariante do dia.

Cécile e Victor, seus filhos, são instalados confortavelmente na "sagrada otomana" para assistir aos suplícios e recompensar os carrascos. "Coragem, amigos... lá está a vítima e aqui a recompensa" — diz Verneuil. Terminadas as flagelações que cabem aos amigos, o corpo da condessa é reservado ao filho, que, armado de um punhado de varas, inicia nova sessão de torturas, acompanhada de orgias com a participação de todos os presentes.

Uma pausa para recuperar as energias leva os devassos a saciarem-se no bufê. Imediatamente, inicia-se nova rodada: os amigos devem levantar-se e colocar-se nus diante do ser supremo, para interrogá-lo sobre particularidades dos prazeres do deboche. Verneuil adverte:

> O grande ser que represento como ministro, e de quem recebi ordens esta manhã, vos responderá por um bilhete. Tereis de executar seu conteúdo: lembrai-vos de que o estilo dos decretos de um Deus é sempre um tanto obscuro... Vós ajudareis adivinhando suas intenções e agireis.

Os bilhetes são enviados através de um rolo de cetim branco que sai da boca do Eterno desenrolando-se até os joelhos de cada libertino que, depois de lê-lo, deve encaminhar-se para um dos gabinetes com os objetos e instrumentos designados para satisfazer a volúpia a ele destinada.

Seguem-se outras rodadas, dedicadas à sodomia, ao incesto e a flagelações específicas, entremeadas de pausas para banhos refrescantes ou refeições regeneradoras. A cada sessão a crueldade aumenta. "Não há volúpia sem crime" — afirma o comandante, dirigindo-se à efígie de Deus para interrogá-lo sobre o desfecho da cerimônia. A imagem divina pede-lhes que retornem aos aposentos individuais para recobrarem o vigor "por meio de suplícios particulares", indicando novamente os acompanhantes de cada senhor. A Justine, que acompanha Victor, é destinada uma forma de tortura conhecida como manivela italiana: fixada pelas nádegas no alto de uma máquina infernal, seus quatro membros ficam no ar durante quase meia hora. Torturas diferentes, mas de semelhante prazer para os libertinos, são realizadas com as outras vítimas.

Com isso os devassos recuperam as energias para a última sessão, que combina todas as especifidades já realizadas e contempla uma nova volúpia: o sacrifício. Um amplo banco de cinco lugares, acomodando seus ocupantes um de costas para o outro, é levado para o meio do salão. Entre as pernas de cada libertino, um súdito. Forma-se um círculo ao redor deles, composto das mulheres, nuas e de mãos dadas. Seus braços, expostos, são violentamente sangrados enquanto Victor, armado com varas, percorre o círculo na retaguarda para impedir, à força de golpes, que as vítimas percam o sentido. Os libertinos inundam-se de sangue e esperma, terminando a cerimônia servindo-se do corpo moribundo de Cécile, até aniquilá-lo por completo.[1]

No dia seguinte, os personagens se reúnem para outras atividades lúbricas, dando preferência às discussões filosóficas. Tema: a natureza. Verneuil toma a palavra e inicia seu discurso abordando, em primeiro lugar, uma das "bases inabaláveis" de todo o sistema natural, a saber, "que há necessariamente nas intenções da natureza uma classe de indivíduos essencialmente submissa à outra por sua fraqueza e seu nascimento".[2] Exaustivas provas históricas fundamentam sua argumentação: não há povo que não tenha uma casta desprezada; evidências biológicas adensam o raciocínio: como pode um pigmeu de um metro e trinta querer igualar-se à força de um Hércules?

Percorrendo uma demonstração que vai do indivíduo ao gênero, o devasso confirma que a desigualdade é a primeira lei da natureza, contrapondo-se de imediato à igualdade suposta pelas leis humanas. Estas são feitas exclusivamente para o povo, o que prova que os fracos (sempre em contingentes numerosos) necessitam dos fortes; assim, cabe aos últimos dispor dos outros, dada sua condição natural de poder. Diante de toda essa evidência, dizer que os homens nascem iguais é formular um paradoxo. Conclusão: as leis da sociedade são um logro.

---

[1] A descrição dessa festa encontra-se em: SADE, Donatien-Aldonze-François, marquês de. *La nouvelle Justine*, in *Oeuvres complètes*. Paris: Jean-Jacques Pauvert, 1987, t. 7, pp. 180-204.
[2] Idem, ibidem, p. 206.

"Só mesmo um misantropo como Rousseau poderia estabelecer tal paradoxo, porque ele próprio, muito fraco, preferia rebaixar a si mesmo àqueles sobre os quais não ousava se elevar".[3] Se a sociedade funda-se a partir de leis falsas — por pressupor igualdade entre os seres —, qualquer reflexão que tenha por base suas premissas não pode ser levada a sério. Sendo o homem apenas um "resultado involuntário das forças naturais", como afirma o papa Pio VI na notável dissertação sobre o crime dedicada a Juliette, não se pode buscar fundamentos da humanidade fora da natureza. Rousseau admitia dois tipos de desigualdade, uma natural e outra política;[4] o libertino, porém, reconhece apenas a primeira, dizendo que, na verdade, somente ela rege as ações humanas, e, ainda mais, independentemente da vontade do homem. A desigualdade política seria apenas uma das formas de revelação dos desígnios naturais e, para o devasso de Sade, de pouco interesse. O despotismo político serve-lhe como exemplo das manifestações do mal, mas raramente ele se dedica a teorizá-lo.

"Todas as operações da natureza não são, aliás, exemplos dessa violência necessária do forte sobre o fraco?"[5] Consequência inevitável da desigualdade, a destruição é o segundo princípio fundamental do sistema da natureza, e, portanto, da libertinagem. O sacrificador, seja qual for o objeto que aniquila, não comete maior crueldade que o proprietário de uma granja que mata seu porco, diz Verneuil. Um pai, um irmão ou um amigo não é, aos olhos da natureza, mais caro nem mais precioso que o último verme que rasteja na superfície do globo, reitera o papa libertino de *Juliette*. "Ora", argumenta Dolmancé no discurso de *La philosophie dans le boudoir*:

> [...] o homem custa alguma coisa para a natureza? E, supondo que possa custar, custa mais do que um macaco ou do que um elefante? Vou além: quais são as matérias-primas da natureza? De que se compõem os seres que nascem? Os três elementos que os formam não resultam da

[3] Idem, ibidem, p. 207.
[4] ROUSSEAU, Jean-Jacques. *Discurso sobre a origem e os fundamentos da desigualdade entre os homens*, in *Rosseau*. São Paulo: Abril Cultural, 1978, p. 235 (Os Pensadores).
[5] SADE, Donatien-Aldonze-François, marquês de. *La nouvelle Justine*, op. cit., t. 7, p. 208.

primitiva destruição de outros corpos? Se todos os indivíduos fossem eternos, não se tornaria impossível à natureza a criação de novos? Se a eternidade dos seres é impossível à natureza, sua destruição é por consequência uma de suas leis.[6]

A natureza, continua o libertino, não pode triunfar de suas criações sem se valer dessas "massas de destruição" que a morte lhe prepara, e o que chamamos de fim da vida animal não é um fim real, mas

> simples transmutação, que tem por base o perpétuo movimento, essência verdadeira da matéria, que todos os filósofos modernos consideram como uma de suas primeiras leis. A morte, segundo esses princípios irrefutáveis, não é, portanto, mais que uma transformação, uma passagem imperceptível de uma existência à outra[7].

E o crime, por conseguinte, nada mais é que a manutenção da ordem natural.

Todavia, os desígnios naturais não se manifestam "naturalmente" no homem. Eis o problema. A natureza, diz o papa a Juliette, não fornece aos indivíduos os meios necessários para a realização das horríveis inclinações de que os dotou. Lançado por ela nesse universo, o homem não lhe inspira nenhum cuidado especial: a *mãe* torna-se *madrasta* (e quantas vezes o libertino não substitui um termo pelo outro?). Será preciso, pois, antes de tudo, observar a natureza, investigar cientificamente seus processos, para depois tomá-la como modelo, como fonte de inspiração do mal e, finalmente, recriá-la.

A questão não é simples. Como recriar artificialmente a natureza? Como compatibilizar inclinações naturais com objetos artificiais? O problema que se coloca para Sade, e ao qual ele responderá de forma absolutamente singular, inscreve-se num grande e recorrente debate que ocupa o pensamento europeu. A tensão entre corpo e ideia, paixão e razão, sujeito e objeto,

---

[6] Idem, *La philosophie dans le boudoir*, in *Oeuvres complètes*. Paris: Jean-Jacques Pauvert, 1986, t. 3, p. 526. Os "três elementos" que formam o homem podem ser aqui o sólido, o líquido e o gasoso; em outras passagens, Sade alude aos quatro elementos: o ar, o fogo, a água e a terra.
[7] Idem, ibidem, pp. 526-527.

consciência e sonho leva os setecentistas a recolocar em pauta o tema da "ilusão da representação", transformando-o num dos eixos centrais através dos quais se discute a arte, a filosofia e a política. A tensão entre natureza e artifício torna-se uma das mais candentes polêmicas da época; vive-se, diz Annie Le Brun, uma grave "crise da representação".[8]

Imitar a natureza: projeto de tantos filósofos do século XVIII, encabeçado por Diderot, projeto do qual nem Rousseau, que se coloca contra toda forma de imitação, consegue escapar. Partindo do pressuposto da bondade natural do homem, esses filósofos propõem que se repita o modelo da natureza, mas uma "bela e boa" natureza que seus próprios defensores identificam com a moral e que o libertino prefere chamar de preconceito. A relação entre natureza e moral é garantida pela noção de natureza humana, o que pressupõe continuidade entre a bondade natural e a virtude: sob essa ótica, a imitação poderia dispensar o artifício, ou pelo menos atenuá-lo. Mas, se tal conclusão pode ser válida para as concepções de Rousseau e Diderot, não o será para o sistema da libertinagem. Entre os filósofos setecentistas, o clandestino Sade talvez seja um dos mais radicais ao propor que estamos todos condenados a repetir e a imitar tudo o que uma natureza soberana, completamente autônoma e independente de nós, cria.

Ou melhor: tudo o que a natureza destrói. Pois, ao demonstrar a equivalência entre criação e destruição no mundo natural — "modificações da matéria", "transformações de um estado em outro", "princípio do movimento" e outras máximas que retira da filosofia biológica de sua época[9] —, o libertino eleva o mal ao lugar do bem.

---

[8] LE BRUN, Annie. *Sade, aller et détours*. Paris: Plon, 1989, p. 55.
[9] Sobre as relações do pensamento de Sade com a filosofia biológica do século XVIII, ver: LE BRUN, Annie. *Soudain un bloc d'abîme, Sade: introduction aux oeuvres complètes*. Paris: Jean--Jacques Pauvert, 1986, primeira parte, caps. II, III; HÉNAFF, Marcel. *L'invention du corps libertin*. Paris: Presses Universitaires de France (PUF), 1978, pp. 27-33; Deprun, Jean. "Sade et la philosophie biologique de son temps", in *Le Marquis de Sade: Colloque d'Aix-en-Provence sur Le Marquis de Sade, les 19 et 20 février 1968*. Paris, Armand Colin, 1968.

> O nascimento do homem não constitui, portanto, o começo de sua existência, assim como a morte não significa o fim; e a mãe que engravida não confere mais vida do que um criminoso que oferece a morte: a primeira produz uma espécie de matéria orgânica, em determinado sentido, ao passo que o segundo dá oportunidade ao renascimento de uma matéria diferente, qualquer deles efetuando um ato de criação.[10]

Elevando a destruição à condição de criação, Sade faz dela não só uma ciência, mas uma ética e uma estética.

Isso posto, o devasso dá um salto argumentativo e, deixando de lado o poder de criação e de transformação presentes na natureza, ele detém-se exclusivamente em suas possibilidades destrutivas. O conceito sadiano de natureza, diz Maurice Charney, é utilizado de forma circular para justificar todo impulso do devasso, o que nos coloca diante da seguinte questão: "Está o libertino obedecendo aos desígnios da natureza ou será, ele mesmo, uma força natural incontrolável?".[11] A questão porém é equivocada, pois, ao propor a equivalência entre criação e destruição, o devasso demonstra que, depois de ter sido criado, o homem só serve à natureza se destruído, o que faz de toda ação libertina um ato natural, e reciprocamente. Livre para excursionar pelo mal e para conceber uma natureza humana que só destrói, ele então concentra toda sua energia no sentido de ultrapassar a natureza, seu objetivo último.[12]

A natureza torna-se inspiração: deixa de ser meta para transformar-se em ponto de partida. Não se trata apenas de repetir sua perversidade. Não se trata apenas de imitar o modelo destrutivo que ela lhe oferece, mas, como afirma Simone de Beauvoir, no

---

[10] SADE, Donatien-Aldonze-François, marquês de. *Histoire de Juliette*, in *Oeuvres complètes*. Paris: Jean-Jacques Pauvert, 1987, t. 9, p. 173.

[11] CHARNEY, Maurice. *Sexual fiction*. Nova York: Methuen, 1981, p. 38.

[12] Ao traçar os contornos psicológicos do "caráter destrutivo", Walter Benjamin toca num ponto fundamental: transcender a condição humana, *moto perpetuo* de Sade. Pois, diz ele, "destruir rejuvenesce, porque afasta as marcas de nossa própria idade; reanima, pois toda eliminação significa, para o destruidor, uma completa redução, a extração da raiz de sua própria condição [...] A natureza lhe prescreve o ritmo, pelo menos indiretamente: pois ele deve adiantar-se a ela, do contrário ela própria assumirá a destruição". BENJAMIN, Walter. "O caráter destrutivo", in *Magia e técnica, arte e política: ensaios sobre literatura e história da cultura*. Sérgio Paulo Rouanet. (trad.) São Paulo: Brasiliense, 1987, p. 187. (Obras Escolhidas, 1).

mundo do deboche "cumpre *tornar-se* criminoso".[13] Pois, se elogia o vulcão, elegendo-o como espelho e, se afirma sua intenção de copiar as fantasias naturais que o incitam a destruir, o devasso o faz para imediatamente conceber algo que possa ultrapassá-las. Como realizar esse objetivo senão com o auxílio dos artifícios, a única coisa de que o homem dispõe *fora* da natureza?

Rosas e lilases, tapetes de carmesim bordados em ouro, porcelanas do Japão, vestidos de tafetá coloridos, dosséis de damasco, otomanas e espelhos, alicates, pistolas, ferros, manivelas, máquinas monstruosas, todo tipo de artifício que possa fazer o mal se manifestar é sempre admitido — torna-se indispensável — para que se realizem os objetivos da libertinagem. Os devassos não se poupam para atingi-los: recorrem aos artifícios, propondo que não há sequer uma paixão que prescinda deles para manifestar-se, sustentando que da natureza só se recebem inclinações a serem realizadas fora dela. Das monumentais muralhas que os abrigam às minúsculas agulhas que servem aos suplícios do deboche, tudo é artificial no castelo sadiano. Até mesmo o que parece não poder render-se ao artificial ali o faz: nessa habitação há corpos que são objetos.

Mas, insistindo na representação até suas últimas consequências, levando-a ao absurdo, o libertino finalmente faz que ela se dobre. Essa é a genialidade de Sade: quando parece ter submetido toda a natureza ao artifício, quando não sobra mais nada ao qual se pode atribuir o nome de "natural", ele dá uma reviravolta e submete todos os objetos ao corpo, transformando-os em apelos aos sentidos, fazendo deles nada mais que instrumentos a serviço da carne. No interior do castelo de pedra, todo artifício acaba por se render.

Assim, se do lado de fora a natureza existe apenas como ornamento, se nada mais é que cenário do castelo libertino, como propõe Annie Le Brun, lá dentro ela escapa de toda domesticação. Não mais a paisagem, elemento passivo, exterior ao homem, mas

---

[13] BEAUVOIR, Simone de. "Deve-se queimar Sade?", in SADE, Donatien Alphonse François, marquês de; BEAUVOIR, Simone de. *Novelas do Marquês de Sade e um estudo de Simone de Beauvoir.* Augusto de Sousa (trad.). São Paulo: Difusão Européia do Livro (Difel), 1961, p. 54.

o corpo, pulsando, vibrando, sangrando. Note-se, portanto, que não se trata do corpo presente que Rousseau concebe em algumas de suas obras, afirmando sua presença em relação ao social; tampouco do corpo consciente de Diderot, domado pelo pensamento. Sade fala desse "templo da natureza" no qual o devasso reconhece a incontestável "matéria em movimento", a produzir sem cessar as sensações: "Só há verdade nas sensações físicas" — diz Dubois a Justine.[14] Máquina de prazer que materializa o desejo, o corpo concebido na obra sadiana escapa à sua imagem consciente e social, por ser, antes de tudo, erótico. É o corpo lançado às origens de sua própria linguagem: o prazer e a dor. Daí a eleição dos dois polos fundamentais do sistema libertino — a crueldade e o erotismo — através dos quais a corporeidade manifesta-se soberana.

Sade sempre volta à natureza. Volta e revolta. Propondo uma ousada "renaturalização da crueldade",[15] ele consegue criar uma situação na qual a representação será confrontada com suas próprias ilusões, lançando todo artifício a seu único limite. Não há representação que dê conta do prazer e da dor; não há artifício que não fique aquém da carne.

Inspirando-se nas formalidades dos tribunais, nos cerimoniais palacianos, e nos rituais litúrgicos, Sade elege, para essa confrontação, justamente o lugar onde tudo, ou quase tudo, é artificial: o teatro. Da "câmara de assembleias" de Silling, onde os quatro devassos reúnem-se com seus súditos diariamente para ouvir e praticar toda sorte de paixões sexuais ("colocados como atores num teatro" — explica o narrador), à cena privada que Franval monta para seduzir Valmont, com a jovem Eugénie representando uma selvagem fatigada da caça, apoiada sobre o

---

[14] SADE, Donatien-Aldonze-François, marquês de. *Justine, ou les malheurs de la vertu*, in *Oeuvres complètes*. Paris: Jean-Jacques Pauvert, 1986, t. 3, p. 58.
[15] O termo é de: KLOSSOWSKI, Pierre. *Sade, meu próximo*. Armando Ribeiro (trad.). São Paulo: Brasiliense, 1985, p. 106 et seq. A renaturalização pressupõe duas etapas lógicas: primeiro implica negar a natureza, pois seu movimento perpétuo de criação/destruição é cego, para em seguida promover a tomada de consciência das leis naturais e nela penetrar através do crime. Por isso, diz Pierre Klossowski, a equação "negação do outro = negação a si mesmo" só é resolvida quando a consciência libertina procede a essa renaturalização da crueldade.

"Coupe du nouvel Opéra de Stuttgardt, equissé pour em voir l'effet sans aucunes règles de Perspective" — Gravura de *L'Encyclopédie*, França, 1762-1772.

tronco de uma palmeira iluminada (num aposento descrito como "espécie de pequeno teatro"),[16] as imagens sadianas, marcadas pela teatralidade, exigem do leitor que ele seja também um espectador.

Como se sabe, o teatro é elemento dos mais importantes na sociedade setecentista: "o século XVIII teve a paixão dessa grande liturgia social", confirma Pierre Chaunu. A ópera, circunscrita até os anos 1670 às fronteiras da Itália, acaba por conquistar diferentes espaços culturais da Europa barroca, tornando-se o "duplo social da liturgia religiosa". Colaboram para isso os progressos da cenografia que, introduzindo os prismas giratórios e os cenários deslizantes, transformam os espetáculos em perfeitas "cenas da ilusão":

> A Europa da Luzes consagrou à construção de suas grandes salas de espetáculo de pedra, estuques, dourados e mármores uma massa de meios comparáveis aos requeridos para a edificação das catedrais dos séculos XII e XIII, tudo com vista ao prazer dos olhos e a um misterioso exorcismo social.[17]

A Comédie-Française e a Ópera são lugares-chave para se entender essa sociedade: homens de letras e filósofos, de Marivaux a Laclos, de Voltaire a Diderot e até mesmo Rousseau, passam por suas portas como dramaturgos, compositores, atores, espectadores. O teatro seduz os "homens de gosto", que inscrevem nele regras de edificação e de prazer. Entre eles, os libertinos, como os companheiros de deboche do Regente, que encontram nas salas de espetáculo um lugar propício à diversão, um convite aos prazeres. Para Sade, porém, o teatro será ainda mais do que isso: sua paixão, diz Barthes,

> não foi a erótica (a erótica é uma coisa muito diferente da paixão); foi o teatro: ligações de juventude com várias raparigas da Ópera, contrato do comediante Bourdais para representar em La Coste durante seis

---

[16] SADE, Donatien-Aldonze-François, marquês de. *Les 120 journées de Sodome*, in *Oeuvres complètes*. Paris: Jean-Jacques Pauvert, 1986, t. 1, p. 64; idem. "Eugénie de Franval", in *Les crimes de l'amour*, in *Oeuvres complètes*. Paris: Jean-Jacques Pauvert, 1988, t. 10, pp. 244-245.

[17] CHAUNU, Pierre. *A civilização da Europa das Luzes*. Manuel João Gomes (trad.). Lisboa: Estampa, 1985, v. II, pp. 75-86.

meses; e, ao longo da tormenta, uma ideia fixa: fazer que suas peças fossem representadas; logo que saiu da prisão (1790), pedidos repetidos aos comediantes franceses e, por fim, como se sabe, teatro em Charenton.[18]

Sade foi autor, ator, ponto e diretor de teatro; depois de morto, tornou-se personagem. E, se o teatro marcou definitivamente sua vida, constituiu-se influência decisiva em sua obra. Não se poderia esperar outra coisa de quem, já aos quarenta e quatro anos de idade, escreveu na prisão estas linhas definitivas: "É absolutamente impossível resistir à minha vocação; ela me arrasta a esta carreira malgrado meu, e o que quer que pudesse ser feito não me desviaria dela".[19]

---

[18] BARTHES, Roland. *Sade, Fourier, Loiola*. Maria de Santa Cruz (trad.). Lisboa: Edições 70, 1979, p. 176. Sobre a obra teatral de Sade, consultar: LÉLY, Gilbert. *Vie du Marquis de Sade*. Paris: Gallimard, 1957, t. 2, pp. 285-311.

[19] Carta de Sade a seu antigo preceptor, o abade Amblet, datada de abril de 1784. Citada em LÉLY, Gilbert. *Vie du Marquis de Sade*, op. cit., t. 2, p. 286.

II

> Os trajes mais geniais disfarçavam artisticamente os sexos e embelezavam-nos quando necessário.
> *Histoire de Juliette*

Precisamente às dez horas da manhã, a sociedade dirige-se ao local preparado, cada um vestindo indumentária diferente, que vamos descrever, diz o narrador, denominando cada ator: madame de Verneuil surge à maneira das sultanas de Constantinopla, o que realça sua beleza; Cécile, num gracioso costume semelhante ao das marmotas do vale de Barcelonnette; o jovem Victor apresenta-se vestido com os atributos do Amor; Marceline, de selvagem; Laurette traja uma túnica de gaze crua, agradavelmente presa aos quadris e no seio esquerdo por grandes ondulações de fita lilás, e entra acompanhada de seus dois filhos seminus; a condessa de Gernande comparece no traje das vítimas que eram imoladas no templo de Diana; Justine, como criada de quarto, coroada de rosas, com os braços nus e a cintura de fora; Dorothée, numa vestimenta de cetim cor de fogo semelhante àquela com que os pintores caracterizaram Perséfone. Os seis gitões de Gernande são introduzidos em costume de Ganimedes e os dois valetes de quarto de Verneuil aparecem vestidos de Hércules e Marte. As quatro velhas destinadas ao serviço trajam-se de matronas espanholas.

E, por fim, os senhores: usando muito ruge e trazendo na cabeça um leve turbante cor de papoula, vestidos com calças de seda vermelha coladas sobre a pele, cobertos meticulosamente da nuca aos pés, mas deixando expostos suas nádegas e sexos através de duas aberturas redondas artisticamente cortadas sobre o costume, Verneuil, Gernande, Bressac e Esterval são descritos como "parecendo as próprias Fúrias".[1]

---

[1] SADE, Donatien-Aldonze-François, marquês de. *La nouvelle Justine*, op. cit., t. 7, pp. 181-182.

A festa do conde de Gernande não é um exemplo isolado em Sade. Multiplicam-se os figurinos do guarda-roupa libertino, tudo descrito em detalhe, de forma a destacar a variedade de modelos e o esmero da produção. Diz Barthes que o vestuário sadiano é um jogo de signos e funções que servem para distinguir as pessoas no interior do universo do deboche, assinalando a classe à qual pertence esse ou aquele súdito:

> por ocasião das grandes sessões de narração que têm lugar todas as noites em Silling, todo o serralho se apresenta (provisoriamente) vestido, mas as parentas dos quatro senhores, de condição particularmente rebaixada, como esposas e filhas, devem comparecer nuas.[2]

Assim também os trajes diferenciam os objetos da libertinagem em função de sua idade, aparência física e de seu pertencimento. Ainda em Silling, os súditos de cada senhor devem usar uma fita cuja cor indica quem é seu proprietário: verde e cor-de-rosa são as cores do duque; preto e amarelo as de Curval; lilás e violeta, respectivamente, de Durcet e do bispo. Tal disposição faz recordar a distribuição de cores contrastantes nas vestimentas medievais, que servia para diferenciar a ocupação e o nível das pessoas, por causa das más condições de iluminação; nos iluminados salões sadianos, porém, ela é apologia da evidência, utilizada para que "num relance" os amigos possam desfrutar dos objetos que individualizam seus gostos.

No que diz respeito à função de distinção entre indivíduos, talvez se possa aproximar tal jogo de vestuário à moda. Gilda de Mello e Souza observa que "ao mesmo tempo em que traduz a necessidade de adorno, a moda corresponde ao desejo de distinção social".[3] A maior parte das leis suntuárias, diz ela, repousava sobre as diferenças de classe, e os reis que as editavam circunscreviam as sedas, as peliças e as correntes de ouro a certas camadas sociais, interditando-as a outras. Pode-se identificar no guarda-roupa

---

[2] BARTHES, Roland. *Sade, Fourier, Loiola*, op. cit., p. 25.
[3] SOUZA, Gilda de Mello e. *O espírito das roupas: a moda do século XIX*. São Paulo: Companhia das Letras, 1987, p. 47.

libertino pelo menos dois elementos que caracterizam a moda no século XVIII: um que apela para o passado, a ornamentação indistinta para homens e mulheres (característica do Antigo Regime que se modifica no decorrer do século seguinte), e outro que aponta o futuro, a preocupação com vestimentas que contemplam a mobilidade (exigência da vida de salão, mais movimentada e menos sedentária).

Mas, ao supor o vestuário como um jogo, não estaria Barthes sugerindo — e com razão — que Sade concebe seus figurinos como elementos lúdicos e que essa distinção nada mais é que uma brincadeira a serviço da luxúria? Pois a ela contrapõe-se a verdadeira distinção entre os seres, a inequívoca diferença entre fortes e fracos, ditada pela natureza, à qual o artifício serve apenas como deleite. Vejamos: um mesmo figurino pode servir a diferentes atores. O vestuário do súdito é, muitas vezes, similar ao do libertino; se humilha os rapazes impondo-lhes trajes de mulher, o devasso diverte-se enormemente vestindo em seguida semelhantes indumentárias femininas. Não é a roupa que distingue o libertino e, no mundo do deboche, não estamos jamais autorizados a tomar o monge pelo hábito; as aparências só enganam aos espíritos obscuros que, não sabendo manipulá-las, tomam-nas como verdade.

Voltaremos a isso; de momento registre-se apenas a invalidade de se associar o vestuário do deboche à moda, inclusive porque tal é a variedade de trajes desse guarda-roupa que caberia melhor falar de fantasias, remetendo à multiplicidade de figurinos à disposição dos atores de um teatro. Com efeito, Barthes observa que o vestuário sadiano é regulado em função de sua teatralidade: a cada noite, senhores e vítimas aparecem vestidos a caráter (à asiática, à espanhola, à turca, à grega), e até mesmo as velhas encarregadas do serviço prestam-se ao jogo teatral, trajando-se de fadas, feiticeiras, viúvas, freiras.

A exigência teatral, entretanto, deve se compatibilizar com a funcionalidade, que, ainda segundo Barthes, é a principal qualidade desses figurinos. O traje que o quarteto de Silling destina a seus amantes favoritos, o uniforme prussiano descrito no quinto dia da comitiva no castelo, além de perfeitamente adaptado ao efeito do espetáculo, é concebido para atender prontamente às obrigações da luxúria: o "calção com abertura atrás, em forma de coração, e que pode cair com um único movimento, ao se desatar o grande nó de fitas que o segura" deve desaparecer num segundo. A mobilidade do libertino é ditada por seus desejos, determinando que as roupas conservem sempre "um valor impiedosamente funcional".[4]

Mas, no que tange ao figurino, o campo de funções libertinas ainda pode ser ampliando para além da imediata satisfação sexual. Por exemplo, o vestuário pode ser usado simplesmente como indumentária, se destacado o requinte do bem-vestir e seu poder de sedução (Juliette prepara-se para encontrar o cardeal Bernis: "ornamentada de tudo o que a arte saberia acrescentar aos encantos com que a natureza me dotara", diz ela, "seria impossível parecer mais bela e elegante"[5]); pode ser fantasia, que modifica ou realça os corpos de acordo com os desejos da volúpia (no sexto dia em Silling, os amigos ordenam que as meninas apareçam vestidas de marinheiros e os rapazes, de prostitutas: "nada apressa tanto a lascívia quanto essa pequena inversão voluptuosa",[6] acrescenta o narrador); pode ser disfarce, utilizado para iludir ou mesmo para enganar em certas situações (em "Augustine de Villebranche", Franville veste-se de mulher com o objetivo de seduzir uma jovem que só se interessa por parceiras do mesmo sexo; em "La Comtesse de Sancerre", a libertina, apaixonada pelo noivo de sua filha, concebe um plano ardiloso convencendo a jovem a disfarçar-se de homem, enganando-a e ao rapaz, que, pensando matar um rival, assassina a própria noiva).[7]

Travestir: seduzir, inverter, iludir, disfarçar. É aí que a ação lúdica dos libertinos passa a ter um sentido mais denso; a diversão é também uma política. O jogo do vestuário supõe um sutil jogo

---

[4] BARTHES, Roland. *Sade, Fourier, Loiola*, op. cit., pp. 25-26.
[5] SADE, Donatien-Aldonze-François, marquês de. *Histoire de Juliette*, op. cit., t. 9, p. 73.
[6] Idem. *Les 120 journées de Sodome*, op. cit., t. 1, p. 156.
[7] Idem. *Histoire de Juliette*, op. cit., t. 9, p. 73; idem. *Les 120 journées de Sodome*, op. cit., t. 1, p. 156.

de disfarces, a serviço do cerimonial do deboche, não contemplado na interpretação barthesiana. Além de conceber o guarda-roupa sadiano com base nas funções da distinção e da funcionalidade, Barthes ainda assinala que "o travestimento é raro em Sade. Juliette presta-se a isso uma só vez, mas, vulgarmente, Sade parece desprezá-lo como fonte de ilusão (serve-se dele negativamente para determinar se os súditos assumem a nova figuração)".[8]

Ora, a cerimônia em que Juliette e Noirceuil participam de casamentos duplos, na qual proliferam as inversões indumentárias, repete-se com frequência no castelo de Silling, onde os casamentos são muitas vezes celebrados com os noivos vestidos inversamente. Nessas solenidades, o travestimento assume um caráter caricatural: vê-se um homem *vestido* de mulher, e vice-versa. Simples elogio à aparência, embora nada desprezível para o libertino. Mas a troca de vestuário é também, muitas vezes, estratégia de sedução, como já vimos em "Augustine de Villebranche", que reedita um tema raro à libertinagem, e de estratégia pode passar ainda à armadilha, com consequências funestas, como acontece em "La comtesse de Sancerre" ou em "La châtelaine de Longeville". Há, em todos esses episódios, a encenação de uma farsa. No mundo do deboche, perverso e polimorfo, as identidades — inclusive e preferencialmente a sexual — sempre podem ser forjadas, maquiadas, fantasiadas.

Vestir-se de outro, fazer-se de outro. O travestimento implica a possibilidade de um desdobramento de identidade, fundamental para a realização da cena teatral, ao mesmo tempo que concretiza uma transgressão, seja a da leviandade do elogio às aparências, seja a do ato criminoso de enganar o outro ou ainda a da exibição da indesejável inversão sexual. É simulando sua identidade que o devasso desafia os padrões éticos e morais de sua época. É iludindo que ele propõe seu enfrentamento com a virtude. É representando que vai combatê-la.

Seduzir, inverter, iludir, disfarçar: o século XVIII não se cansa de repetir essas palavras, às vezes com certa desconfiança,

---

[8] BARTHES, Roland. *Sade, Fourier, Loiola*, op. cit., pp. 25-26, nota 6.

suspeitando de seus significados, passíveis de serem colocados do lado oposto da virtude. Entre aqueles que as condenam, uns dirão que se deva repudiá-las, outros, que é necessário conhecê-las para melhor evitá-las. No limite dessas recusas está a suposição de que a sedução, a ilusão e o disfarce existem a serviço do crime. "A virtude titubeia diante das extravagâncias do vício" — diz Juliette.[9] A filosofia, diante das extravagâncias da imaginação libertina.

O comediante: homem de máscaras, simulacros, aparências. Figura de interesse para o pensamento setecentista, o ator de teatro encarna a dicotomia entre homem e personagem, entre sentir e simular o sentimento. Como é possível ser outro e permanecer em si mesmo? Eis o paradoxo que Diderot formula a propósito do comediante, discutindo o tema da identidade e refletindo sobre o jogo entre falseamento e revelação do eu. Um paradoxo ao qual serão dadas diversas respostas, desembocando em diferentes soluções.

Polemizando com d'Alembert, que assinara um verbete na *Encyclopédie* criticando a proibição dos teatros em Genebra, e, através dele, com Voltaire, que insistia na montagem de espetáculos para os genebrinos, Rousseau escreve um livro radical, em que adverte seus compatriotas contra os perigos das representações teatrais. Boa parte de sua *Lettre à d'Alembert*, cujo argumento insinua a tese de que a artificialidade do teatro moderno é imoral, dedica-se ao exame da condição do comediante.

Pergunta Rousseau:

> Em que consiste o talento do comediante? [...] Na arte de transformar-se, de revestir outro caráter que não o seu, de parecer diferente do que é, de apaixonar-se a sangue-frio, de dizer coisa diversa daquilo que pensa, tão naturalmente quanto se realmente as pensasse, e, finalmente, de esquecer seu próprio lugar de tanto tomar o de outrem.[10]

---

[9] SADE, Donatien-Aldonze-François, marquês de. *Histoire de Juliette*, op. cit., t. 9, p. 566.
[10] ROSSEAU, Jean-Jacques. *Carta a d'Alembert*, in *Obras*. Lourdes Santos Machado (trad.). Porto Alegre, Globo, 1958, p. 394.

Ilustração para o livro *Histoire de Juliette* do Marquês de Sade — Gravura anônima, Holanda, 1797.

O autor de Émile não poupa críticas aos que cultivam — e ainda são pagos para fazê-lo — o "talento de enganar" e a "arte de seduzir": se por força do próprio ofício o ator ilude, acaba por obscurecer seu verdadeiro eu. Desdobrado em outros, o comediante pode anular-se como pessoa: perde a própria identidade e, assim, desobriga-se de observar os parâmetros necessários ao convívio social.

Aquele que aprende a enganar no palco saberá fazê-lo fora dele; do uso ao abuso não há senão uma tênue fronteira que Rousseau acredita ser facilmente ultrapassada. Como dar crédito ao ator se as verdades que ele enuncia não o comprometem como pessoa ou como cidadão? Qual seria a verdadeira identidade do comediante se, como um camaleão, ele tem o poder de transformar-se em outro? Estando apto a "apaixonar-se a sangue-frio", ele facilmente descompromete-se com os sentimentos comunitários, ampliando o palco das paixões que encena para além das salas de espetáculo. Ao interpretar, o ator ilude; iludindo, corrompe, dentro e fora do teatro, a si mesmo e aos outros.

Diderot, polemizando com Rousseau, escreve o *Paradoxe sur le comédien*, defendendo a tese moderna do distanciamento entre ator e personagem: o intérprete não deve confundir-se com o papel que interpreta, porém vê-lo de fora, consciente do artifício da representação. Por isso, diz ele, "o comediante na rua ou na cena são dois personagens tão diferentes que mal se consegue reconhecê-los".[11] Mas como ser fiel na diferença? O paradoxo só pode ser resolvido através de um estranhamento entre homem e personagem. Lucidez, consciência, domínio de si: essas são as qualidades necessárias ao comediante; exaltando as artes da imitação, é justamente no "sangue-frio", criticado por Rousseau, que Diderot vai encontrar as condições de domínio do artista sobre a ilusão que cria. No teatro, corpo e sensibilidade devem estar a serviço da mente: a consciência da consciência promove a distância.

---

[11] DIDEROT, Denis. *Paradoxo sobre o comediante*, in *Diderot*. São Paulo: Abril Cultural, 1979, p. 167 (Os Pensadores).

O ator "não é o personagem, ele atua e atua tão bem que vós o tomais como tal: a ilusão não existe senão para vós; ele bem sabe que não o é"[12] — adverte Diderot aos espectadores. Portanto, se o intérprete dissipa a ilusão, o mesmo não ocorre com a plateia; como observa Pierre Frantz, essa tese pressupõe uma "dissimetria entre a sensibilidade do ator e a do espectador, entre o ator e o personagem, entre o signo e o sentido, entre a produção da ilusão e o efeito de verdade".[13] Os artistas, diz Diderot, chegam ao coração do homem "de uma forma enviesada", mas "atingem tão mais segura e fortemente a alma quanto ela própria se estende e oferece ao golpe".[14]

A polêmica entre Diderot e Rousseau é interessante, visto que revela posições ao mesmo tempo opostas e coincidentes no que diz respeito ao papel do teatro no ideal pedagógico das Luzes. Se, para o segundo, o intérprete pode transferir a cena para a rua, para o primeiro o ator tem poder de controle sobre as ilusões do palco. Entretanto, ambos tendem a concordar com a ideia de que o espectador é, no teatro moderno, um sujeito passível de ser influenciado por aquilo a que assiste: de ser enganado (para Rousseau, temeroso dos efeitos políticos que os espetáculos podem ter sobre os cidadãos) ou de ser persuadido (para Diderot, ao postular que as representações teatrais devem servir para o aprendizado da virtude).[15]

Vejamos Sade. Vejamos o comediante na libertinagem.

> Senhor, eu sou médico, alquimista, historiador, medalhista, necromante, sinfonista, mecânico, algebrista, acadêmico, fisiologista, lógico,

---

[12] Idem. *Discurso sobre a poesia dramática*. Luiz Fernando Batista Francklin de Matos (trad.). São Paulo: Brasiliense, 1986. p. 43.
[13] FRANTZ, Pierre. "Sade: texte, théâtralité", in *Sade: écrire la crise [Colloque tenu au] Centre Culturel International de Cerisy-la-Salle [19 au 29 juin 1981]*. Paris: Pierre Belfond, 1983, p. 207.
[14] DIDEROT, Denis. *Discurso sobre a poesia dramática*. op. cit.. p. 43.
[15] Sobre essas polêmicas entre Jean-Jacques Rousseau e Denis Diderot, consultar Bento Prado Jr., "Gênese e estrutura dos espetáculos: notas sobre a *Lettre à d'Alembert* de Jean-Jacques Rousseau". *Estudos Cebrap*. São Paulo: Centro Brasileiro de Análise e Planejamento (Cebrap)/ Editora Brasileira de Ciências, n. 14, pp. 6-34, out.-nov.-dez. 1975; MATOS, Luiz Fernando Franklin de. "Os filósofos e o teatro da revolução". *Folha de S.Paulo*, São Paulo, 29 out. 1988. Folhetim.

botânico, músico, genealogista, artífice, magnetista, pintor, organista, poeta, astrólogo, aeronauta, ventríloquo e comediante para vos servir.

É assim que Belval se introduz.[16] Ser ator significa, antes de tudo, ser portador de um talento singular: poder transformar-se. Quando o suposto Belval se apresenta, o faz como se estivesse retirando as inúmeras máscaras que veste, e se o ofício de comediante é o último a constar de sua lista é porque essa máscara contém todas as outras, desvelando a verdadeira atividade desse homem. A tal pluralidade poderiam ser acrescentadas outras tantas ocupações, contanto que antecedessem a de comediante. Como observa Frantz, "a acumulação é desejável e destina-se a levar o interlocutor à vertigem".[17]

A exemplo de Diderot, Sade parece responder a Rousseau, denunciando sua vã empresa de procurar por trás do comediante uma verdadeira identidade: para o autor de *Justine*, a capacidade de desdobramento do *eu*, habilidade específica do ator, revela não sua identidade, mas seu talento. Diríamos ainda, com Gilles Deleuze, sua *situação*, pois o ator "está sempre na situação de desempenhar um papel que desempenha outros papéis".[18] É como se o marquês estivesse dizendo também que, ali, onde Rousseau vai buscar a verdade sobre o homem, nada mais existe que efeitos de verdade.

Notemos primeiro o sentido de ofício que Sade confere ao comediante. Nesse aspecto, ele parece aderir ao modelo da escrita teatral do século XVIII, marcada por uma tipologia que organiza os personagens de acordo com os temperamentos, a moral, os costumes ou as profissões, só que insistindo na última categoria de tipos. É certo que, no mundo sadiano, não são os ofícios que determinam o sujeito, e muito menos o lugar que ele ocupa na sociedade, mas isso não impede o reconhecimento da boa profissão. E não será essa uma das razões que fazem Bersac, em *Aline*

---

[16] *L'union des arts ou les ruses de l'amour*, de Sade, citado por FRANTZ, Pierre. "Sade: texte, théâtralité", op. cit., p. 205.
[17] FRANTZ, Pierre. "Sade: texte, théâtralité", op. cit., p. 205.
[18] DELEUZE, Gilles. *Lógica do sentido*. Luiz Roberto Salinas Fortes (trad.). São Paulo: Perspectiva, 1982, p. 153.

et Valcour, afirmar que o estado de comediante "é superior ao do simples trabalhador manual"?

É, portanto, como profissão que Bersac fará o grande elogio de sua atividade, enumerando suas vantagens: "sempre pago acima do necessário para se viver", ganha-se muito bem, viaja-se, desfruta-se da companhia dos iguais, dos aplausos, da boa reputação, e por toda parte "só se encontram amigos, proteção e homenagens". Dinheiro, reconhecimento, facilidades — como, então, não agradar o libertino, sempre voltado a tudo que pode viabilizar seus desejos? O teatro, sublinha o comediante, "não é obstáculo à sabedoria", pois quem aceita representar a comédia fica "ao abrigo da miséria e do insulto", sem que jamais sua atividade o degrade, sem que precise se privar de sua liberdade.[19] Uma profissão valorizada por ser intelectual, lucrativa e divertida. Um ofício superior.

Uma arte. É também do ponto de vista do artista que Sade vê o teatro: como exercício da arte e, portanto, da liberdade de criação. Bersac e sua mulher não deixam de acentuar o caráter lúdico da profissão, enfatizando que a diversão e a alegria convivem com o requinte, o apuro e a erudição. Entende-se por que Frantz aproxima o comediante de Sade ao de Diderot — ambos concebem o intérprete em seu tempo forte: em cena, quando se abandona à alegria da representação, e à felicidade da interpretação. Apaixonados defensores do comediante, Sade e Diderot insistem em afirmar as qualidades de criação que definem a atividade artística.

Tal defesa, contudo, não parece ser hegemônica entre os contemporâneos do marquês e do *philosophe*: o comediante goza de *status* ambíguo na França setecentista. Certamente seu prestígio entre o público é bastante significativo. Se já o era desde o século anterior, no XVIII, quando uma "furiosa 'teatromania' se apodera de todos os espíritos", segundo Jacques Morel, esse prestígio

---

[19] SADE, Donatien-Aldonze-François, marquês de. *Aline et Valcour*, in *Oeuvres complètes*. Paris: Jean-Jacques Pauvert, 1986, t. 5, p. 243. Com certeza essa passagem, no fim da "Histoire de Léonore", constitui-se num dos mais exaltados elogios de Sade à atividade dos comediantes: Bersac e sua mulher escapam da morte e salvam Léonore dos bandidos, fingindo compactuar com eles. A força cede à habilidade da arte.

aumenta consideravelmente: os atores e as atrizes inspiram grandes paixões; sua vida privada é objeto de insaciável curiosidade; sua interpretação merece reflexões dos enciclopedistas; e seu trabalho é devidamente recompensado no plano material. Além disso, o comediante é todo-poderoso no teatro: cabe a ele escolher os textos a serem representados, com a liberdade de mudá-los à vontade, para atender unicamente aos interesses da interpretação; de tal forma os artistas submetem os autores a seus caprichos que chegam muitas vezes a proibi-los de assistir às encenações de suas próprias peças. No teatro, diz Yvon Belaval, o comediante é um tirano.[20]

Todavia, afirma Morel, "a dignidade da profissão mantém-se oficialmente contestada".[21] A Igreja, que desde o fim do século XVI empreende uma poderosa luta contra o teatro, obriga os comediantes a renunciar ao ofício para conceder-lhes o casamento religioso e recusa a sepultura cristã aos incrédulos que devotaram sua vida ao palco. O poder vigia de perto as casas de espetáculos: instituída a censura oficial em 1701, o controle dos teatros passa para a autoridade da polícia, e até 1750 os *gentilhommes* da Câmara, encarregados de controlar os procedimentos e as finanças dos atores franceses, reagem brutalmente contra as tímidas inovações dos administradores da Comédie-Française. Em 1765, a justiça rejeita o depoimento do ator Dubois num processo, alegando que não poderia aceitar juramento de comediantes, "visto que eles exercem uma profissão infame".[22]

Os artistas de teatro, dizem seus detratores, vivem na licenciosidade, entregam-se ao vício, desconhecem os bons sentimentos,

---

[20] MOREL, Jacques. "Le tréâtre français", in DUMUR, Guy (dir.). *Histoire des spectacles*. Paris: Gallimard, 1965, pp. 753-767; BELAVAL, Yvon. *L'esthétique sans paradoxe de Diderot*. Paris: Gallimard, 1950, pp. 37-42. A tirania dos comediantes faz que, a partir de 1765, os autores comecem a se organizar para defender seus direitos de propriedades, conseguindo uma vitória parcial na década de 1780, que só será completa em 1791, graças a um regulamento da Constituinte. Uma carta de Sade, datada de maio de 1791, endereçada aos comediantes franceses a quem havia enviado seus manuscritos, é reveladora: "Posto que aceito todas as adaptações que vos apraz fazer com os autores, peço insistentemente que aproveis [minha peça] o mais rápido possível; dai-me esse incentivo, eu vos suplico; será fácil fazê-lo, se é verdade, como dizem, que muitos autores, não desejando adotar vossas adaptações, teriam retirado suas peças".

[21] MOREL, Jacques. "Le théâtre français", op. cit., p. 767.

[22] BELAVAL, Yvon. *L'esthétique sans paradoxe de Diderot.*, op. cit., p. 41, nota 2.

os modos e a moralidade que caracterizam o *honnête homme*. Numa palavra: são libertinos. Será necessário dar-lhes as costas — dizem alguns. Outros, porém, vislumbram soluções para que o ofício possa convergir com os ideais de virtude: será necessária uma *reforma* do teatro. Em 1743, Riccoboni propõe uma série de medidas para moralizar a profissão em sua *De la réformation du théâtre*, entre elas a sugestão de que o recrutamento dos artistas deveria ser feito entre os homens honrosos, "afiançados pela família". Alguns anos mais tarde, Rémond de Sainte-Albine escreve *Le comédien*, esboçando o perfil do ator virtuoso, ao qual atribui "dons interiores", alegando que "só uma alma elevada pode representar um herói". Das propostas de reforma do teatro, porém, a mais radical será a de Diderot.

Defendendo o ofício do comediante como arte, o criador da *Encyclopédie* propõe que se deve educá-lo — mas dentro do teatro, a partir da cena — para que ele possa tomar plena consciência da dignidade de sua profissão. Como fazê-lo? "Arrancando o artista, quem quer que seja, das 'técnicas convencionais' para levá-lo ao Verdadeiro, ao Bem, ao Belo: é necessário imitar a Natureza", e assim promover o encontro do comediante com a verdadeira "decência", com a virtude. Diferente de Rousseau, a tese de Diderot supõe que "é a partir desse estado [natural] que a moralidade está para ser refeita e promovida. Ou, justamente porque a moralidade está ainda para ser feita, o teatro pode contribuir com ela". Mas: "depois de uma reforma" — insiste Belaval.[23]

Reformar o teatro? Talvez — é possível que a ideia não fosse estranha a Sade. Embora os estudiosos de sua obra teatral sejam unânimes quanto à concepção clássica de suas peças, Annie Le Brun sugere algumas diferenças nas cenas criadas por ele, e Frantz chega a dizer que o marquês "distorce e desfaz" os estereótipos dos códigos teatrais de sua época.[24] Porém, quanto ao projeto de mudar o comediante para conduzi-lo à virtude, por certo Sade discordaria de seus contemporâneos, e até mesmo de Diderot.

---

[23] Idem, ibidem, pp. 49, 215.
[24] Ver: LE BRUN, Annie. *Soudain un bloc d'abisme, Sade introduction aux oeuvres complètes*, op. cit., pp. 142-144; FRANTZ, Pierre. "Sade: texte, théâtralité", op. cit., pp. 194-195.

Não seria ele a compartilhar desses preconceitos: afinal, o artista já é um devasso.

A arte da libertinagem assemelha-se em muito à arte do comediante. Primeiro por implicar talento, essa inclinação natural com que nascem artistas e libertinos, que sempre pode ser descoberta (como é o caso de Julie em *Les 120 journées de Sodome*), reconhecida (como acontece com as narradoras de Silling) ou apurada (nesse caso o melhor exemplo talvez seja o de Eugénie, em *La philosophie dans le boudoir*). Pode-se reconhecer nesses três termos a ideia de uma carreira: tornar-se comediante, tornar-se devasso ou criminoso requer não só o talento dotado pela natureza, mas o empenho em ultrapassar essa mesma natureza, lançando-a à perfeição.

A carreira da libertinagem (expressão muito comum para designar a atividade dos personagens sadianos) também exige, como a dos artistas, um grande número de artifícios — cenários e figurinos — para a realização a contento dos trasvestimentos, das inversões, das transformações necessárias à produção de espetáculos. E, para além das transformações, a acumulação de papéis, que tanto agrada ao comediante e ao devasso; com efeito, à lista de papéis assumidos pelo comediante Belval da *L'union des arts ou les ruses de l'amour* podemos justapor a atividade sexual do libertino de Silling, que diz: "ao mesmo tempo eu parricidava, incestava, assassinava, prostituía e sodomizava". Reportando-se a esse processo quantitativo de acumulação, Deleuze observa que a experiência sádica requer a "reiteração das cenas, multiplicação em cada cena, precipitação e sobredeterminação", ou seja, movimento. E no século de Sade somente o teatro conseguia traduzi-lo.[25]

Por tudo isso, por relacionar riqueza, mobilidade, segurança, diversão e liberdade, por ser ofício, arte e carreira, o estado do

---

[25] Com efeito, Gilles Deleuze cita uma passagem de *Juliette*, em que a libertina exclama: "Ah, como seria aqui útil um gravador para transmitir à posteridade este voluptuoso e divino quadro! Mas a luxúria, ao realizar rapidamente os nossos atores, talvez não pudesse dar ao artista tempo suficiente para a apreensão. Não será fácil à arte, que não possui movimento, traduzir um ato cuja alma consiste no movimento". Ver: DELEUZE, Gilles. *Sade/Masoch*. José Martins Garcia (trad.). Lisboa: Assírio & Alvim, 1973, pp. 75-76; SADE, Donatien-Aldonze-François, marquês de. *Histoire de Juliette*, op. cit., t. 8, p. 251.

comediante coincide com o do libertino. O devasso é um comediante *em cena*. Mas de uma cena que só se revela para quem a representa no mais alto grau da consciência. Consciente da ilusão que cria, o ator sadiano jamais se deixa enganar; dificilmente encontraríamos um intérprete à sua altura no que diz respeito a representar a sangue-frio. Por certo já não estamos mais falando só daqueles personagens específicos, como Bersac, que têm como atividade o teatro, mas de todo libertino que, "subindo à cena, representa e é, *portanto*, insensível".[26]

Mas não estaríamos aqui próximos também do modelo rous-seauniano de interpretação? Pois, se na posição de comediante o lúcido devasso assemelha-se ao intérprete de Diderot, no que diz respeito à plateia ele encarna perfeitamente o modelo do ator corrompido de Rousseau, sem o menor escrúpulo de enganar seu espectador e sempre pronto a seduzi-lo. Importante lembrar que o libertino jamais ocupa o lugar que Rousseau atribui à plateia (passiva, dominada pela cena), reservando-o para seus espectadores. E quem é esse espectador, senão todo aquele que assiste ao espetáculo libertino, da vítima ao leitor?

Com efeito, Frantz observa que a espectadora ideal da cena libertina é Justine. Observadora atenta, sensível (e quantas lágrimas nossos atores não a fazem derramar?) ela é sempre susceptível de um novo engano, presa de uma nova ilusão. Mas não é esse seu lugar por excelência? Não vive ela num mundo tecido somente por ilusões, a acreditar em quimeras? Resta saber se o leitor de Sade (e cada qual poderá confessá-lo na solidão da leitura) permite-se participar do espetáculo da libertinagem, deixando-se seduzir por seus atores, ou se mantém a distância e consegue escapar da ilusão. Resta saber o preço dessa escolha.

Não é só uma estética: o disfarce é uma política para o libertino, que ele exerce para confrontar-se com a sociedade. Dentro de seus domínios essa política não tem sentido, é substituída pela força, e os disfarces assumem apenas um caráter lúdico. Fora

---

[26] FRANTZ, Pierre. "Sade: texte, théâtralité", op. cit., p. 207.

deles, porém, ela é imprescindível. Como pode o sedutor circular livremente sem se dissimular? E ao criminoso, como seria possível desviar-se do cerco dos outros? Para garantir sua liberdade — mas também para manter sua identidade —, os devassos são os mais talentosos intérpretes dessa arte que o século XVIII todo cultiva, com tanta perfeição, concebida por seus historiadores como a "teatralização do social".[27]

"Não se diz no mundo que um homem é um grande comediante? Não se entende com isso que ele sente, mas, ao contrário, que prima em simular, embora nada sinta: papel bem mais difícil que o do ator, pois tal homem tem ademais o discurso a encontrar e duas funções a realizar, a do poeta e a do comediante" — conclui Diderot no *Paradoxo*, assimilando as habilidades do cortesão às do comediante.[28] Nesse sentido, também o devasso assemelha-se aos nobres, mesmo quando acontece — o que é raro — não ser um deles. A corte e os salões lhe oferecem os modelos desse jogo de aparências que se desenvolve na sociabilidade do Antigo Regime: a simulação é um divertimento para a nobreza, tanto no sentido vulgar da palavra como no sentido mais denso que lhe atribuiu Pascal. Apreciadores dos bailes de máscaras, das óperas e comédias em que a plateia disputava o palco com os atores, acostumados aos rígidos cerimoniais palacianos e às etiquetas, os nobres interpretavam seus papéis dando à representação o estatuto de um dever. Os libertinos a elevarão à arte.

Privilegiando a glória, a honra, a fama e a reputação, a sociedade de corte se caracterizava pelo apego às imagens e pela distinção através das aparências: "o Antigo Regime aceitava que vivêssemos em meio a semblantes, a máscaras, a *personae*".[29] Não importava, pois, o que o indivíduo era, mas o que aparentava

---

[27] Nesse sentido, ver: REICHLER, Claude. *L'age libertin*. Paris: Minuit, 1987; ELIAS, Norbert. *A sociedade de corte*. Lisboa: Estampa, 1987; RIBEIRO, Renato Janine. "A Glória", in VÁRIOS AUTORES. *O sentido das paixões*. São Paulo: Companhia das Letras, 1987; idem. *A etiqueta no Antigo Regime: do sangue* à *doce vida*. São Paulo: Brasiliense, 1983; SENNETT, Richard. *O declínio do homem público: as tiranias da intimidade*. Lygia Araújo Watanabe (trad.). São Paulo: Companhia das Letras, 1988, segunda parte.

[28] DIDEROT, Denis. *Paradoxo sobre o comediante*, op. cit., p. 192.

[29] RIBEIRO, Renato Janine. "A glória", op. cit., p. 114.

ser; ostentando perucas, opulentos figurinos, joias, ornamentos e maquiagens, os homens dessa época fizeram da corte um teatro em que o detalhe era observado, em que todos os gestos eram medidos e todas as palavras, calculadas. Os deveres da representação pautavam-se por uma lógica do prestígio que, mediante meticuloso ordenamento, garantia maiores ou menores privilégios aos que disputavam a proximidade do rei. "O cortesão é obrigado a adequar sua mímica, seus gestos, suas palavras, aos homens com quem lida, às circunstâncias que se lhe deparam".[30] A etiqueta é uma política para o nobre e, por excelência, instrumento de dominação para o poder real.

Numa sociedade tão preocupada com as aparências a questão da identidade individual sem dúvida suscitava indagações: o que estaria por trás das máscaras e dos disfarces? O que encobriria a excessiva polidez da etiqueta? O que seria descoberto se o homem se despojasse de todos os ornamentos que lhe disfarçam a verdadeira fisionomia? A indeterminação entre realidade e ilusão faz sombra ao brilho da nobreza e, no século XVIII, "o homem já não consegue ter certeza se o que penetra através da couraça não será ao fim e ao cabo de uma miragem, uma invenção, uma fantasia de sua imaginação e, por esse fato, irreal".[31] É no interior dessa dúvida que nascem os dilemas da sensibilidade romântica. E dela se nutrem também os libertinos, contemporâneos de Sade, herdeiros de uma tradição que se constrói pela confrontação do indivíduo com as máscaras sociais.

Claude Reichler, ao formular uma história da libertinagem, indica que as transformações pelas quais passam os atores dessa história só podem ser entendidas a partir da chave da identidade. Haveria uma "primeira libertinagem", que remonta ao fim do século XVI, cujos seguidores caracterizam-se por desafiar a sociedade declarando-se abertamente contra os dogmas religiosos e a submissão política. No decorrer do século seguinte eles serão substituídos pelos filósofos céticos e pelos teóricos mundanos da

---

[30] ELIAS, Norbert. *A sociedade de corte*, op. cit., p. 207.
[31] Idem, ibidem, p. 217.

honestidade, que, segundo Reichler, não acreditam nas representações, mas lidam com elas, compondo-se com a autoridade que rejeitam, para criticá-la. São estrategistas que manobram habilmente as palavras de forma a conservar as vantagens dos laços sociais e manter a autonomia de seu pensamento: comportam-se de acordo com as conveniências, vestindo as máscaras sociais, mas guardam no íntimo a convicção de uma verdade interior, o segredo de uma identidade.

A "terceira libertinagem", típica do século XVIII, seria representada pelo homem que se perde nas máscaras, tendo na figura do sedutor (Rousseau diria: do comediante) sua imagem. Os personagens de Crébillon e Laclos, sedutores desfigurados, serão seus melhores exemplos. Forjando sua identidade no disfarce, mas de tal forma que não consegue mais saber quem é, nem ao menos se esse saber é possível, o devasso setecentista não pode mais distinguir o real da ilusão, a aparência da essência. Nesse momento, diz Reichler, "o discurso libertino desce do céu do idílio à terra dos prazeres"; já não há uma verdade íntima a ser reivindicada, nem ao menos ocultada: só existem aparências, a fruição passageira do presente, a imediatez do corpo.

O sentido das palavras que, no decorrer desse período, definem o libertino, também é significativo. Nos séculos XVI e XVII, a palavra *roué*, significando ao mesmo tempo devasso e supliciado, está ligada ao suplício da roda, castigo infligido a muitos e estendido aos rebeldes. Por certo, a reivindicação libertina era objeto de punições rigorosas; Théophile é aprisionado e escapa por pouco da condenação à morte. Depois de 1715, com a Regência, os rebeldes são definidos como tal apenas simbolicamente: "dignos do suplício da roda por sua libertinagem", mas então, diz Roger Vaillant, eles "já não arriscavam nada: estavam no poder". O *Littré* aponta os significados históricos da palavra *libertin* de forma cronológica, iniciando pela versão ultrapassada, típica do XVI ("aquele que não se sujeita nem às crenças nem às práticas da religião"), até chegar ao sentido moderno, que data do século XVIII, já referido à sexualidade: "desregrado no que diz respeito à moralidade entre os dois sexos".[32]

É interessante a trajetória da libertinagem: primeiro ela reivindica que o homem se liberte das representações que o sufocam; num segundo momento passa a negociar com essas representações e, finalmente, perde-se nelas. Porém, vale notar que, quando isso acontece, os devassos voltam-se para o corpo, encontrando nele seu último abrigo e, talvez, resgatando a utopia libertina de defender uma identidade última do homem, irredutível a qualquer representação. Resgate inconsciente para muitos. Mas não para Sade.

Reichler, embora muitas vezes pareça "fugir" do marquês para concluir suas argumentações, admite que a obra sadiana recapitula a totalidade da libertinagem. O devasso de Sade, ateu, segue a tradição dos primeiros libertinos radicalizando sua afronta à autoridade dos valores religiosos; como os segundos, será filósofo, ao mesmo tempo erudito e mundano, que não se furta aos disfarces para obter o que deseja: como os terceiros, coloca as representações a serviço do corpo. Por tal razão, por reunir todas essas qualidades, por completar a rota da libertinagem, ele poderá ser simultaneamente consciência e corpo, homem dos artifícios e da carne.

---

[32] VAILLAND, Roger. *Le regard froid: réflexions, esquisses, libelles, 1945-1962*. Paris: Bernard Grasset, 1963, pp. 78-79; MORAES, Eliane Robert. *Marquês de Sade: um libertino no salão dos filósofos*. São Paulo: Educ, 1992.

III

> [...] é por isso que se vê no início de cada episódio: *o teatro muda e representa*, e não a *cortina se levante e deixa ver*.
>
> *L'union des arts*

Em 1803, Sade é internado, já sexagenário, em Charenton, depois de dois anos na prisão de Sainte-Pélagie e algumas semanas em Bicêtre. Apesar de nunca ter deixado de reivindicar sua liberdade, apesar de protestar insistentemente contra as injustiças de que foi alvo no Antigo Regime e depois da Revolução, o interno parece adaptar-se com certa facilidade à vida na clínica.[1] Os anos em liberdade não haviam sido felizes, e em Charenton ele terá ao menos a possibilidade de realizar atividades que sempre desejou.[2]

Em pouco tempo o velho marquês assume a direção do que poderíamos chamar "cerimonial" do hospício: é encarregado da organização de festas, bailes e recepções, contando com o apoio do diretor da instituição. A partir de 1805 ele passa a realizar espetáculos teatrais com a participação de internos de Charenton e comediantes profissionais de Paris, tornando-se conhecido pelo

---

[1] Jean Desbordes diz que Sade encontra em Charenton seu "refúgio ideal": a clínica era luxuosa, quartos muito limpos e arejados, alimentação sã e abundante, salões de recreação, biblioteca, enfermeiros qualificados. O marquês, acompanhado de madame de Quesnet (que passa por sua filha natural), residia num quarto agradável, aberto ao pomar; podia passear livremente pelas dependências da casa, receber convidados e escrever sem ser importunado. A afirmação de Desbordes, à luz das descrições que Michel Foucault faz aos hospícios da época em sua *História da loucura* (José Teixeira Coelho Netto [trad.]. São Paulo: Perspectiva, 1978), parece um tanto exagerada, sobretudo pelas excessivas exigências de ordem e pela rigorosa vigilância a que estavam submetidos os internos. Não se deve, contudo, negar que a vida no hospício foi, para Sade, mais amena que as detenções em Vincennes ou na Bastilha. Sobre sua estada em Charenton, consultar: DESBORDES, Jean. *O verdadeiro rosto do Marquês de Sade*. Frederico dos Reys Coutinho (trad.). Rio de Janeiro: Vecchi, 1968, pp. 255-272; LÉLY, Gilbert. *Vie du Marquis de Sade*, op. cit., t. 2, cap. XVII.

[2] Entre 1790 e 1801, Sade estivera em liberdade: como nobre vivia em condições precárias, como artista não conseguiu do público e dos críticos o justo reconhecimento, fracassou ao abraçar as causas revolucionárias, fora perseguido, abandonado pela família. É verdade que teve, nessa difícil década que separou a Bastilha de Charenton, a companhia fiel de Marie-Constance de Quesnet, que se transfere para a clínica com ele.

público frequentador do teatro, gente da sociedade francesa, intelectuais e artistas da cidade. Assistir a tais representações era considerado, por essa plateia, um entretenimento exótico e requintado. Durante quase oito anos, dos onze que vivera lá, Sade se dedica, além de escrever, a essas atividades.[3] Não sem opositores; afinal, nunca deixou de tê-los, e dos mais veementes.

Em 1804, o comissário de polícia Dubois justifica a estada do escritor num hospício por seu "estado perpétuo de demência libertina". Quatro anos mais tarde o médico-chefe de Charenton dirá que "este homem não é um alienado. Seu único delírio é o do vício". E, propondo sua transferência para uma prisão, afirma que "não é numa casa consagrada ao tratamento médico da loucura que essa espécie de delírio pode ser reprimida". Pairam dúvidas sobre a insanidade mental de Sade, mesmo entre os que a ele se opõem. Como distinguir o louco do criminoso?

No decorrer do século XVIII, diz Michel Foucault, "internam-se como libertinos todos aqueles que não se consegue rotular como loucos". Não há a preocupação de distinguir o doente do devasso, mas a de circunscrever uma região indiferenciada da desordem, da qual participa a monstruosidade do crime. O que determina e isola a loucura não é tanto uma ciência médica quanto uma consciência suscetível de escândalo: "o internamento traçava o limite a partir do qual o escândalo se torna inaceitável".[4] Proclama-se a imoralidade do irracional, mas também a irracionalidade do imoral. No Antigo Regime os hospícios como punição para a libertinagem talvez fossem o meio caminho entre as prisões e os conventos, implicando ora atenuação ora exacerbação da pena, mas sempre acentuando a natureza punitiva do confinamento.

A partir da Revolução, porém, "quando os costumes constituem a própria substância do Estado, e a opinião o elo mais sólido da sociedade, o escândalo torna-se a forma mais temível de alienação". Surge uma psicologia do crime, decorrente, não de humanização da justiça, mas de uma exigência suplementar da

---

[3] É em Charenton que Sade escreve, até 1807, os dez volumes de *Les Journées de Florbelle*, que posteriormente seu filho manda queimar.
[4] FOUCAULT, Michel. *História da loucura*, op. cit., pp. 385, 443.

moral, de uma estatização dos costumes, invertendo a imagem da justiça clássica. "A interioridade psicológica foi constituída a partir da exterioridade da consciência escandalizada": o crime se interioriza, perde seu sentido absoluto, sua densidade real, para ocupar um lugar no ponto onde convergem público e privado, opinião e psicologia.

> Enquanto pertencente ao mundo privado, ele é erro, delírio, imaginação pura, portanto inexistente. Enquanto pertencente ao mundo público, ele manifesta o desumano, o insensato, aquilo em que a consciência de todos não consegue reconhecer-se, aquilo que não está baseado nela, portanto aquilo que não tem o direito de existir. De todo modo, o crime se torna irreal, e no não ser que manifesta ele descobre seu profundo parentesco com a loucura.[5]

Quando Royer-Collard propõe a transferência de Sade, recusando a loucura do suposto doente, ele está insistindo na diferença entre o julgamento do legislador e o do médico. Foucault interpreta esse confronto como ponto de passagem do desatino, que agrupava múltiplas faces da desordem, para a patologia da loucura.[6] Mas não terá sido a solução proposta pelo médico-chefe de Charenton demasiado simples para uma época que debatia à exaustão a psicologia do criminoso? Não terá sido uma solução conservadora diante da *Théorie des lois criminelles*, de Brissot? E, convém lembrar, não teria tido Royer-Collard outras motivações, fora do campo da medicina, para perseguir Sade?

"Há em Charenton um homem cuja audaciosa imoralidade o tornou demasiado célebre e cuja presença neste hospício acarreta inconvenientes dos mais graves: refiro-me ao autor do infame romance *Justine*" — escreve o médico. Que inconveniências seriam essas senão os espetáculos? Era o teatro, que começava a conferir ao marquês certa notoriedade para além dos muros do hospício, que descontentava seus inimigos, tornando-se também um bom pretexto para acirrar as disputas de poder entre os responsáveis pela direção da clínica. "O teatro tem efeitos funestos sobre a imaginação

---
[5] Idem, ibidem, pp. 443-446.
[6] Idem, ibidem, pp. 108-109.

dos doentes" — adverte Royer-Collard em sua denúncia.[7] Mas será o teatro também a justificar os defensores de Sade. Instala-se uma polêmica em torno dos espetáculos: se o médico os considera um "mau exemplo" aos internos, elementos passíveis de contaminação pelo vício, Coulmier, o diretor da instituição, contra-argumenta que as representações "divertem os doentes" e que "a comédia é um meio curativo para a alienação do espírito". Defende a "viva imaginação e o espírito de M. de Sade", declarando-se feliz por tê-lo no hospício: o teatro é "um remédio".

Já se passaram muitas décadas desde que d'Alembert, Voltaire, Diderot e Rousseau polemizaram sobre os espetáculos. Os tempos são outros. A sociedade do século XIX medicaliza os temas filosóficos do XVIII, tudo passa pela comprovação de uma incipiente, porém poderosa, ciência. Os médicos, diz Foucault, assumem então o lugar de sábios; serão eles a monopolizar as grandes polêmicas. Se o interesse de Sade pelos espetáculos deve-se à afirmação do teatro como arte, ele terá de se dobrar ao argumento do "remédio" para combater os que veem nele o perigo da contaminação.[8]

A indicação do teatro como terapêutica da loucura inscreve-se numa concepção médica que defende a utilização de "medicamentos psicológicos" ou de "métodos morais" no tratamento dos doentes, concepção que, a partir das últimas décadas do século XVIII, vai ganhando o espaço outrora ocupado pelas teorias que prescreviam apenas medicamentos para o corpo. O psicólogo vai, pouco a pouco, substituindo o físico. Royer-Collard é um homem da "velha escola", não vê com bons olhos essas inovações que começam a ser defendidas e sistematizadas por uma psiquiatria que propõe mais "liberdade" aos internos, tendências às quais Coulmier parece ser bem mais sensível. Alguns anos

---

[7] ROYER-COLLARD, Antoine-Athanase, citado por LÉLY, Gilbert. *Vie du Marquis de Sade*, op. cit., t. II, p. 595.

[8] Com efeito, Sade acabará acatando o discurso médico de seus defensores, utilizando-o para justificar a realização dos espetáculos em Charenton. Vive-se nesse momento, diz Michel Foucault, "a apoteose do personagem do médico"; não há espaço possível para se colocar em dúvida a legitimidade desse discurso. FOUCAULT, Michel. *História da loucura*, op. cit., p. 496 et seq.

mais tarde, Esquirol vai prescrever a dança e a encenação como terapias eficazes para as doenças mentais, dedicando um capítulo de seu tratado ao exame do teatro de Sade em Charenton.[9] Mas será preciso esperar ainda um século para que a ideia de cura pelo teatro seja reivindicada de forma mais radical. E subvertida: será um artista e não um médico a fazê-lo. Será outro "louco" a realizá-lo: Artaud.

"O teatro, como a peste, é uma crise que se resolve pela morte ou pela cura. E a peste é um mal superior porque é uma crise completa após cuja passagem resta apenas a morte ou a purificação total" — dirá Artaud, associando a experiência dos atores de seu "teatro essencial" aos pestilentos que se deixam invadir pela febre e saem curados dessa entrega total. A ideia é "destruir o homem para refazer o homem", tomar a crise como revelação de sua identidade profunda, para "despertar todos os seus conflitos possíveis" e libertar nele tudo o que foi recalcado. Processo de purificação, e não simples "terapia", o teatro deve proporcionar, segundo Artaud, a possibilidade de acesso a esses estados extremos em que "a vida reage no paroxismo".[10]

É possível interpretar o teatro de Sade à luz dessas concepções, na medida em que, para Artaud, ao mero "espetáculo oferecido a curiosos" se contrapõe a "representação cruel", que investe todos que dela participam, produzindo seu próprio espaço. E investe, sobretudo, o corpo, presença imanente à qual se dobra também a representação libertina, lugar de uma energia natural a ser resgatada através da crueldade: "a virtude aliena o indivíduo nessa identidade vazia, o Homem; só na crueldade ele se reivindica e se realiza como *eu* concreto", diz, de Sade, Simone de Beauvoir.[11] A representação cruel viabiliza o resgate dessa energia, o que permite a Jacques Derrida dizer que, em Artaud, "a teatralidade tem de atravessar e restaurar totalmente a *existência* e a *carne*. Dir-se-á

---

[9] Étienne Esquirol publica em 1838 *Des maladies mentales considérées sous les rapports medical, hygiénique et* médico-legal, em que se encontra o capítulo "Sur le théâtre de Sade à Charenton". Michel Foucault cita o livro referindo-se a um capítulo intitulado "Mémoire historique et statistique sur la Maison Royale de Charenton", datando-o de 1824.

[10] ARTAUD, Antonin. *O teatro e seu duplo*. São Paulo: Max Limonad, 1984, pp. 36-44.

[11] BEAUVOIR, Simone de. "Deve-se queimar Sade?", op. cit., p. 53.

portanto do teatro o mesmo que se diz do corpo".[12] Não são, realmente, poucas as afinidades entre os dois autores.[13]

Todavia, se as ideias radicais de Artaud cabem para os espetáculos cruéis que Sade apresenta em sua literatura, provavelmente não se pode supor o mesmo para sua obra teatral que, segundo os intérpretes, traz a marca do palco clássico.[14] Talvez seja difícil também estabelecer relações entre o "teatro da crueldade" e as representações de Charenton, na medida em que se tem notícia de seu repertório tradicional, o que, aliado à provável vigilância médica, não sugere o mesmo espírito que o marquês exibe em sua obra romanesca.

Seja como for, afirmações conclusivas a esse respeito seriam precipitadas. Não se tem muito registro do cotidiano das atividades teatrais no hospício. Sabe-se que Sade dedicava grande tempo a ensaiar o elenco na arte da dança e da representação. Colabora com ele, além de madame Quesnet, o dançarino Thénitz, que, interno em Charenton, se torna diretor do balé. Imagens desse teatro são sugeridas também na peça de Peter Weiss, *Marat/Sade*. Mas na interpretação de Weiss os doentes interpretam-se a si mesmos, e o diretor do espetáculo é reduzido à posição de "declamador"; a tomar a peça por seu texto, o escritor é bem mais um comentador das tensões revolucionárias do que um apaixonado homem de teatro.[15] Inversão comprometedora. Inversão difícil de aceitar quando se lê, nas biografias de Sade, sua decepção ao tomar conhecimento que, em 1813, um decreto ministerial proíbe espetáculos em Charenton. O marquês torna-se um obscuro interno do hospício. Não por muito tempo; o ano seguinte assistirá à sua morte.

---

[12] DERRIDA, Jacques. *A escritura e a diferença*. Maria Beatriz Marques Nizza da Silva (trad.). São Paulo: Perspectiva, 1971, p. 150.

[13] Já no primeiro manifesto sobre o "teatro da crueldade", Antonin Artaud inclui no programa uma novela do marquês, "Eugénie de Franval", adaptada por Pierre Klossowski sob o nome de "Château de Valmore".

[14] Ver: LE BRUN, Annie. *Sade, aller et détours*, op. cit., pp. 46-47; idem. *Soudain un bloc d'abîme, Sade: introduction aux oeuvres complètes*, op. cit., cap. IV.

[15] Consultar: WEISS, Peter. *Perseguição e assassinato de Jean-Paul Marat representados pelo grupo teatral do hospício de Charenton, sob a direção do senhor de Sade: drama em 2 atos*. João Marschner (trad.). São Paulo: Grijalbo, 1968. Para uma interpretação crítica, ver: BEAUJOUR, Michel. "Peter Weiss and the futility of sadism", in *The House of Sade: Yale French Studies*. New Haven: Eastern Press, n. 35, jan. 1965.

O cenário é a basílica de São Pedro, no Vaticano. Enormes biombos isolam parte da igreja formando um salão em cujo centro está o "soberbo altar", ornamentado, em suas bancadas, por vinte rapazes e moças. Nos quatro lados do altar são colocados outros altares, menores, destinados às vítimas: uma jovem de quinze anos, uma mulher grávida, um rapaz de quatorze e outro de dezoito anos. Três padres preparados para executar os sacrifícios são servidos por seis meninos completamente nus. Outros jovens e crianças, de ambos os sexos, são dispostos no salão vestindo delicados e elegantes figurinos que desnudam diferentes partes do corpo. Juliette e o papa sentam-se numa confortável otomana, elevada por um grande estrado coberto por tapetes persas. Inicia-se a missa.

Inicia-se o espetáculo. Os libertinos dedicam-se a toda sorte de volúpia com os objetos dispostos no salão. "Os suspiros, os tremores, as blasfêmias de Braschi anunciavam seu êxtase, e também o meu" — recorda Juliette. Aquecem-se os espíritos; o papa ordena que se comecem as imolações. O rapaz mais velho é crucificado numa das colunas da basílica como são Pedro, de cabeça para baixo; seus carrascos são os padres. Enquanto isso Juliette masturba o pontífice. A jovem é vigorosamente chicoteada pelos libertinos, que se divertem com seu corpo e, em seguida, levada à forca. O outro rapaz, depois de sodomizado por Braschi, é, por ele, enforcado. Nesse momento, Juliette reconhece "toda a cruel vileza desse monstro": tais são os excessos praticados nesse assassinato que o papa termina por arrancar o coração do cadáver, devorando-o enquanto ejacula. Por último, a mulher grávida: cabe ao pai da criança rasgar o ventre da vítima enquanto Juliette atinge todo seu corpo com fortes punhaladas. Novos orgasmos.

"O assassinato impera sobre todos os sentidos" — teoriza o papa na longa dissertação sobre o crime que precede o espetáculo.[16] Com efeito, nenhum dos sentidos deixa de ser contemplado nas representações do deboche e, embora em muitas delas se percebam certas preferências pessoais, ao se tomar a totalidade das cenas libertinas nota-se que todos os pontos de sensibilidade

[16] SADE, Donatien-Aldonze-François, marquês de. *Histoire de Juliette*, op. cit., t. 9, p. 191.

do corpo são observados. Não dizem os hóspedes de Silling que "as sensações comunicadas pelo ouvido são as que mais agradam a volúpia e cujas impressões são as mais vivas"? Impossível esquecer os deleites do olfato, que merecem rigorosa teorização por parte do duque de Blangis no décimo nono dia da temporada no castelo. Quanto ao paladar, assume tal importância no contexto da libertinagem que dedicaremos a ele um capítulo à parte.

Apesar disso Yvon Belaval dirá:

> Todo olhos, Sade: duvida-se de que ele tenha orelhas, tato, nariz, olfato. É que, no que tange à imagem, se nenhum psicólogo jamais contestou as imagens visuais, colocam-se invariavelmente em questão as imagens auditivas, táteis, olfativas e gustativas. Quanto mais um sentido nos afeta, nos oprime, nos toca, mais ele se furta à ausência, à distância da imagem.[17]

Há de se discordar de Belaval, pois, mesmo se a conclusão dessa frase remete o enunciado ao autor ("Todo olhos, Sade, porque ele está só"), em outras passagens a tese da absolutização da visão no deboche estende-se aos libertinos: "os personagens jamais se atraem por seus odores ou o gosto de sua pele, de sua transpiração, de seu esperma".[18] Bastaria lembrar algumas das paixões simples classificadas nas *Les 120 journées de Sodome* para se contestar tal afirmação.

Contudo, também há de se concordar com Belaval. A visão é um sentido do qual o libertino jamais prescinde e, no teatro do deboche, ela assume um lugar de honra. A escrita sadiana, sendo marcada pela teatralização dos acontecimentos, é, em grande parte, construída por imagens visuais.[19] Descrições em detalhe dos traços físicos dos personagens, da decoração dos interiores, dos ornamentos, dos figurinos, dos gestos e posições dos corpos apelam para o olhar, o que leva Jean-Marie Goulemot a dizer que Sade visa produzir um "leitor-voyeur": "tudo se passa como se a

---

[17] BELAVAL, Yvon. "Préface", in SADE, Donatien Alphonse François, marquês de. *La philosophie dans le boudoir: ou les instituers immoraux*. Paris: Gallimard, 1976, pp. 16.
[18] Idem, ibidem, p. 15.
[19] Não se deve, contudo, reduzir o texto sadiano à teatralidade, pois, embora o teatro seja uma constante em Sade, há vários momentos em que as representações perdem lugar para as discussões filosóficas e as abstrações substituem as imagens.

"François Damiens exécuté à Paris en Place de Grève le 28 Mars" — Gravura anônima, França, 1757.

atividade dos personagens fosse oferecida como um espetáculo para si mesmos, mas também para o leitor-espectador".[20]

Não se deve, porém, esquecer que, se a cena libertina apela enfaticamente para o olhar, há uma diferença fundamental entre a visão da vítima e a do algoz. Sempre há nos espetáculos sadianos duas qualidades de participantes (sejam atores, sejam espectadores), definidas segundo a experiência de dor ou de prazer. A "câmara de assembleias" de Silling — que Barthes chama de "teatro do deboche" — contém duas colunas destinadas aos castigos. Ao descrevê-las, Sade observa que

> todos os instrumentos necessários para a aplicação desses corretivos pendiam dos ganchos fixados na coluna, e essa visão imponente servia para manter a subordinação tão indispensável a festas dessa natureza, subordinação da qual nasce todo o encanto da voluptuosidade na alma dos perseguidores.[21]

A "visão imponente" dos objetos de suplício sem dúvida repercute de forma diferente aos olhos de libertinos e vítimas. Os súditos são espectadores passivos, obrigados a participar da cena, forçados a vê-la, enquanto os devassos têm absoluto controle de sua visão, fazendo dela uma atividade a serviço da luxúria. A rigor, somente esses últimos poderiam ser qualificados como *voyeurs*, na medida em que são, entre os que assistem às cenas do deboche, os únicos a investir eroticamente na visão e, portanto, a fruir do que veem. Pelo menos são os únicos a declará-lo. Por isso, o *voyeurismo* libertino deve ser entendido como como uma das possibilidades de fruição erótica e não no sentido de desvio que a psicanálise atribui à fixação. A libertinagem exalta as preferências, sempre elogiando a capacidade de escolha em meio aos múltiplos caminhos de acesso ao prazer.

Teríamos entre súditos e senhores a mesma distinção que se pode estabelecer entre o espectador e o diretor de um espetáculo

---

[20] GOULEMOT, Jean-Marie. "Beau marquis parlez-nous d'amour", in *Sade: écrire la crise [Colloque tenu au] Centre Culturel International de Cerisy-la-Salle [19 au 29 juin 1981]*. Paris: Pierre Belfond, 1983, p. 124.
[21] SADE, Donatien-Aldonze-François, marquês de. *Les 120 journées de Sodome*, op. cit., t. 1, p. 65.

teatral: ambos veem, mas apenas o segundo intervém. O libertino não é apenas ator em cena; ele é também diretor em atividade, a criar e recriar um campo visual a partir de seus desejos. Quanto ao leitor-espectador, é esperado que ele se identifique com a direção do espetáculo, e, nesse caso, intervenha com suas próprias imagens; se não atender a tal expectativa, só lhe resta a identidade com a vítima, condenada à absoluta passividade. Sade não poupa o leitor. E aquele que imagina estar fora da cena, evitando o desconforto das identificações, estará, inevitavelmente, fora do texto.

Há um perverso tom rousseauniano no teatro do deboche: à simples representação, que exige distanciamento entre palco e plateia, Sade contrapõe a presença absoluta do corpo: da exibição à manipulação, e desta ao dilaceramento — eis a composição desses espetáculos. Sendo assim, o libertino não se obriga a manter o afastamento que o olhar exige: se a visão é um sentido da distância, o devasso, *voyeur*, além de subverter esse intervalo, fazendo o olhar repercutir no corpo, vai também alterná-lo com outro sentido que requer obrigatoriamente a proximidade, o tato. A ferida exige o toque.

Ver e ferir: concomitância dos sentidos, plenitude do prazer. Em *Saló ou Os 120 dias de Sodoma*, Pasolini recria a cena sadiana com propriedade: os quatro fascistas, no fim do filme, reúnem-se para torturar seus súditos no pátio da *villa* onde se hospedam; uma das janelas da casa permite-lhes a visão privilegiada desses suplícios e os quatro algozes se revezam entre as atividades externas e a cadeira disposta em frente dessa janela, onde, de binóculos, assistem à sangrenta representação.

Haveria muitas associações a fazer aqui: provocar a dor alheia e fazer dela um espetáculo não é por certo invenção de Sade; ele mesmo o reconhece ao oferecer uma infinidade de exemplos em suas dissertações sobre o crime. Imagens como essas proliferam nos supostos relatos de viagens setecentistas, nos quais despóticos sultões orientais disputam com os selvagens da América a crueldade de sangrentos ritos. Ou, para citar apenas mais um exemplo, nos desconcertantes registros dos rituais públicos de processos punitivos que, marcados pela lentidão e pela meticulosidade das torturas, eram frequentes na Europa dos séculos XVII e XVIII.

Interessa ressaltar a íntima relação que se estabelece entre suplício e verdade. A partir de 1215, com o fim do ordálio, os inquéritos judiciais da Europa continental concentram-se na confissão como principal meio de legitimar a pena. Se não for espontânea, a confissão deve ser induzida pela tortura. As regras adotadas nas cortes civis têm como modelo as do Tribunal da Inquisição: o Santo Ofício faz da confissão quase sua razão de ser e elege a tortura como estratégia por excelência de dissipação da mentira para garantir o reconhecimento do crime. *In tormento veritas*, repete Renato Janine Ribeiro:

> Da dor virá a verdade; a tortura desmascara, estratégia melhor que as próprias "astúcias" para desfazer a sedução do diabo possuindo o homem. Assim como cria memória prospectiva, a dor também a restitui para o passado; faz mais, até: não produz apenas um conhecimento, mas sobretudo o reconhecimento de uma culpa e uma jurisdição, e às vezes um arrependimento moral.[22]

Foucault também observa que a lentidão da tortura tinha, nos rituais judiciários clássicos, o papel de derradeira prova:

> como qualquer agonia, a que se desenrola no cadafalso diz uma certa verdade; mas com mais intensidade, na medida em que é pressionada pelo dor; com mais rigor, pois está exatamente no ponto de junção do julgamento dos homens com o de Deus; com mais ostentação, pois se desenrola em público.[23]

Da tortura à execução, diz ele, o corpo produz e reproduz uma verdade. Das fogueiras do Santo Ofício às guilhotinas do Terror, o espetáculo da crueldade evoca sempre uma verdade, em nome de Deus, da nação ou de outra entidade. Em outras palavras: a verdade do suplício é sempre posta em outro lugar.

---

[22] RIBEIRO, Renato Janine. *Ao leitor sem medo: Hobbes escrevendo contra o seu tempo*. São Paulo: Brasiliense, 1984, p. 197.
[23] FOUCAULT, Michel. *Vigiar e punir: nascimento da prisão*. Lígia M. Ponde Vassallo (trad.). Petrópolis: Vozes, 1977, pp. 43-44.

Será essa a grande diferença entre as torturas e execuções públicas e os espetáculos do deboche. Caberá a Sade teorizar a crueldade no interior de sua prática, sem recorrer a nenhum discurso que não seja o do mal, sem atribuir a ela nenhum fundamento senão o do crime, sem isolar, jamais, o criminoso de seu ato. Não se encontra, em sua obra, nem mesmo o fundamento pedagógico – como aquele apresentado pelo funcionário de *A colônia penal*, de Kafka –, fundamento que Nietzsche vai estender para toda a humanidade ao dizer que a terrível *mnemotécnica* humana se constrói invariavelmente através da dor.[24] Na formulação sadiana o suplício jamais se submete a outro sentido que não seja o do mal. Ou, como prefere Dolmancé, "daquilo que os imbecis chamam de crime".[25]

Do ponto de vista da vítima, a crueldade libertina é sempre gratuita; a rigor não se pode falar de castigo ou punição no mundo do deboche, pois na tortura e no assassinato se visa unicamente à fruição do mal. Os corpos imolados não são, jamais, superfícies onde se inscrevem leis, mas matéria-prima da lubricidade. A vítima nada tem a aprender ou memorizar: prova disso é que o corpo mutilado sempre pode, a desejo do devasso, ser reciclado. A passagem final de *Juliette* é bastante significativa: o corpo de Justine, totalmente recuperado das horríveis marcas que seus algozes lhe imprimiram, servirá à derradeira cena lúbrica, mutilação fatal da natureza aprimorada pelos devassos. Além disso, os supostos castigos dos súditos de Silling são apenas formas de inflamar a volúpia; do ponto de vista libertino é justamente essa gratuidade da crueldade que fundamenta o prazer, verdade última do suplício.

> Ver sofrer faz bem, fazer-sofrer mais bem ainda — eis uma frase dura, mas um velho e sólido axioma, humano, demasiado humano, que talvez até os símios subscrevessem: conta-se que na invenção de crueldades bizarras eles já anunciam e como que "preludiam" o homem.

---

[24] NIETZSCHE, Friedrich. *Genealogia da moral: um escrito polêmico*. Paulo César Souza (trad.). São Paulo: Brasiliense, 1987, p. 61.
[25] SADE, Donatien-Aldonze-François, marquês de. *La philosophie dans le boudoir*, op. cit., t. 3, p. 561.

As palavras são de Nietzsche. Lançando o mal à sua pré-história (idade de ouro, diria Sade), "quando a humanidade não se envergonhava ainda de sua crueldade", quando não precisava encobri-la de razões outras para praticá-la, o filósofo alemão percebe uma substância cruel irredutível e anterior a qualquer lei humana. Nessas épocas ancestrais "não se prescindia do *fazer*-sofrer, e via-se nele um encanto de primeira ordem, um verdadeiro chamariz à vida".[26]

Esses "homens primordiais" que povoam a ficção antropológica do criador de *Zaratustra* agiriam movidos por uma "força ativa", motivados por uma avassaladora "vontade de potência": "sua obra consiste em instintivamente criar formas, imprimir formas, eles são os mais involuntários e inconscientes artistas — logo há algo novo onde eles aparecem, uma estrutura de domínio *que vive...*" Seriam criadores de sentido, orientados por um "instinto de liberdade" que nos outros homens foi tornado latente à força.[27] A crueldade do artista precede a lei.

Daí que a arte da libertinagem venha a reivindicar as mesmas raízes que a arte do teatro. Daí também que a natureza de Sade venha a partilhar as mesmas qualidades dos tempos primordiais de Nietzsche. Por tal razão, o espetáculo libertino pede para ser lido, não como espelho dos suplícios que a época ostentava publicamente, mas como manifestação de uma energia que, inscrita em todos os homens, foi forçada a calar-se ou a manter-se nos cantos obscuros de uma consciência conciliada com a lei.

---

[26] NIETZSCHE, Friedrich. *Genealogia da moral: um escrito polêmico*, op. cit., pp. 69-70.
[27] Idem, ibidem, pp. 92-93.

CAPÍTULO 4

O BANQUETE

I

[...] o esperma corre,
e a ceia é servida.

Les 120 journées de Sodome

Borgonha com os frios; Bordeaux nas entradas; Champagne acompanhando os assados e, com as massas, Reno; Hermitage no serviço de pratos intermediário; Tokay e Madeira com as sobremesas; após os vinhos, seis tipos de licores e três de café. À mesa, os libertinos.

Em Silling, a ceia é servida pontualmente às dez horas da noite. O cardápio é impecável: no primeiro serviço, sopa de mariscos acompanhada de vinte qualidades de frios; no segundo, vinte entradas, logo substituídas por outras vinte, mais leves e preparadas exclusivamente com carnes brancas de diferentes tipos de aves e animais de caça. A essas entradas se sucedem os assados, que excitam sobremaneira o paladar libertino: trata-se de um serviço composto de pelo menos doze pratos, no qual, diz Sade, "encontra-se tudo o que de mais raro se possa imaginar".[1] Seguem-se diversas qualidades de massas, frias e quentes, que, depois de saboreadas, dão lugar ao serviço de pratos intermediário, composto de vinte e seis iguarias das mais variadas procedências e com os mais finos sabores. Doces de todos os tipos — compotas, sorvetes e chocolates — compõem a sobremesa, que inclui

---

[1] SADE, Donatien-Aldonze-François, marquês de. *Les 120 journées de Sodome*, in *Oeuvres complètes*. Paris: Jean-Jacques Pauvert, 1986, t, 1, p. 105.

ainda prodigiosa variedade de frutas (acentua-se sempre: apesar do inverno). Nada falta às refeições libertinas: "Quero sempre aqui" — diz Saint-Fond ao encarregar Juliette do comando de sua mesa — "os pratos mais requintados, os mais raros vinhos, a caça e os frutos mais extraordinários".[2]

As exigências do deboche não se limitam, porém, aos requintes do cardápio. Há extremo rigor no tratamento de cada detalhe do banquete libertino, de forma a tudo resultar em perfeição. Assim é, por exemplo, o cuidado com a ambientação. Juliette descreve a ceia da Sociedade dos Amigos do Crime:

> a decoração representava uma floresta, cortada por uma infinidade de pequenos compartimentos, nos quais se localizavam as mesas de doze serviços. Guirlandas de flores caíam das árvores como grinaldas, e milhares de luzes, dispostas com a mesma arte que as do outro salão, emanavam a mais doce claridade [...] ao som de uma música encantadora [...] o tom das conversações era extremamente baixo; acreditava-se estar no templo de Vênus.[3]

Semelhante elegância e suntuosidade encontramos em *Les crimes de l'amour*:

> O interior da tenda representava um bosque de arbustos perfumados, cujos ramos sustentavam uma infinidade de pássaros de diversas espécies que pareciam neles repousar; todos esses pássaros, imitando variedades dos quatro cantos da Terra, vestiam suas plumagens como se realmente estivessem vivos... quando alguém os tocava: ou o próprio animal estava assado debaixo daquela plumagem fictícia ou seu corpo se abria e dentro encerrava os alimentos mais delicados e os mais suculentos.[4]

Acrescente-se ao rigor do cardápio e da ambientação, a competência do serviço. Os duzentos convidados da ceia da sociedade, dispostos em pequenas mesas, são "esplêndida e magnificamente" servidos em cada uma delas por dois irmãos leigos que exercem

---

[2] Idem. *Histoire de Juliette*, in *Oeuvres complètes*. Paris: Jean-Jacques Pauvert, 1987, t. 8, p. 262.
[3] Idem, ibidem, pp. 461-462.
[4] Idem. "La double épreuve", in *Les crimes de l'amour*, in *Oeuvres complètes*. Paris: Jean-Jacques Pauvert, 1988, t. 10, p. 174.

suas funções "com tanta propriedade quanto presteza".[5] Em Silling, a tarefa fica a cargo das mulheres — as esposas no almoço e as meninas na ceia —, que, estando completamente despidas, são comandadas pelas velhas governantas, por vezes fantasiadas de feiticeiras. Nos *Crimes*, o serviço é singular:

> Uma música doce e voluptuosa se faz ouvir do alto da abóbada, e, no mesmo instante, vinte jovens ninfas descem dos ares e servem a mesa com tanta arte quanto prontidão. Passados dez minutos, outras divindades aéreas retiram o antigo serviço e o renovam com a mesma rapidez, parecendo perder-se ao subirem novamente para dentro das nuvens que giravam sem parar no cento da abóbada.[6]

O esmero investido nessas ocasiões sugere que a mesa exerce um importante papel no sistema sadiano. E, se o banquete representa a realização plena dessa produção — nele nada falta e nada falha —, nem por isso Sade descuida-se das outras refeições. O café da manhã de Sillingé servido no serralho das meninas: torradas cozidas em vinho espanhol ou outras iguarias, que invariavelmente acompanham o chocolate, alimento restaurador. O almoço, de quatro serviços, deve ser leve. E, apesar da farta ceia noturna, os libertinos podem sempre acordar as cozinheiras de madrugada, cansados e famintos após exaustivas orgias, ordenando-lhes que preparem ovos mexidos, torradas, sopa de cebola e omeletes, como no décimo dia da comitiva no castelo.

Outro indício da relevância que o marquês confere à mesa é a segurança que ele garante ao pessoal da cozinha. Quando retornam a Paris, os libertinos das *Les 120 journées de Sodome* levam consigo apenas dezesseis sobreviventes dos quarenta e seis membros da comitiva que havia ingressado no castelo quatro meses antes. Entre esses sobreviventes estão as três cozinheiras. Nada, ou quase nada — o que é o mesmo, se levarmos em consideração os excessos do deboche —, acontece a elas durante sua estadia em Silling. Lá, apenas elas gozam de impunidade. "Não se toca no pessoal da cozinha" — diz Noëlle Châtelet — "ou melhor, todos

[5] Idem. *Histoire de Juliette*, op. cit., t. 8, pp. 461-462.
[6] Idem. "La double épreuve", op. cit., t. 10, p. 168.

submetem-se às suas exigências materiais".[7] Com efeito, diz o narrador, "essas criaturas, sendo a própria quintessência daquilo que a companhia tinha para oferecer, deviam ser tratadas com um pouco mais de cuidado".[8] É evidentemente do pessoal da cozinha que depende a opulência da mesa. Assim, as cozinheiras são uma espécie de objeto *tabu*, como bem define Châtelet, não participam da corrupção generalizada, merecendo por parte dos senhores um tratamento especial, digamos, profissional. "Nada mais delicado e mais hábil do que as cozinheiras contratadas, e eram tão bem pagas e tão abundantemente providas que de seu trabalho só poderiam resultar maravilhas" — reconhece o marquês.[9]

Por que, vale perguntar, a mesa ocupa tal lugar de destaque no sistema sadiano? Ao se ler o décimo sexto artigo da Sociedade dos Amigos do Crime — "Todos os excessos da mesa são autorizados; será dada toda segurança e toda assistência a um irmão que a eles desejar se abandonar; todos os meios possíveis de satisfazê--lo serão fornecidos" —, percebe-se que há uma expectativa em relação às extravagâncias gastronômicas dos libertinos.[10] Por que tanto investimento em tais prazeres?

"Não existe nenhuma razão para se considerar um capricho de mesa menos extraordinário que um capricho de cama"[11] — diz Clément a Justine, dando pistas para uma resposta ao acentuar o privilégio que a libertinagem confere às volúpias do corpo. Daí a fundamental diferença entre uma boa refeição e um ato moral: "um bom jantar pode causar uma volúpia física, enquanto salvar três milhões de vítimas, mesmo para uma alma honesta, só causaria uma volúpia moral", segundo uma nota de *Juliette*, que

---

[7] CHÂTELET, Noëlle. "Le libertin à table", in *Sade: écrire la crise [Colloque tenu au] Centre Culturel International de Cerisy-la-Salle [19 au 29 juin 1981]*. Paris: Pierre Belfond, 1983, p. 78.

[8] SADE, Donatien-Aldonze-François, marquês de. *Les 120 journées de Sodome*, op. cit., p. 106. Nesse sentido, vale lembrar também que os únicos empregados que não são mudos no célebre mosteiro de *Justine*, Saint-Marie-des-Bois, são as cozinheiras e o cirurgião.

[9] Idem, ibidem, p. 90.

[10] Idem, *Histoire de Juliette*, op. cit., t. 8, p. 442. A glutonaria é considerada uma prática legítima da luxúria, como reitera o quadragésimo artigo do mesmo estatuto: "A privacidade, a liberdade, a impiedade, a devassidão, todos os excessos da libertinagem, todos os do deboche, da gulodice, do que chamamos de, numa palavra, extravagâncias da luxúria, reinarão soberanamente nesta assembleia" (p. 445).

[11] Idem. *La nouvelle Justine*, in *Oeuvres complètes*. Paris: Jean-Jacques Pauvert, 1987, t. 6, p. 335.

conclui afirmando a inegável superioridade da degustação.[12] Mas é em *Les 120 journées de Sodome* que se encontra uma indicação ainda mais precisa: "O apetite vem ao se comer" — diz Sade, repetindo um velho provérbio popular — "e quanto mais um desejo é satisfeito, mais e mais ele é excitado". Nisso consiste, continua ele, "o detestável refinamento do deboche".[13]

A mesa — entendida como um *topos* da sensualidade — oferece uma imagem ao apetite libertino: investida pelo excesso e pelo requinte na figura do banquete, ela dá visibilidade a um projeto que visa à convergência radical entre a satisfação e a insaciedade. Ou, se quisermos, entre o gozo e o desejo. Lugar onde o corpo é essencialmente visado, a mesa situa-se além do campo da pura necessidade, supondo um ritual, no sentido antropológico. Mas à criação cultural, que tem uma de suas variantes na culinária, soma-se a individual, na forma de gosto. Há um acréscimo fundamental nesse processo, e o que Sade parece fazer é expandir esse acréscimo, potencializando-o ao máximo para produzir aquilo que convém ao libertino chamar de "extravagâncias da luxúria".

A fome só interessa ao devasso como técnica de tortura; quando se dirige à mesa, porém, ele pretende bem mais do que saciá-la. Daí que a alimentação do deboche evoque um curioso encadeamento etimológico da palavra paladar: *palato, palatum, palatium,* palácio.[14] O banquete é evidentemente uma refeição palaciana. E, como não há fome no interior dos palácios, ao libertino não se coloca o problema da sobrevivência, mas tão somente o da realização de seus gostos. Não há intervalo entre necessidade e desejo no mundo do deboche: trata-se, à mesa, de saborear todos os prazeres para satisfazer todos os desejos e criar, assim, uma cadeia na qual a satisfação gera sempre um novo desejo que, satisfeito, se reproduz indefinidamente, em infinitas

---

[12] Idem. *Histoire de Juliette*, in *Oeuvres complètes*. Paris: Jean-Jacques Pauvert, 1987, t. 9, pp. 45-46 (nota).
[13] Idem. *Les 120 journées de Sodome*, op. cit., t. 1, p. 343.
[14] Conforme nota da tradutora, em: Foucault, Michel. *As palavras e as coisas: uma arqueologia das ciências humanas*. Salma Tannus Muchail (trad.). São Paulo, Martins Fontes, 1981, p. 6.

formas. Trata-se, pois, da produção da insaciedade. Uma fome que já não é mais fome. Um apetite.

O emprego frequente que Sade faz da palavra apetite pode estar ligado à extensão de seu significado, que vai de deleite a lubricidade, passando por luxúria e lascívia. O *apetitoso* evoca sempre o sensual, implicando o saboroso, o delicioso e, por conseguinte, o tentador, o provocante, o convidativo. O apetite revela inclinações e preferências individuais e, na qualidade de gosto, é necessariamente singular, pessoal e intransferível. O que não impede, como no caso de nossos devassos, que ele seja compartilhado. Entre pares, é claro.

O quarteto de Silling faz parte de uma sociedade que realiza, em Paris, quatro ceias semanais dedicadas à luxúria. Ao descrevê-las, Sade recorre às imagens palacianas:

> quanto ao esmero no preparo dessas ceias, é desnecessário dizer que a fartura reinava ao lado da delicadeza; nenhuma custava menos que dez mil francos e nelas se reunia tudo o que a França e o estrangeiro pudessem oferecer de mais raro e mais requintado. Os vinhos e os licores que lá se encontravam eram tão finos quanto abundantes e, mesmo no inverno, não faltavam frutas de todas as estações; em resumo, pode ter-se a certeza de que a mesa do maior monarca do mundo não é posta com tanto luxo e magnificência.[15]

Palavras que poderiam estar perfeitamente na boca do califa libertino de *Vathek*. De fato, a descrição de uma das cinco alas que ele manda acrescentar ao palácio Alkoremi — cada qual destinada à satisfação de um dos cinco sentidos — tem o mais perfeito espírito sadiano. Na ala dedicada ao paladar,

> havia mesas continuamente cobertas com as mais raras iguarias, sendo essas renovadas dia e noite, à medida que eram consumidas, enquanto os vinhos mais deliciosos e os licores mais reconfortantes fluíam de uma centena de fontes que nunca se esgotavam. Chamava-se esse palácio *O Banquete Eterno ou Que Nunca Sacia*.[16]

---

[15] SADE, Donatien-Aldonze-François, marquês de. *Les 120 journées de Sodome*, op. cit., t. 1, pp. 24-25.
[16] Beckford, William. *Vathek*. Henrique de Araújo Mesquita (trad.). Porto Alegre: L&PM, 1986, p. 32.

É o requinte, pois, a exigência fundamental da mesa libertina. Não por acaso Sade elege a figura do monarca para traçar sua comparação, remetendo à suntuosidade das festas realizadas pela nobreza europeia desde o fim da Idade Média: os banquetes dos Medici em Florença, as recepções dos papas em Roma, as noites de Aranjuez e de Bon Retiro, a pompa imperial de Leopoldo I, da Áustria. E, de brilho ainda maior, as de Luís XIV na França: na virada do século XVII para o XVIII,

> de Varsóvia a Estocolmo ou Petersburgo, todas as cortes se transformaram em satélites de um sistema solar gravitando, não em torno da força política de Versalhes, mas em torno do brilho de suas festas.[17]

As descrições dessas comemorações, que duravam dias, meses e até anos (como o casamento de Leopoldo I em Viena, que foi comemorado de 1666 a 1668), dão a conhecer requintes dignos dos mais autênticos devassos. Além disso, convém lembrar, ser nobre é quase uma condição para a libertinagem.[18] O libertino Sade, aristocrata de antiga nobreza, bem o sabia: os excessos do deboche exigem, além de fortunas ilimitadas para dilapidar, um tal refinamento do gosto que, no século XVIII, talvez só estivesse ao alcance da nobreza.

Interessa observar que, justo no momento em que a libertinagem e a nobreza estão intimamente ligadas, na Regência, Brillat-Savarin encontra os mais altos requintes de alimentação:

> O duque de Orléans, príncipe espirituoso e digno de ter amigos, partilhava com eles refeições tão finas quanto bem pensadas. Informações garantidas me fizeram saber que nessas refeições eram objeto de distinção *piqués* de extrema fineza, *matelotes* tão apetitosos como

---

[17] ALEWYN, Richard. *L'univers du barroque*. Genebra: Gonthier, 1964, p. 8. Sobre o luxo e o requinte da nobreza na França setecentista, consultar também: RIBEIRO, Renato Janine. *A etiqueta no antigo regime: do sangue à doce vida*. São Paulo: Brasiliense, 1983; ELIAS, Norbert. *A sociedade de corte*. Ana Maria Alves (trad.). Lisboa, Estampa, 1987, cap. II. Werner Sombart em *Lujo y capitalismo* (Luis Isabel [trad.]). Madri: Alianza, 1979), reproduz uma série de documentos que indicam as vultosas somas investidas nos requintes da corte francesa.

[18] Sobre as relações entre libertinagem e nobreza, ver: CHAUSSINAND-NOGARET, Guy. *La noblèsse au XVIIIème siècle: de la féodalité aux lumières*. Bruxelas: Complexe, 1984. Sobre a origem nobre de Sade, ver: LÉLY, Gilbert. *Vie du Marquis de Sade*. Paris: Gallimard, 1952, t. I, cap. I-II.

se fossem servidos à beira-mar e perus gloriosamente trufados. Perus trufados, cuja reputação e preço continuam a crescer!

Recorde-se que o peru, o mais caro e refinado alimento, "charmoso à vista, agradável ao olfato e delicioso ao gosto", é considerado por Brillat-Savarin como sendo a quintessência da gastronomia.[19]

A alimentação libertina é signo do luxo sem o qual o deboche não poderia existir:

> não porque o luxo seja voluptuoso *em si* — o sistema sadiano não é simplesmente hedonista —, mas porque o dinheiro que lhe é necessário assegura a divisão entre pobres e ricos, escravos e senhores [que lhe é fundamental].

Daí também, constata Barthes, o "ódio ao pão", alimento comum, que não atende às exigências sutis do deboche e contraria seus princípios: "o pão é emblema da virtude, da religião, de trabalho, de esforço, de necessidade, de pobreza e é como objeto moral que ele deve ser desprezado".[20] Mas Sade vai além e adverte contra o perigo de tal alimento:

> O pão é a nutrição mais indigesta e mais insalubre que existe. É estranho que o francês não deseje corrigir seu gosto por esse alimento perigoso: se o fizesse, ele ofereceria menos armas a seus tiranos, cujo principal meio de humilhar o povo sempre foi o de suprimi-lo desse amálgama pestilento de água e farinha.[21]

O pão não pode figurar na dieta dos homens fortes e corajosos, pois predispõe à fraqueza. No nobre cardápio sadiano ele é sempre alimento menor, vulgar.

Clairwil só come aves e carnes desossadas, em pratos habilmente decorados e obrigatoriamente disfarçadas; sua bebida comum é água gelada com açúcar, perfumada com vinte gotas de essência de limão e duas colheradas de água de flor de laranjeira.

---

[19] BRILLAT-SAVARIN, Jean Anthelme. *A fisiologia do gosto*. Enrique Renteria (trad.). Rio de Janeiro: Salamandra, 1989, p. 263. Sobre o peru, consultar o parágrafo V da segunda seção.
[20] BARTHES, Roland. *Sade, Fourier, Loiola*. Maria de Santa Cruz (trad.). Lisboa: Edições 70, 1979, pp. 23, 126.
[21] SADE, Donatien-Aldonze-François, marquês de. *La nouvelle Justine*, op. cit., t. 6, p. 290 (nota).

"Gynécée" — Gravura de D. Chodowiecki, Polônia, 1781.

A esse gosto pelo detalhe, soma-se a inclinação pelo excesso: o duque de Blangis toma normalmente dez garrafas de vinho em cada refeição; chega facilmente a trinta, mas, se desafiado, é capaz de atingir a casa das cinquenta. Minski compartilha dos mesmos hábitos: esvazia sessenta garrafas enquanto devora dúzias de pratos em sua farta mesa. O requinte se faz ler tanto no refinamento do pormenor como na inconcebível abundância. Toda diversidade é posta na mesa sadiana; todas as quantidades e qualidades. Mas, ainda assim, pode-se perceber o privilégio de certos alimentos, o que leva à suposição de uma "dieta libertina".

Aves de criação ou caça são os alimentos mais frequentes nas refeições do deboche; os mais negligenciados são os frutos do mar; raramente aparecem carnes de boi, vitela ou carneiro, exclusão significativa quando se toma conhecimento de que esses itens ocupavam lugar privilegiado no cardápio francês da época.[22] Essas exclusões, segundo Béatrice Bomel-Rainelli, refletem o gosto do escritor, cujos *menus* elaborados na prisão incluem poucas carnes vermelhas e uma grande variedade de aves. Poderia se afirmar o mesmo em relação ao chocolate, sempre presente nas refeições libertinas e nos cardápios particulares do marquês, amante de toda sorte de doces. "A escolha dos alimentos nas cenas eróticas vem, portanto, diretamente dos gostos e preconceitos de Sade"[23] — completa a intérprete. Mas não poderíamos ver aí, talvez, mais que um reflexo das predileções do autor? Uma primeira hipótese seria a da gradação, nesse caso alimentar, de grande importância na organização do sistema sadiano, e também das várias etapas do banquete.[24] Nesse sentido, não será a carne branca uma forma de

---

[22] ARON, Jean-Paul. *Le mangeur du 19ᵉ siècle*, citado por BOMEL-RAINELLI, Béatrice. "Sade ou l'alimentation générale". *Dix-huitième Siècle*. Paris: Garnier, n. 15, 1983. Aliments et cuisine.

[23] BOMEL-RAINELLI, Béatrice. "Sade ou l'alimentation générale", op. cit., p. 202. A preferência pelos alimentos mais leves se justificaria, no caso de Sade, pela dificuldade de digestão do prisioneiro que, sedentário, reclama em suas cartas de "uma barriga que incha"; no caso de muitos libertinos, veremos adiante, tal escolha se justifica também pelo "produto" que resulta de tal nutrição.

[24] A narrativa sadiana orienta-se fundamentalmente pelo princípio da gradação e da acumulação, como sugere a própria organização de *Les 120 journées de Sodome*: iniciar com as paixões simples para, gradativamente, chegar às mais complexas. Nesse sentido, é esclarecedora a nota de correção, no fim do livro, que diz: "Abrandar bastante a primeira parte: nela tudo se desenvolve muito rápido". SADE, Donatien-Aldonze-François, marquês de. *Les 120 journées de Sodome*, op. cit., t. 1, p. 450. A ideia se recoloca também na noção de "carreira" da libertinagem, mencionada no capítulo anterior.

realçar, por contraste, os outros alimentos — e, sobretudo, o tipo de carne — que em seguida o devasso vai degustar?

Voltaremos a isso. Há ainda uma segunda hipótese, privilegiando o requinte, que se pode formular a partir das teses de Brillat-Savarin sobre a excelência dos alimentos. O capítulo de sua *Phyisiologie du gout* que trata dos diversos tipos de carne é, nesse caso, esclarecedor. A caça é dividida em três séries hierárquicas: a primeira começa com o tordo e contém em sentido descendente todos os pássaros de menor volume; a segunda vai do fracolim à galinha-d'angola, da perdiz ao faisão, do coelho à lebre; a terceira compõe-se do javali, do cervo e de todos os animais fissípedes. É evidente o lugar de destaque ocupado pelas aves no cardápio do gastrônomo, que diz acreditar firmemente na suposição de que "o gênero dos galináceos foi criado unicamente para encher nossos depósitos de comida e enriquecer nossos banquetes", concluindo que "a ave é para a cozinha o que a tela é para os pintores".[25] Sade e seus personagens parecem compartilhar do delicado paladar de Brillat-Savarin, pelo menos no que se refere à escolha das carnes.[26]

É no cardápio de vinhos, porém, que se reconhece o *gourmet* sadiano, a precisar rigorosamente cada tipo de bebida que retira de sua adega, não esquecendo, jamais, de mencionar nomes e origens. A raridade, que nos pratos tende a ser um atributo genérico, nunca deixa de ser identificada quando se trata de vinhos e licores. Mas o *connaisseur* libertino não admite moderação: o fato de conhecer as sutilezas de paladar que cada vinho lhe oferece não impede, de forma alguma, o excesso. Pelo contrário, o apuro sempre serve de estímulo ao desregramento a que se entregam esses singulares *gourmands* em suas cerimônias.

---

[25] BRILLAT-SAVARIN, Jean Anthelme. *A fisiologia do gosto*, op. cit., pp. 77-86.
[26] Se encontramos, na mesa libertina, uma série de semelhanças com as regras gastronômicas de Brillat-Savarin, há também grandes diferenças, sobretudo no que se refere à moderação. Nesse sentido, é importante sublinhar o pouco caso do autor com as bebidas alcoólicas, principalmente com o vinho, o que resulta em desqualificação de seu livro por parte de Baudelaire, numa contundente crítica que, sem dúvida, seria compartilhada pelo devasso sadiano. Ver: BAUDELAIRE, Charles. *Paraísos artificiais*. Alexandre Ribondi (trad.). Porto Alegre: L&PM, 1982, pp. 105-106.

"O vinho ocupou sempre um lugar central nos ritos, festas e cerimônias da Antiguidade pagã e do Ocidente cristão. Sem vinho não há comida que valha a pena" — diz Octavio Paz aludindo à sua qualidade mágica: "homólogo da água, do sêmen e do fluido espiritual, é fertilidade, ressurreição e animação da matéria".[27] Essência vital da ceia cristã, mas também das bacanais romanas, tão mais próximas do universo sadiano, o vinho — e seu correlato: o sangue — está associado à orgia, aos êxtases, aos delírios e à morte.

O privilégio do álcool na libertinagem é justificado pela convicção de que ele predispõe o homem às sutilezas do crime, produzindo um temperamento vulcânico, propício ao deleite da crueldade, já que torna os órgãos "mais delicados", as fibras "mais sensíveis", o fluido nervoso mais "aquecido", determinando assim a acuidade e a intensidade das sensações que o devasso experimenta. O vinho "eletriza", "aquece", "exalta", "irrita", anima o espírito, preparando o indivíduo para as volúpias do corpo. No caso do libertino, elas serão as mais refinadas. O virtuoso, ao contrário, sendo por natureza frio e insensível ao prazer porque seus órgãos grosseiros e suas fibras relaxadas não se deixam excitar, prefere as dietas moderadas que o dispõem tão somente às volúpias morais. Diferença decisiva, cujos fundamentos Sade retira do materialismo filosófico que tanto aprecia.

"Cada um de nós pode, de alguma forma, produzir seu temperamento" — afirma d'Holbach no *Système de la nature*, acrescentando em seguida que o álcool, disseminado na corrente nervosa, aumenta no homem a proporção ou a violência desse "princípio ígneo", que "procura o máximo de energia, de mobilidade, de atividade para suas fibras, de tensão para os seus nervos, de rapidez para seus fluidos". O temperamento de um bebedor de água, conclui Béatrice Bomel-Rainelli da leitura de d'Holbach, "se opõe, portanto, ao de um apreciador de vinhos; suas paixões, suas ideias diferem, pois sua máquina não é excitada da mesma

---

[27] Paz, Octavio. "El banquete y el ermitaño", in *Corriente alterna*. Cidade do México: Siglo XXI, 1969, p. 10.

forma". Tal modelo — fonte do frio Wolmar de Rousseau e do inflamado libertino de Sade — busca um

> justo equilíbrio da máquina humana ao aconselhar a água ao homem demasiado irascível e o vinho, ao demasiado fleumático. O materialismo também coopera na conquista da sabedoria e da felicidade.[28]

Isso não impede, porém, que o devasso utilize o modelo de d'Holbach, mas subvertendo-o: não para acalmar seus ímpetos naturais, mas para acentuá-los ainda mais. Afinal, na libertinagem, é através da violência das sensações que se mede a felicidade. E, se cada homem tem o poder de produzir seu temperamento, cada qual assume a responsabilidade por si mesmo na medida em que pode escolher, através da alimentação, entre ser vítima ou algoz. A nutrição também colabora na produção das diferenças entre a virtude e o vício.

Sabe-se que no século XVIII a prática da medicina hipocrática dos humores mantém em voga a relação entre alimentos e temperamentos. Rousseau será adepto dessa tendência, prescrevendo dietas frugais e sugerindo que o equilíbrio entre os homens depende também do equilíbrio alimentar. Sade não vai contrariá-lo: encontramos em *Aline et Valcour* dois modelos de sociedade determinados pela dieta. A harmonia pacífica de Tamoé é representada pelo regime vegetariano do sábio Zamé, para quem a opulência culinária resume-se a "uma dúzia de tigelas de uma soberba porcelana azul do Japão, repletas unicamente de legumes, compotas, frutas e pastelaria".[29] Tamoé parece mais invenção de Rousseau que de Sade: é uma sociedade igualitária, em que vivem habitantes dóceis, sadios e hospitaleiros. Um povo comedido que se abstém de carne e bebidas alcoólicas, lá consideradas signos de corrupção. Sua única concessão gastronômica está na pastelaria; no mais, alimentam-se de frutas, legumes e

---

[28] BOMEL-RAINELLI, Béatrice. "Sade ou l'alimentation générale", op. cit., pp. 207-208.
[29] SADE, Donatien-Aldonze-François, marquês de. *Aline et Valcour*, in *Oeuvres complètes*. Paris: Jean-Jacques Pauvert, 1986, t. 4, p. 281.

água, "para evitar a intemperança", adverte Zamé. As refeições são simples, em família, servidas sem a ostentação que caracteriza "o intolerável luxo pago pelo sangue do povo". O objetivo de todos é a felicidade.

"O saber agrícola e o *saber comer* marcam o *ethos* de Tamoe" — diz Béatrice Fink.[30] A passividade serena dos habitantes da ilha, sua docilidade, é atribuída com frequência ao regime alimentar: a ausência de carne pode produzir uma carência de proteínas e influir sobre o funcionamento do cérebro, como recomendava a medicina setecentista. Com esse mesmo espírito, o narrador de uma das novelas de *Les crimes de l'amour* define os habitantes da Suécia como "população mais civilizada da Europa", relacionando tal atributo às refeições frugais:

> cerveja excelente, peixe seco e uma espécie de pão sueco muito usado no campo, feito de cascas de pinheiro, misturadas com palha, certas raízes bravas, tudo amassado com farinha de aveia; será preciso mais alguma coisa para satisfazer a verdadeira necessidade?[31]

Pergunta que os libertinos colocarão em cheque a cada página da obra sadiana. Nunca é demais lembrar que às dietas frugais e vegetarianas de Tamoe contrapõe-se o canibalismo de Butua. Se na ilha de Zamé reinam a razão, a ordem e a temperança, no reino do monarca Ben Mâacoro vigoram a violência, a paixão e o excesso. A guerra, a caça e as matanças são incentivadas em Butua, uma sociedade extremamente hierarquizada, movida pelo princípio da destruição e do mal. A carne e o álcool compõem sua alimentação; a antropofagia é sua lei orgânica, observa Fink.

> Assim como os habitantes de Tamoe se vegetalizam, os carnívoros de Butua se animalizam e, pelo medo, bestializam também aqueles que são consumidos. O canibalismo designa metonimicamente uma sociedade

---

[30] Fink, Béatrice. "Lecture alimentaire de l'utopie sadienne", in *Sade: écrire la crise [Colloque tenu au] Centre Culturel International de Cerisy-la-Salle [19 au 29 juin 1981]*. Paris: Pierre Belfond, p. 181.

[31] Sade, Donatien-Aldonze-François, marquês de. "Ernestine", in *Les crimes de l'amour*, in *Oeuvres complètes*. Paris: Jean-Jacques Pauvert, 1988, t. 10, p. 377.

em que o apetite imoderado dos senhores, sua sede de dominação por incorporação, resulta numa desumanização generalizada.[32]

Butua e Tamoe orientam-se pelo mesmo princípio — o homem pertence ao reino animal —, dele retirando diferentes éticas alimentares: por que "acabar com vinte feras para alimentar uma?", pergunta Zamé, enquanto Sarmiento, o porta-voz de Butua, conclui que "é tão simples nutrir-se de um homem quanto de um boi".[33] Embora marquem polaridades como ordem/desordem ou vegetal/carne, são, ambas, sociedades de alimentação natural. Vegetarianismo e canibalismo, nutrições baseadas em alimentos crus, não participam da gastronomia: "em Butua/Tamoe, a questão é a refeição, jamais o cardápio".[34] Isso transparece tanto na simplicidade da mesa em Tamoe como na selvageria alimentar dos habitantes de Butua. Em nenhum dos dois reinos, a alimentação é cerimonial e, comparados ao rigor do cardápio libertino, os hábitos desses povos permitem apenas a constatação de que os humores variam de acordo com a alimentação; constatação que será mais fácil de fazer quanto menos complexos forem tais hábitos.

Distintos desses povos selvagens — em Butua e Tamoe, vale lembrar, não vivem autênticos libertinos —, os devassos de Sade apresentam uma complexidade de temperamento que se faz representar pela mesa opulenta e delicada, sobre a qual os alimentos mais finos misturam-se aos excrementos, o vinho à urina, o perfume ao fedor. A insaciedade se traduz na ansiedade, não no sentido patológico — angústia — mas na forma de ânsia, desejo extremo. O libertino é movido, não por insatisfação, mas por esse temperamento insaciável, por esse furor que ele enuncia com frequência — "Plus, encore plus!" —, que lhe permite criar, sempre, um novo objeto de desejo. A mesa sadiana, a exemplo dos que nela se sentam, não conhece limites.

---

[32] FINK, Béatrice. "Lecture alimentaire de l'utopie sadienne", op. cit., p. 184.
[33] BOMEL-RAINELLI, Béatrice. "Sade ou l'alimentation génerale", op. cit., p. 208.
[34] FINK, Béatrice. "Lecture alimentaire de l'utopie sadienne", op. cit., p. 185.

II

> As cabeças se inflamaram prodigiosamente.
> *Les 120 journées de Sodome*

Excitam-se os espíritos. Aos requintados alimentos acrescentam-se a fartura de palavras, o sabor das argumentações, o gosto pelo discurso. Sade descreve o fim da primeira ceia de Silling:

> Então as palavras se aqueceram e foram discutidos diferentes pontos de vista sobre os costumes e a filosofia [...] O duque empreendeu um elogio à libertinagem e provou que ela era natural, e que, quanto mais se multiplicassem as extravagâncias, melhor serviriam à natureza.

A ceia do oitavo dia se abre com uma veemente fala: "A refeição foi servida. O duque pretendia sustentar a tese de que, se a felicidade consistia na satisfação total de todos os sentidos, era difícil alguém ser mais feliz do que eles".[1] Um longo diálogo desenvolve-se durante a refeição; palavras e alimentos, em profusão, misturam-se.

"A boca fala e a boca come" — diz Noëlle Châtelet, observando que, em Sade, nutrição e palavra são ambas afrodisíacas. Assim, "quanto mais picantes e abundantes forem os alimentos servidos à mesa, mais picantes e abundantes serão os argumentos criminosos que justificam a libertinagem".[2] Os prazeres da boca libertina não se reduzem à ingestão de iguarias: estendem-se aos discursos, proferidos com a mesma voluptuosidade e o mesmo apuro dos banquetes. Há um delicado equilíbrio entre o que *entra* e *sai* da boca do devasso; uma energia única circula nessa passagem, garantindo a produção incessante do deboche. Por isso, dirá Barthes que,

---

[1] SADE, Donatien-Aldonze-François, marquês de. *Les 120 journées de Sodome*, op. cit., t. 1, pp. 106, 180.
[2] CHÂTELET, Noëlle. "Le libertin à table", op. cit., p. 70.

para além do próprio Sade, o *sujeito* da erótica sadiana não é, nem pode ser, senão o *sujeito* da frase sadiana: as duas instâncias, a da cena e a do discurso, têm o mesmo centro, a mesma regência, pois a cena não é senão o discurso.[3]

Marcel Hénaff vai além: para ele, dessa cena-discurso depende até mesmo a sobrevivência do personagem, pois a refeição que lhe restaura o corpo, ao ser representada, "lhe assegura sua manutenção textual, uma vez que toda a sua história possível consiste em repetir seu gozo quando restaura as forças".[4]

Identificação plena entre a palavra e o alimento transparece nas metáforas culinárias, frequentes no texto sadiano. Além de *apetite*, ao qual aludem reiteradamente os libertinos ao falar de sua disposição, que excede o culinário, é comum a referência a "apetitosos rapazinhos" ou "deliciosas bundas" como sendo o "prato da noite"; falam também em "saborear a sodomia" e em "adicionar um pouco de sal a tais prazeres", para "torná-los mais picantes". Tais metáforas não são, contudo, empregadas exclusivamente para a atividade sexual: fala-se ainda do "sabor das conversações", das "palavras apimentadas" e de "alimentar-se com histórias lascivas". As imagens culinárias funcionam como um *elo* entre a prática sexual e o discurso, garantindo em ambos os casos o gozo necessário a toda atividade libertina.

A mesa do deboche, repleta de iguarias e de dissertações filosóficas, tem longínquos antecedentes. "Uma ligação eterna uniu sempre a palavra e o banquete", diz Mikhail Bakhtin comentando as relações entre o banquete de Rabelais e o de Platão.[5] Vale ampliar tais relações para o simpósio sadiano, lembrando que estas são fontes às quais Sade teve acesso.

Rabelais, já no prólogo de *Gargântua*, afirma que só escrevia quando estava comendo:

---

[3] BARTHES, Roland. *Sade, Fourier, Loiola*, op. cit., p. 36.
[4] HÉNAFF, Marcel. *L'invention du corps libertin*. Paris: Presses Universitaires de France (PUF), 1978, p. 215.
[5] BAKHTIN, Mikhail. *A cultura popular na Idade Média e no Renascimento: o contexto de François Rabelais*. Yara Frateschi Vieira (trad.). São Paulo: Hucitec, 1987, p. 248.

De fato, na composição deste livro senhoril, não perdi nem empreguei mais do que o tempo estabelecido para tomar minha refeição corporal, a saber: comer e beber. Eis precisamente a hora de escrever sobre esses altos assuntos e ciências profundas, como tão bem sabiam fazer Homero, modelo de todos os filólogos, e Enio, pai dos poetas latinos, segundo testemunha Horácio, embora um maroto tenha dito que as suas Odes cheiravam mais a vinho do que a azeite.[6]

A passagem explicita a relação entre o sensorial e o discursivo, entre matéria e verdade, que se cristalizam nas páginas seguintes do livro de Rabelais. Não por acaso, a seu personagem é a *garganta* — por onde circulam palavras e alimentos — que empresta o nome, sendo a parte do corpo que ele realça não só fisicamente, mas, sobretudo, como glutão, bebedor e falador que é. Tampouco é por acaso que seu livro abre com uma dedicatória aos "ilustríssimos bebedores" e fecha com um "viva o banquete!". Elogio à sensualidade que, sem dúvida, autoriza uma aproximação com o universo de Sade.

Numa de suas notas para a correção de *Les 120 journées de Sodome*, o marquês escreve: "Introduzir no conjunto dissertações morais, sobretudo durante as ceias",[7] o que sugere o privilégio da mesa como lugar da produção dos argumentos. Disposição que já se encontra em Rabelais: recorde-se a refeição em que Panurge, personagem de *Pantagruel*, consulta um teólogo, um médico e um filósofo, travando com eles um longo debate acerca da natureza das mulheres e dos problemas do casamento. É também durante uma ceia, regada a vinho e fartamente servida, que Gargântua e seu convidado, frei Jean de Entommeures, conversam sobre os prazeres da comida e da bebida. Em geral, o discurso sobre a sensualidade do corpo se faz no momento mesmo em que o corpo frui desses prazeres, tal como acontece em Sade, indicando a inexistência de intervalo entre ação e palavra a favor de uma simultaneidade entre gesto e ideia.

Vale lembrar que as dissertações, em ambos os autores, são invariavelmente filosóficas, profundas. Com efeito, diz Bakhtin

---

[6] RABELAIS, François. *Gargântua*. Aristides Lobo (trad.). São Paulo: Hucitec, 1986, p. 44.
[7] SADE, Donatien-Aldonze-François, marquês de. *Les 120 journées de Sodome*, op. cit., t. 1, p. 450.

num comentário sobre Rabelais que caberia perfeitamente ao autor de *Justine*:

> os temas e imagens das conversações à mesa são sempre as "altas matérias" e "ciências profundas", mas, sob uma forma ou outra, elas são destronadas e renovadas no plano material e corporal; as conversações à mesa são dispensadas de observar as distâncias hierárquicas entre as coisas e os valores, elas misturam livremente o profano e o sagrado, o superior e o inferior, o material e o espiritual; não há incompatibilidades entre elas.[8]

Nos banquetes de Sade e de Rabelais, a palavra é imediatamente materializada e a matéria, verbalizada. Verbo e carne se equivalem então.

É o discurso também que alimenta os filósofos convidados ao banquete de Agatão. Após a ceia, dispensada a tocadora de flauta, Pausânias lança a primeira questão: como beber sem se embriagar? Sócrates é o único entre eles capaz de beber e ficar sóbrio; quanto aos outros, devem refletir sobre o uso e o abuso da bebida já que a embriaguez é indesejada por todos, mas não o vinho. Questão revelante, recolocada sob outro prisma em *Gargântua*:

> — Nós, os inocentes, só bebemos muito quando não temos sede. — E eu, como pecador também: se não pela presente, ao menos pela futura, prevenindo-a, como vocês devem compreender. Bebo pela sede futura. — E eu bebo eternamente. Para mim, a eternidade é a bebida, e a bebida é a eternidade.[9]

Essa conversa entre bebedores tem um tom diferente dos diálogos platônicos; não são reflexões sobre como controlar os efeitos do vinho, são elogios à embriaguez. O tom é sadiano. Tanto que, ainda nesse capítulo, vamos encontrar o mesmo provérbio que Sade citará nas *120 journées*: "É comendo que vem o apetite" — diz outro bebedor, para acrescentar que "é bebendo que se mata a sede", prescrevendo em seguida: "beba sempre antes de ter sede,

---

[8] BAKHTIN, Mikhail. *A cultura popular na Idade Média e no Renascimento: o contexto de François Rabelais*, op. cit., pp. 249-250.
[9] RABELAIS, François. *Gargântua*, op. cit., p. 61.

Gravura erótica — Thomas Rowlandson, Inglaterra, século XVIII/XIX.

que ela nunca virá".[10] A opção pelo excesso, onipresente em Sade e Rabelais, não é sequer aventada pelos filósofos do *Banquete*, que recusam o desregramento. Decidem os convidados de Agatão a beber tanto quanto quiserem, mas sem se embriagar. Vitória da temperança sobre a volúpia.

Da reflexão sobre as delícias do vinho, os filósofos passam para o tema do amor. O que parece, a princípio, um desvio temático, talvez não o seja pois discorrem eles sobre a embriaguez, o excesso e a moderação dos prazeres. O *Banquete* é uma fina reflexão sobre o uso dos prazeres, para usarmos a expressão foucaultiana, e se o conhecimento triunfa sobre a possibilidade de embriaguez pelo vinho, triunfará também dos excessos do amor.

A relação entre a abstinência e o acesso à verdade constitui-se num modelo filosófico do amor na Grécia clássica. Diz Michel Foucault:

> tal era o caso do Sócrates do *Banquete* do qual todos queriam se aproximar, do qual todos se enamoravam, de cuja sabedoria todos buscavam se apropriar — sabedoria essa que se manifestava e se experimentava, justamente, pelo fato de que ele próprio era capaz de não tocar na beleza provocadora de Alcebíades.[11]

O mestre assume o lugar ocupado pelo enamorado, pois, pelo domínio que exerce sobre si mesmo, modifica o jogo amoroso: são os rapazes — belos e assediados por todos — que se enamoram de Sócrates, homem velho e feio. Sua sabedoria — amada e desejada pelos jovens, ávidos de verdade — se torna, ao mesmo tempo, o objeto do verdadeiro amor e o princípio que impede de ceder. Sócrates é o único entre eles que pode conduzir seu amor até a verdade, devido ao domínio que exerce sobre si, cujas marcas são "resistência física, aptidão para a insensibilidade, capacidade de se ausentar de seu corpo e de encontrar nele mesmo toda energia de sua alma".[12]

Da mesma forma, prossegue Foucault, "quando o médico Erixímaco toma a palavra no banquete, reivindica para sua arte a

---

[10] Idem, ibidem, p. 64.
[11] FOUCAULT, Michel. *História da sexualidade II: o uso dos prazeres*. Maria Thereza da Costa Albuquerque (trad.). Rio de Janeiro: Graal, 1984, pp. 23.
[12] Idem, ibidem, pp. 211.

capacidade de dar conselhos sobre a maneira pela qual é necessário fazer uso dos prazeres da mesa e da cama", definindo a boa mesa e a boa cama como formas de "obter o gozo sem que isso resulte em desregramento".[13] O excesso deve ser evitado a todo custo. Por trás dessa concepção está a ideia de uma batalha entre as forças selvagens do desejo, de um lado, e, de outro, a "alma-acrópole", que busca o comedimento. Nada mais distante da proposição sadiana, que persegue os excessos de Eros, identificando não o comedimento, mas a dilapidação à sabedoria.[14]

A distância aumenta se compararmos o discurso de Sócrates ao dos libertinos. Para o filósofo grego, Eros, filho da *Miséria* e do *Recurso*, está a meio caminho entre a ignorância e a sabedoria. Inevitável — diz Diotima — "que Eros filosofe, visto que o filósofo situa-se entre o sábio e o ignorante. Isto se explica também por sua origem, com o pai sábio e cheio de recursos e a mãe ignorante e desprovida".[15] Se Sócrates atribui a Eros uma falha original — essa "natureza intermediária" do amor que o obriga a oscilar entre a plenitude e a falta —, Sade reconhecerá no deus apenas a filiação paterna, fazendo dele um órfão de mãe. Assim, toda sua reflexão vai desconsiderar qualquer noção de carência, voltando-se exclusivamente para a riqueza e a fartura. O vício é sempre próspero. Mas nem por isso o Eros sadiano será menos filósofo.

Quando o duque de Blangis, no oitavo dia em Silling, sustenta a tese de que, se a felicidade consiste na satisfação total de todos os sentidos, são eles os homens mais felizes do mundo, Durcet completa: "onde quer que os homens sejam iguais e onde não houver [tais] diferenças entre eles, não haverá felicidade".[16] Refere-se ele ao prazer da comparação que o libertino desfruta quando observa as pessoas desgraçadas e pode dizer: "sou mais feliz que elas". Prazer de tal ordem e magnitude que não raro o

---

[13] Idem, ibidem, p. 49.
[14] Sobre essas ideias, ver: MORAES, Eliane Robert. "Sade, uma proposta de leitura", in TRONCA, Italo (org.). *Foucault vivo*. Campinas: Pontes, 1987. Nesse artigo, faz-se uma comparação entre a noção de sujeito na Grécia clássica e na obra de Sade, a partir dos comentários de Foucault sobre esses pensamentos.
[15] PLATÃO. *O banquete*. Sampaio Marinho (trad.). Lisboa: Europa-América, 1977, p. 74.
[16] SADE, Donatien-Aldonze-François, marquês de. *Les 120 journées de Sodome*, op. cit., t. 1, p. 181.

leva a produzir desgraças e a engendrar a ruína de outros com o objetivo único de saborear a comparação.

Assim também, a argumentação de Dorothée reitera a importância dessa tópica no sistema filosófico de Sade. "O que é um crime?" — pergunta ela a Justine, imediatamente respondendo:

> É a ação pela qual, dominando os homens, nos elevamos infalivelmente acima deles; é a ação que nos torna senhores da vida e da fortuna alheia, e que com isso acrescenta à porção de felicidade de que gozamos a do ser sacrificado. E nos dizem que à custa dos outros essa felicidade não poderia ser perfeita... imbecis!... é precisamente por ser usurpada que é tal, pois não teria mais encantos se nos fosse dada. É necessário então arrebatá-la, arrancá-la; há de custar lágrimas àquele que privamos dela, e é da certeza dessa dor ocasionada aos outros que nascem os mais doces prazeres.

E, em seguida, completa:

> A felicidade não diz respeito a esse ou àquele estado de alma: ela reside na comparação de seu estado em relação aos dos outros [...] é necessário, para a perfeição de minha felicidade, que eu possa me acreditar a única pessoa feliz no mundo... feliz quando todo mundo sofre. Não há ser delicadamente organizado que não sinta o quanto é doce ser privilegiado [...].[17]

Tal privilégio corresponde ao reconhecimento da particularidade do libertino, atributo que Sade sempre enfatiza na descrição de seus personagens mais fortes — Blangis, Juliette, Minski, entre outros —, garantindo-lhes o direito pleno à diferença. Afirmação do singular que resulta da inequívoca conclusão de Clément, ao defender seus "gostos bizarros":

> Três quartos do universo podem considerar delicioso o odor de uma rosa, sem que isso possa servir de prova, nem para condenar a quarta parte que poderia considerá-lo ruim, nem para demonstrar que este odor seria verdadeiramente agradável.[18]

A comparação é fundamental porque permite ao devasso não só quantificar seus privilégios e dar conta do quanto é feliz, mas,

---
[17] Idem. *La nouvelle Justine*, op. cit., t. 7, pp. 102-103.
[18] Idem, ibidem, t. 6, p. 335.

sobretudo, realizar sua liberdade. Bernis explica: "À faculdade de comparar as diferentes maneiras de agir e de se determinar por aquela que nos parece a melhor é que se dá o nome de *liberdade*".[19]

A filosofia libertina, a exemplo de sua mesa, deve *tudo* servir, de forma a proporcionar o prazer da comparação e o gosto da escolha. Na abertura de *Les 120 journées de Sodome*, Sade pede a adesão do leitor a esse princípio do deboche:

> Trata-se da história de um magnífico banquete — seiscentos pratos diferentes se oferecem ao teu apetite: vais comê-los todos? Não, seguramente não, mas esta prodigiosa variedade alarga os limites da tua escolha [...] Escolhe e deixa o resto sem reclamar contra este resto simplesmente por não te agradar. Imagina que ele possa encantar aos outros e sê filósofo.[20]

Diferença fundamental em relação aos filósofos do *Banquete*, entre os quais Diotima reconhece Sócrates como o mais sábio: à aptidão para a insensibilidade física do mestre grego, Sade contrapõe a aptidão — ou, ao menos o reconhecimento — para todas as sensibilidades do corpo. O *philosophe* libertino, enciclopédico, completa:

> Quanto à diversidade, esteja seguro de que ela é exata; estude intimamente a paixão que à primeira vista parece assemelhar-se completamente a outra e verá que essa diferença existe e, por menor que seja, ela possui precisamente este refinamento e este toque que distingue e caracteriza o gênero de libertinagem sobre o qual se discorre aqui.[21]

O filósofo que se senta à mesa do deboche é aquele que reconhece no excesso e na fartura não apenas o requinte, mas igualmente a possibilidade — digamos também: a liberdade — de comparar e escolher.

---

[19] Idem. *Histoire de Juliette*, op. cit., t. 9, p. 79. É certo que, em seguida, o cardeal vai argumentar que tal liberdade é impossível, posto que as escolhas do homem são sempre determinadas pela natureza. Sabemos, entretanto, que o objetivo maior da libertinagem é ultrapassar esses desígnios naturais. Não é possível então tomarmos o discurso de Bernis às avessas? E não é justamente essa liberdade, impossível aos homens, que o devasso almeja?

[20] Idem. *Les 120 journées de Sodome*, op. cit., t. 1, p. 79.

[21] Idem, ibidem, p. 79.

III

> Aquela noite fora reservada para os prazeres da boca, mas inventaram-se cem formas de variá-los.
> *Les 120 journées de Sodome*

"Como reinava a mesma profusão em todas as refeições, descrever uma é descrever todas"[1] — diz o narrador no fim do segundo dia de *120 journées*. É verdade que no texto sadiano há certa economia no que se refere à alimentação, sobretudo quando comparada às descrições sexuais. Assim, se as refeições da primeira jornada de Silling são descritas de forma minuciosa, já no dia seguinte elas são deixadas a cargo da imaginação do leitor.[2] Nas páginas que se sucedem Sade raramente vai ocupar-se de detalhes gastronômicos. O que não significa, de forma alguma, que ele abandonará a mesa. Terminado o último serviço e retirado o último prato, o banquete libertino estará apenas começando.

Em Silling, os devassos devem acordar diariamente às dez horas da manhã; às onze é servido o desjejum; segue-se a inspeção dos serralhos e entre uma e duas horas — "e nem mais um minuto", adverte Sade — eles estarão na capela, um local destinado a um tipo de volúpias que hoje chamamos de coprofagia. Das duas às três, enquanto os súditos almoçam, os senhores descansam na sala de estar e conversação. A refeição da tarde deve durar exatamente duas horas e, depois, eles têm o direito de repousar por quinze minutos. Nenhuma flexibilidade de horário é permitida, posto que às seis horas em ponto iniciam os trabalhos da câmara de assembleias. E, em matéria de horário, as regras do castelo são bastante rígidas. Há, porém, uma particularidade significativa

---

[1] Idem, ibidem, p. 124.
[2] Deve-se sublinhar, entretanto, a importante nota de Béatrice Bomel-Rainelli, em "Sade ou l'alimentation générale", op. cit., p. 199, de que a alimentação vai ganhando mais e mais espaço textual à medida que a obra sadiana evolui.

no caso das ceias. Elas começam pontualmente às dez da noite e prolongam-se até o início das orgias noturnas, que devem cessar às duas da madrugada. Note-se que não há, entre a ceia e a orgia, nenhuma demarcação temporal. Esquecimento?

Provavelmente não, para um autor tão preocupado com detalhes quanto Sade. Com certeza não, se levarmos em consideração que é justamente essa preocupação com a minúcia que revela o "gênero de libertinagem" sobre o qual ele discorre. Talvez a melhor hipótese de interpretação dessa lacuna seja a de supor que entre a ceia e a orgia existe uma espécie de *continuum* que prescinde de delimitação temporal. Descabido então dizer quando termina uma e começa a outra, inclusive porque, se as orgias em Silling normalmente têm início após a ceia, em outros cenários esse esquema sofre variações.

O que vale destacar desde já é que a orgia ocupa um lugar privilegiado no banquete do deboche. E, se os cardápios não precisam ser descritos cada vez que o libertino sentar-se à mesa — "descrever uma ceia é descrever todas" —, isso se inverte nas cenas eróticas, em que cada pormenor pede detalhamento, assumindo importância crucial na narrativa.

Barthes observa que ao falar de alimentação Sade utiliza dois tipos de enunciado: um genérico — "a ceia foi servida", "colocaram-se à mesa", "eles restauraram-se" — e outro detalhado, em que cada prato é nomeado, realçando o pormenor alimentar.[3] Ao comentar essa observação, Hénaff acrescenta que a notação genérica tem, nesse caso, uma frequência bem maior que a descrição do detalhe, pois o libertino deve representar sua restauração física através do alimento para garantir o funcionamento econômico de seu corpo. "A refeição, com efeito, deve reconstituir as forças perdidas na orgia, o enunciado dessa reconstituição torna-se assim tão essencial quanto o da cena do gozo".[4] Porém, mais importante que a regeneração do corpo libertino (e sua sobrevivência textual)

---

[3] Barthes, Roland. *Sade, Fourier, Loiola*, op. cit., p. 124.
[4] Hénaff, Marcel. *L'invention du corps libertin*, op. cit., p. 215.

será o papel que a mesa assume do ponto de vista do deboche: o de objeto da volúpia.

Como tal permitirá ao devasso deliciar-se com duas formas de orgias: a gastronômica e a sexual. A primeira, diz Noëlle Châtelet, tem finalidade dupla, sendo simultaneamente *re*paradora e *pre*paradora. Em *La philosophie dans le boudoir*, concluídas as orgias e já farto com o espetáculo do lento suplício de madame de Mistival, Dolmancé convida os amigos a se restaurarem com uma boa refeição: "nunca como com tanto apetite e nunca durmo com tanta paz quanto nas ocasiões em que me satisfaço e me farto daquilo que os imbecis chamam de crime".[5] Já Gernande observa os efeitos "preparadores" da mesa antes de sodomizar Justine:

> Não conheço nada que acaricie tão voluptuosamente meu estômago e minha mente quanto os vapores desses alimentos saborosos, que, ao afagar o cérebro, preparam-no para receber as impressões da luxúria... quantas forças novas, com efeito, não obtemos para as cenas lúbricas quando iniciadas logo após uma orgia da mesa.[6]

Há, nesses casos, uma alternância entre os prazeres da mesa e da cama. Mas isso não satisfaz o libertino, que vai propor ainda um sistema de simultaneidade entre tais delícias, mais complexo e mais requintado. A ceia de Juliette com o papa Pio VI é íntima, a dois:

> Durante a refeição praticamos extravagâncias sem fim. Poucos indivíduos no mundo são tão lúbricos quanto Braschi; e não existe ninguém que entenda como ele das pesquisas do deboche. Era indispensável que eu triturasse os alimentos que ele comia; eu os umedecia com minha saliva para passá-los à sua boca; assim também acontecia com os vinhos que ele desejava beber; às vezes ele preferia sugá-los de meu cu; se por acaso se misturavam à merda, ele ficava nas nuvens.[7]

Não havendo intervalo entre o princípio da ceia e da orgia, os corpos passam a processar os alimentos, diluindo as fronteiras

---

[5] SADE, Donatien-Aldonze-François, marquês de. *La philosophie dans le boudoir*, in *Oeuvres complètes*. Paris: Jean-Jacques Pauvert, 1986, t. 3, p. 561.
[6] Idem, *La nouvelle Justine*, op. cit., t. 7, pp. 134-135.
[7] Idem, *Histoire de Juliette*, op. cit., t. 9, p. 165.

entre ambos. Nas *120 journées* encontra-se uma fabulosa quantidade de cenas de mesa nas quais os súditos esguicham licores de suas bundas nos copos dos devassos; ou são chamados para peidar em suas taças de champagne; ou obrigados a servir-lhes alimentos diretamente de suas bocas.

A equivalência entre os corpos e os alimentos — que tem na mesa seu objeto emblemático — é enfatizada nas ceias do convento de Sainte-Marie-des-Bois. Em dias alternados, quatro das oito prisioneiras são convocadas a participar da suntuosa refeição para servir a cada um dos quatro monges. Omphale instrui Justine de suas obrigações:

> às ceias, seu lugar é ou atrás da cadeira de seu senhor, ou como um cão a seus pés, ou de joelhos, entre seus culhões, a excitá-lo com a boca; às vezes ela lhe serve de assento ou de castiçal; outras vezes elas estarão todas quatro dispostas em torno da mesa, nas posições mais luxuriosas e ao mesmo tempo mais incômodas.[8]

Essas cenas deixam claro que o alimento, em certo momento das refeições libertinas, passa a um lugar coadjuvante. São os corpos, e as matérias por eles produzidas, que, no clímax da orgia, estão na mira dos devassos. Da ceia de Juliette no Vaticano — em que os alimentos passam pelo corpo — às refeições do convento de Sainte-Marie-des-Bois — em que os corpos passam por alimentos —, temos esse *continuum* do qual falamos, que faz que seja impossível para os devassos, em muitos casos, traçar uma distinção nítida entre a ceia e a orgia. Chamamos de banquete libertino a essa indistinção.

Urina, no lugar do vinho — ou simplesmente acrescentada a ele. Combinado à saliva, quando servido pela boca, ou misturado aos excrementos, como prefere o papa libertino de *Juliette*, o vinho é igualmente apreciado se tiver lavado um corpo coberto de sujeiras, e mais ainda se esse corpo estiver marcado pela sífilis.

---

[8] Idem. *Justine, ou les malheurs de la vertu*, in *Oeuvres complètes*. Paris: Jean-Jacques Pauvert, 1986, t. 3, p. 153.

Satisfaz outros paladares quando devolvido na forma de vômito. Os insaciáveis libertinos inventam infinitas formas de variar seu cardápio.

Assim, quando as opções transcendem os limites de um cardápio meramente alimentar, multiplicam-se as possibilidades de variá-lo. E, por certo, de descrevê-lo, não mais como "notação genérica"; aqui o texto passa a investir rigorosamente no pormenor. Nas *120 journées* — a que Sade designa algumas vezes como "antologia dos gostos" —, encontramos uma inesgotável fonte de detalhes no que concerne aos prazeres da boca libertina. Há, por exemplo, um financista que, exigindo de mulheres — obrigatoriamente ruivas — o máximo de suor que elas consigam produzir através de prolongados exercícios físicos, atinge o clímax do prazer ao lamber demoradamente essas axilas molhadas. Ou um juiz que gosta de saborear num prato de porcelana o sêmen ainda quente de outro homem para, então, ejacular e engolir o seu próprio. Ou um velho general que tem especial paladar por corpos velhos e mutilados e se deleita lambendo as cicatrizes abertas e feridas cheias de pus. Há ainda um marquês que, com a língua, retira dos pés mais sujos e fétidos que conseguir obter os maiores prazeres, redobrando-os ao engolir toda a sujeira. E um professor da Sorbonne que atinge o êxtase ao receber, num longo beijo, sessenta arrotos de uma jovem previamente alimentada para fazê-lo. D'Aucourt, um devasso que se dedica exclusivamente aos prazeres da boca, chupa a saliva de uma mulher por quinze minutos; depois disso, pede-lhe que cuspa em sua boca e, em seguida, deleita-se durante horas com suas fezes.

No banquete, tudo acaba por misturar-se e, a partir de certo momento, aquilo que entra na boca libertina já não é mais alimento, ou, se quisermos, é um *mais-alimento*. Barthes sugere que a nutrição tem quatro funções no mundo do deboche, todas elas determinadas pela luxúria. A primeira é a restauração, que restitui ao corpo do devasso os enormes dispêndios de energia a que lhe obriga a libertinagem. Já vimos que a alimentação é *re*paradora e *pre*paradora, como indica Noëlle Châtelet, garantindo o funcionamento econômico desse corpo e sua manutenção textual, como complementa Hénaff. Assim, quando ingerido, o alimento confirma a constituição triunfante do corpo libertino.

A função restauradora desdobra-se em outra quando a comida é administrada às vítimas: a da engorda. Justine e suas companheiras servem-se de quatro refeições por dia no convento: de manhã, aves com arroz, frutas, compotas, chá, café ou chocolate; no almoço, sopas, frios, assados, sobremesas; à tarde um lanche composto de pães e frutas; na ceia noturna, multiplicam-se os serviços, com maior fartura. Cada uma das prisioneiras tem direito a duas garrafas de vinho e meia de licor por dia. "A alimentação das vítimas é sempre copiosa" — diz Barthes, pois

> essas vítimas também devem se restaurar (Mme. de Gernande, criatura angélica, depois de ser sangrada pede perdizes novas e patinhos de Rouen) e ser engordadas de maneira a fornecerem à luxúria redondos e rechonchudos *altares*.[9]

É também o corpo do devasso que triunfa quando as vítimas se nutrem.

De outro lado, ainda quando ministrado, o alimento tem uma terceira função: serve para matar. Paixão criminosa, anotada na terceira classe: "Dá-lhe copiosamente a beber; depois costura-lhe a boceta e o cu, assim como a boca, e deixa-a assim até que a água rebente-lhe os condutos ou até que ela morra".[10] A alimentação pode fazer adormecer, adoecer, envenenar e assassinar, deixando de ser provisão para a sobrevivência para tornar-se veículo do mal.

Na última função anotada por Barthes o alimento aparece como produtor do que se pode chamar de *mais-alimento*: é a comida em seu estado puro de matéria, sofrendo a alteração e a adulteração que lhe impõe o corpo. É a comida na forma de sujeira, mas também, inversamente, a sujeira na condição de comida. As fezes, a urina, o vômito deixam de ser um produto

---

[9] BARTHES, Roland. *Sade, Fourier, Loiola*, op. cit., p. 24.
[10] SADE, Donatien-Aldonze-François, marquês de. *Les 120 journées de Sodome*, op. cit., t. 1, p. 406.

201

"Femmes taquinées par les puces" — Gravura de Johan Tscherning, Dinamarca, século XIX.

inútil no mundo libertino e assumem o estatuto de alimento. Acrescente-se a eles o suor, a saliva, o hálito, os arrotos, os peidos, as lágrimas, o pus, o sangue menstrual, o sêmen e todo tipo de secreção produzida pelo corpo. A boca comunica-se então com todos os orifícios e todas as aberturas: expande-se o campo da oralidade. Toda sujeira serve à luxúria.

E o libertino dará a ela o mesmo tratamento que dispensa à alimentação. D'Aucourt é ainda o melhor exemplo: impõe uma dieta severa às suas vítimas para melhor deleitar-se com suas fezes, sempre servidas em pratos de porcelana. Duclos descreve-a:

> A base das refeições normais consistia numa imensa quantidade de peito de galinha, aves desossadas, preparadas e apresentadas de todas as maneiras imagináveis, vitela ou outra carne vermelha, nada que contivesse gorduras, pouco pão ou frutas. Tinha de comer esses alimentos até no café da manhã ou no lance da tarde. [...] O resultado dessa dieta, como meu amante calculara, eram duas evacuações por dia, e as fezes eram muito adocicadas, muito macias, e, segundo D'Aucourt afirmava, de um gosto requintado que não se conseguia obter com a alimentação comum; e sua opinião merecia crédito, pois ele era um *connaisseur*.

O quarteto de Silling, inspirado em D'Aucourt, ordena a mesma dieta a seus súditos e, após oito dias, observa o resultado: as fezes são "de uma delicadeza infinitamente maior".[11]

A sujeira, quando investida pela libertinagem, deixa de ser tabu para ostentar sua condição orgânica, que, controlada e ordenada, serve às exigências do paladar do devasso. E, a partir daí, o que conta são as possibilidades infinitas de alterá-la: as secreções do corpo estão em constante transformação, sendo, portanto, um interessante objeto para a filosofia materialista que orienta o deboche, atenta às mutações da matéria e seus efeitos, sejam naturais ou provocados.

Se a boca libertina estará sempre aberta para provar essas matérias, também o estará para teorizar sobre o assunto. Diz o duque no décimo nono dia no castelo:

[11] Idem, ibidem, pp. 210, 266.

é um equívoco dizer que é necessário, para se obter prazeres, que a boca das mulheres ou dos rapazes seja absolutamente limpa. Deixando de lado todas as manias, admito de boa vontade que quem exige hálitos fétidos e bocas nojentas é apenas movido por depravação, mas concordai comigo quando afirmo que uma boca inteiramente desprovida de odor não proporciona nenhum prazer ao beijo: deve haver sempre certo condimento, certo sabor picante nesses prazeres, e ele não se encontra senão num pouco de sujeira.

E, propondo outra dieta aos súditos que lhe permitia saborear essas delícias, ele continua:

Por mais limpa que esteja a boca, o amante que a chupa faz certamente uma coisa suja, e com certeza é essa sujeira que lhe agrada. Basta dar um pouco mais de força a esse impulso e se desejará que essa boca tenha algo de impuro: que ela não cheire como um cadáver podre na hora do clímax, mas que ela não tenha o odor do leite e da infância, que considero insuportável.[12]

Importa notar que, se há uma negação da limpeza como norma absoluta, também há uma necessidade de ordem no tratamento da sujeira, o que se evidencia nos pratos de porcelana, na ritualização dos atos de coprofilia e, sobretudo, nos rigorosos regimes. Não se trata, pois, de aceitação cega da sujeira: ao propor a dieta dos súditos, o duque fala em "alterar sem corromper". Trata-se de acrescentar condimentos visando à produção dos sabores picantes e, portanto, de produzir uma desordem que se associa à ordem cerimonial das atividades libertinas. Princípio complexo e paradoxal que rege a libertinagem, cujo universo é regrado e limpo, embora seus habitantes só acedam aos sabores picantes — isto é, à sensualidade — por meio do caos e da sujeira.

Há uma ordem ritual nas ceias sadianas, dirá Châtelet, que, quanto mais rigorosa for, mais destinada ao rompimento estará:

a ordem da libertinagem, incluída na culinária, não tem por razão de ser senão a desordem futura, e não é instaurada senão para ser perver-

---

[12] Idem, ibidem, pp. 267-268.

tida: a beleza das vítimas, a elegância das vestimentas, o refinamento da mesa, para serem maculados, espezinhados, devastados.[13]

Não se leia aí, porém, uma simples alternância entre ordem e desordem. Se as palavras de Noëlle Châtelet podem eventualmente induzir a tal, ao indicar uma sucessão temporal entre esses dois planos, a prática e o discurso do deboche recusam a exclusividade desse movimento pendular. Deve-se lembrar que entre a ceia e a orgia existe mais que um *continuum*, ou seja, há uma simultaneidade de ações que se recoloca na convivência entre a regra e o caos. Opera-se aí uma condensação, como nos sonhos — ou nos pesadelos —, com a diferença de que, nesse caso, ela se realiza na vigília. Como compreendê-la?

A bibliografia antropológica, ao tratar da oposição limpo/sujo, sugere que as fronteiras entre esses campos, ainda que variando de cultura para cultura, são ao mesmo tempo rígidas e fluidas. Mais ainda, como observam Mary Douglas e Edmund Leach, elas são necessariamente ambíguas.[14] O limpo é o padrão, a norma; o sujo, tudo o que lhes foge. Às culturas cabe produzir de forma incessante essa diferença, fundamental para a manutenção das identidades. Mas, para além disso, é impossível recusar o contato com as alteridades, pois a utopia de uma "limpeza absoluta", em que toda diferença fosse ignorada, levaria a um isolamento radical e a uma total perda de contato entre o *eu* e o *outro*. Uma identidade única não precisaria demarcar fronteiras e, sem elas, não haveria encontros nem confrontos.

As fronteiras circunscrevem universos distintos, mas também têm positividade: são lugares onde tudo pode misturar-se, tornando as diferenças opacas. Lugares perigosos — e, por conseguinte, proibidos — que, por ameaçarem identidades, pedem um controle. Tem-se aí um paradoxo: de um lado, a necessidade de diferenciar o limpo do sujo e, de outro, a impossibilidade de

---

[13] CHÂTELET, Noëlle. "Le libertin à table", op. cit., p. 72.
[14] Ver: DOUGLAS, Mary. *Pureza e perigo*. Mônica Siqueira Leite de Barros e Zilda Zakia Pinto (trads.). São Paulo: Perspectiva, 1976; LEACH, Edmund. *Cultura e comunicação: a lógica pela qual os símbolos estão ligados; introdução ao uso da análise estruturalista em antropologia social*. Carlos Roberto Oliveira (trad.). Rio de Janeiro: Zahar, 1978.

fazê-lo por completo. Esse paradoxo, ensina a antropologia, é muitas vezes representado pela imagem do corpo — uma interioridade, uma identidade individual — e por aquilo que dele sai e se comunica com o mundo exterior. As matérias orgânicas carregam essa ambiguidade fundamental: pertencem ao corpo, sendo nessa qualidade, limpas, mas também deixam de ser parte dele quando expelidas, tornando-se sujeira. Situam-se em zonas fronteiriças, onde se cruzam signos de poder e de perigo.

Desnecessário lembrar que os libertinos têm especial interesse pela sujeira do corpo. Porém, no mais, eles sempre exigem limpeza. É como se estivessem o tempo todo a propor um diálogo entre a ordem e a desordem, movimentando-se no campo ambíguo das fronteiras e sustentando em seus rituais o paradoxo que funda esse lugar. Mas, para além da leitura antropológica, podemos abordar a concepção sadiana a partir das matrizes filosóficas que permitem ao libertino ultrapassar essa dicotomia, cujos fundamentos ele retira, uma vez mais, das teses dos "naturalistas modernos".

Considerando o crime um "agente de equilíbrio", cujas forças destrutivas desempenham um papel tão fundamental quanto as forças criadoras na manutenção da economia do universo, o devasso acredita que

> um mundo totalmente virtuoso não conseguiria subsistir um minuto; a sábia mão da natureza fez nascer a ordem da desordem e, sem desordem, ela não chegaria a nada: tal é o equilíbrio profundo que mantém o curso dos astros, sustentando-os nas imensas planícies do espaço, produzindo seu periódico movimento.[15]

Há, portanto, uma importante noção de equilíbrio orientando o sistema libertino, que concebe polos antagônicos apenas como resultantes superficiais de um profundo jogo de proporções, sem o qual o universo não poderia ao menos existir. Isso permite ao devasso concluir que, se ordem e desordem se contêm

---

[15] SADE, Donatien-Aldonze-François, marquês de. *Histoire de Juliette*, op. cit., t. 8, p. 206.

mutuamente, o crime é virtude. Daí também a indicação de que mesmo o mais desregrado excesso pode ser objeto de controle.

Talvez se possa dizer que a genialidade de Sade é a de não submeter, jamais, esse controle aos parâmetros sociais da moral, mas de, colocá-lo unicamente a serviço das volúpias do vício. É o que permite ao libertino observar regras gastronômicas sem submeter-se às exigências de moderação. A ordem ritual da libertinagem, constituída no interior da própria lógica do crime, visa ao perfeito funcionamento das atividades do deboche, através de um ordenamento gradativo da desordem.

Não há refeição, em Sade, que não seja absolutamente organizada. Não há orgia que não seja, durante seu curso, orientada. Roger Vailland diz que o libertino é um *metteur en scène*, a aplicar um rigor sempre progressivo à pesquisa do prazer.[16] Barthes associa-o a um "mestre de cerimônias", comparando-o ainda a um maestro que dirige seus companheiros tocando ao lado deles.[17] As ceias e orgias são sempre comandadas e calculadas, submetendo-se a sucessivas reordenações, como se não fosse possível, para assegurar o delicado equilíbrio entre satisfação e insaciedade no mundo do deboche, confiar apenas no acaso. A ordem garante a desordem. No ato.

---

[16] VAILLAND, Roger. *Le regard froid: réflexions, esquisses, libelles, 1945-1962*. Paris: Bernard Grasset, 1963, pp. 40-41.
[17] BARTHES, Roland. *Sade, Fourier, Loiola*, op. cit., p. 157.

IV

> Trata-se apenas de vencer as primeiras repugnâncias
> e, uma vez abertos os diques, fica impossível saciar-se.
> *Histoire de Juliette*

Do vinho ao sangue: armados de arco e flecha, libertinos da *Nouvelle Justine* atingem os corpos de suas vítimas para obter o abundante sangue, que corre continuamente, como se caísse de uma fonte, em seus pratos. Gernande, um especialista no assunto, sangra sua mulher de quatro em quatro dias, sempre após o jantar: depois de beber doze garrafas de vinho e saborear dezenas de pratos que lhe abrem o apetite, ele dedica um longo tempo a ferir o corpo da jovem condessa para sugar-lhe avidamente o sangue. Os devassos de Silling testam uma variedade de paixões assassinas: a lenta mutilação dos corpos, o sangramento com a ajuda de centenas de alfinetes, a extração de órgãos vitais, cujo objetivo, não raro, é a obtenção do sangue, que lhes dá maior prazer se bebido ainda quente.

Dos alimentos à carne humana: Juliette, Saint-Fond e Noirceuil organizam um jantar mandando assar três graciosas jovens em espetos e temperando-as com condimentos especiais para produzir o molho com o qual regam a carne, servindo-se lentamente enquanto é assada. O padre Simeon come omeletes tostados sobre as nádegas ensanguentadas de suas vítimas. Minski serve a seus convidados delicados filés provenientes dos seios e das nádegas — note-se: depois de flagelados — das duzentas jovens que vivem num serralho destinado exclusivamente à provisão de alimentos para suas refeições.

A lógica materialista da mesa libertina acentua-se quando são servidos o sangue e a carne humana. Não se trata mais da matéria-alimento que a visa restaurar o devasso ou engordar as vítimas; tampouco do contra-alimento que assassina quando ministrado; nem ainda do elemento orgânico que se transforma em matéria-prima da lubricidade. É o corpo, não mais como símbolo, tratado metonimicamente, mas como carne. E, se a mesa é um emblema da equivalência entre os corpos e os alimentos, no momento em que são servidos o sangue e a carne ela realiza o símbolo, materializando-o.

No castelo de Minski a mesa é a carne. "Os móveis que vocês veem aqui" — diz ele ao receber seus convidados no salão das refeições — "são todos vivos: ao menor sinal eles se movem". Juliette descreve: "Minski faz o sinal e a mesa avança: ela estava no canto da sala e se põe ao centro; cinco poltronas se dispõem a seu redor; dois lustres descem do teto e plainam no meio da mesa". O anfitrião explica:

> Vejam que esta mesa, estes lustres, estas poltronas são compostos de grupos de moças artisticamente dispostas; meus pratos, todos quentes, serão colocados no lombo dessas criaturas; minhas velas enfiadas em suas bocetas e meu traseiro, assim como os vossos, ao se acomodarem nessas poltronas, estarão apoiados sobre as doces faces e os alvos peitos dessas jovens; é por isso que eu insisto para que as senhoras arregacem suas saias e o senhor baixe suas calças, a fim de permitir que, como reza a *Escritura, a carne possa repousar sobre a carne*.

A ceia é servida, e como os pratos eram de prata e queimavam as nádegas e os seios desses móveis vivos, "isso resultava num movimento convulsivo muito agradável, que parecia o balanço das ondas do mar".[1] Embora todos os alimentos fossem preparados com carne humana, Minski instrui seus convidados a servirem-se diretamente dos corpos ali dispostos exclusivamente em função de seus prazeres. À mesa de carnes os libertinos se fartam.

O mobiliário humano é o maior luxo material do deboche. Um luxo que não se caracteriza somente pela imobilidade decorativa, mas também por sua utilidade: além de ornamentar o espaço libertino, os móveis vivos são objetos da volúpia que têm a importante função de aquecer o apetite sexual do devasso.

[1] SADE, Donatien-Aldonze-François, marquês de. *Histoire de Juliette*, op. cit., t. 8, p. 600.

Assemelham-se às máquinas e, nessa qualidade, intervêm no funcionamento de um sistema que gravita em torno do corpo. Assim, se o contato entre a carne dos senhores e a das vítimas que lhes servem de móveis permite com que uma repouse sobre a outra, vale dizer que, enquanto uma repousa, a outra, inversamente, fatiga-se. Reconhece-se nesse movimento o equilíbrio de que nos falam os filósofos libertinos.

Ao devasso interessa o corpo vivo, a vida enquanto pulsa. Só assim pode ele desfrutar do prazer na dor alheia e acumular a energia que lhe proporciona o assassinato. São episódicas as cenas lúbricas com cadáveres: o sadismo pouco se interessa pela necrofilia. Por isso, o sangue, no banquete, ocupa o mesmo lugar central que o vinho na ceia. Desnecessário dizer que o segundo é um símbolo do primeiro: a ceia, o vinho e o sangue compõem uma imagem mítica na cultura cristã ocidental, e por certo não é por acaso que o Evangelho é citado no banquete de Minski.

Do vinho ao sangue tem-se um salto: do símbolo para a matéria viva, da representação para a presença. Drácula o compartilha com os libertinos e alimenta-se de forma mais radical que eles, sendo o sangue seu alimento exclusivo. A sobrevivência do vampiro depende disso: sua vida eterna é garantida pela essência que retira do pescoço das vítimas. Para os personagens de Sade, entretanto, beber sangue, assim como comer carne humana, são algumas das possibilidades — por certo as mais raras — de um variadíssimo cardápio. Como observa Noëlle Châtelet, o vampirismo do devasso "é mais destinado a saciar sua sede de orgasmo que realmente a alimentá-lo, pois ele se nutre fartamente em outros lugares".[2] De toda forma, se à sobrevivência do vampiro corresponde o orgasmo do libertino, podemos supor uma equivalência entre esses termos: uma troca de sinais pode sugerir que o orgasmo está profundamente relacionado à sobrevivência do devasso. Não por acaso, ainda, ele aparece com frequência associado ao sangue e à carne humana.

[2] CHÂTELET, Noëlle. "Le libertin à table", op. cit., p. 79.

"Nada iguala o prazer que experimento ao beber o sangue dessa criatura" — diz Gernande depois de sangrar a condessa,[3] num ato que evidencia o acréscimo de energia que o libertino transfere do corpo da vítima para o seu. O mesmo se pode dizer da carne humana, que, segundo Sade, é

> a melhor de todas as nutrições, sem dúvida, para obter a abundância e a espessura da matéria seminal. Nada mais absurdo que nossa repugnância sobre este artigo; um pouco de experiência basta para vencê-la: uma vez tendo provado este tipo de carne, torna-se impossível gostar de outras. (Ver Paw sobre essa matéria, *Recherches sur les Indiens, Égyptiens, Américains* etc. etc.).[4]

Isso explica a razão pela qual o libertino é tão seletivo no que se refere à escolha de carnes para seu cardápio alimentar. E, além disso, fornece as justificativas históricas e científicas que fundamentam sua escolha: a carne humana fortalece o corpo do devasso, garantindo seus inúmeros e abundantes orgasmos.

Da ceia ao canibalismo — que, quando investido pela libertinagem, assume igualmente a forma de gastronomia —, o banquete do deboche contempla todos os sentidos e testa todas as possibilidades da matéria, os movimentos da máquina humana, os limites da consciência. Paixões assassinas, anotadas no mês de fevereiro em Silling:

> 84. Um fustigador aperfeiçoa-se em remover delicadamente a carne dos ossos; ele chupa a medula extraída e derrama chumbo derretido no lugar [...]
> 89. Corta e come os seios e as nádegas de uma jovem, e nas feridas coloca emplastros que lhe queimam a carne com tanta violência que ela morre. Força-a a comer de sua própria carne, que mandou grelhar [...]
> 100. Um homem, que amava cortar um pouco de carne da bunda, aperfeiçoa sua técnica serrando mui delicadamente a moça entre duas pranchas [...]
> 111. Rasga-lhe os culhões obrigando-o a comê-los sem lhe dizer, depois substitui os testículos por bolas de mercúrio e enxofre, causando dores tão violentas que ele morre. Durante a agonia, ele enraba-o e aumenta

---

[3] SADE, Donatien-Aldonze-François, marquês de. *La nouvelle Justine*, op. cit., t. 7, p. 128.
[4] Idem, *Histoire de Juliette*, op. cit., t. 8, p. 216 (nota).

seu sofrimento queimando-lhe partes do corpo com plaquetas de enxofre, esfregando e queimando as feridas [...]

143. Um fustigador estende uma mulher grávida na mesa; ele a prega sobre essa mesa aplicando um prego quente em cada olho; um na boca, um em cada peito; depois queima-lhe o clitóris e o bico dos seios com uma vela e, lentamente, serra-lhe os joelhos ao meio, quebra-lhes os ossos das pernas e termina por martelar um enorme ferro em brasa no umbigo, que mata a criança e a mulher. Ele a quer pronta para parir.[5]

Mas a mesa, além de culinária, é também cirúrgica. Rodin, renomado médico francês, rico e libertino, "que exerce a arte da cirurgia apenas por gosto, pelo prazer de realizar novas descobertas", dedica-se à dissecação de corpos vivos, visando a contribuir para o "progresso da ciência":

> jamais a anatomia chegará a seu último grau de perfeição enquanto não forem examinados os vasos sanguíneos de uma criança de quatorze ou quinze anos de idade, destruída por morte cruel; é unicamente nessa contração que podemos obter uma análise completa de um tema tão interessante.[6]

Palavras proferidas num suntuoso jantar, regado a *champagne*, que o cirurgião oferece a seus assistentes para planejar as sangrentas experiências que pretendem levar a termo. "O assassinato é um prazer" — afirma um deles, ao que Rodin conclui:

> direi mais: é um dever; é um dos meios de que a natureza se serve para chegar aos fins que se propõe sobre nós. E mesmo que não tivesse um objetivo importante, como o alcançado por nossas experiências, mesmo que não tivesse sido cometido pelo efeito das paixões, seria sempre uma boa ação.[7]

Terminada a ceia, os cientistas dirigem-se à mesa cirúrgica para realizar as terríveis operações nas quais o sangue das vítimas mistura-se ao esperma dos libertinos.

---

[5] Idem, *Les 120 journées de Sodome*, op. cit., t. 1, pp. 427-428, 430, 433, 441-442.
[6] Idem, *Justine, ou les malheurs de la vertu*, op. cit., t. 3, p. 119.
[7] Idem, *La nouvelle Justine*, op. cit., t. 6, p. 206.

Uma vez destruídos, os corpos que servem às experiências de Rodin são jogados na floresta. A dissecação de corpos vivos, atividade exemplar de suplício, demonstra o interesse que os devassos têm em ritualizar o momento da morte. Em certo sentido, tais atividades fazem recordar os sacrifícios das virgens narrados nas tragédias gregas, que privilegiam, com precisão clínica, o golpe na garganta da jovem a ser imolada. "No instante de ferir Ifigênia, o sacrificador examina com o olho agudo do anatomista a garganta (*laimos*) da vítima para distinguir nela o ponto onde o cutelo se aprofundará melhor" — conta Nicole Loraux, propondo que "a evocação do sacrifício se imobiliza no instante suspenso da ameaça em que, com o cutelo sobre a garganta, a virgem ainda respira".[8] Cabe ao sacrificador a deliberação sobre o exato momento do último sopro.

A mesa do deboche também é um altar de sacrifícios. Sade anota a centésima vigésima primeira paixão assassina: "Executa ao mesmo dia a operação de cálculo renal, de trépano, de uma fístula do olho e do ânus. Toma especial atenção para executá-las errado, depois abandona o paciente sem assistência até a morte".[9] Em suma, a mesa gastronômica está para a cirúrgica assim como a orgia está para o sacrifício: da primeira para a segunda há um acréscimo de prazer, um requinte ainda maior a contemplar o apetite do devasso.

O sacrifício nos dá a conhecer o sentido mais profundo da utilidade dos objetos do deboche; tudo o que é útil para o libertino, o é porque serve ao consumo. E só o que é consumível lhe serve, condição essencial de seu objeto preferido, o corpo da vítima. Georges Bataille sugere que nos rituais de sacrifício a vítima representa a "parte maldita": é "um excedente retirado da massa da riqueza útil. E ela só pode ser retirada para ser consumida sem lucro, consequentemente destruída para sempre". Resíduo, sobra, acréscimo e excedente, a vítima equivale às matérias mal-

---

[8] LORAUX, Nicole. *Maneiras trágicas de matar uma mulher: imaginário da Grécia antiga.* Mário da Gama Kury (trad.). Rio de Janeiro: Zahar, 1988, p. 94.
[9] SADE, Donatien-Aldonze-François, marquês de. *Les 120 journées de Sodome*, op. cit., t. 1, p. 435.

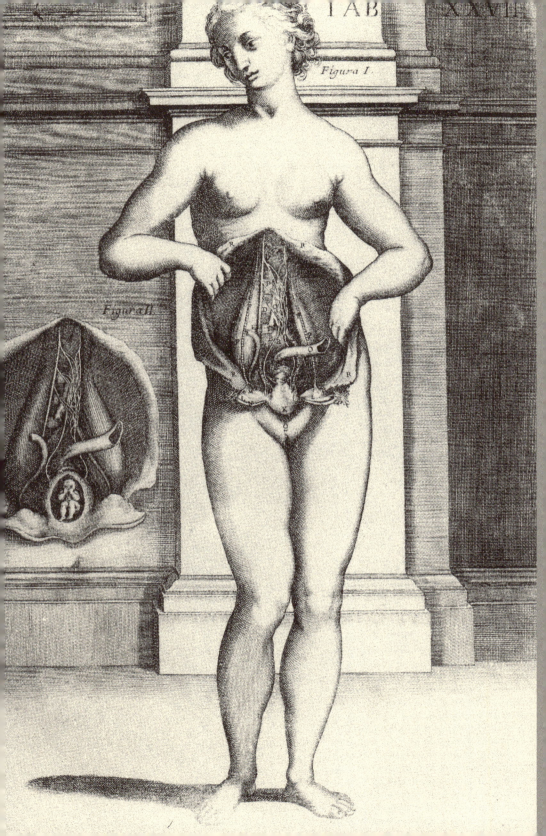

Parte IV (4-IV) — "Tabulae Anatomicae" — Gravura de Luca Ciamberlano, Itália, 1741.

ditas, entre as quais estão as joias e os excrementos, o luxo e a sujeira. São excessos que se situam fora do mundo do trabalho, na condição de formas improdutivas que existem para ser dilapidadas. Trata-se de um consumo violento que, pela radicalidade com que destrói, dá a ver o sentido último da riqueza. Contudo, não é o objeto a exprimi-la: "o sentido dessa profunda liberdade é dado na destruição, cuja essência é consumir *sem lucro* o que podia permanecer no encadeamento das obras úteis. O sacrifício destrói aquilo que consagra".[10]

Para Bataille, o sujeito livre emerge numa ordem fora do trabalho; não tem de fazer provisões nem previsões. No mundo do trabalho vigora a escassez, mas fora dele a abundância prevalece, tudo circula o tempo todo, como nos banquetes eternos dos califas e libertinos. Desse sujeito livre "de modo algum subordinado à ordem 'real' e ocupado somente com o presente, a própria loucura dá uma ideia suavizada". Preocupado com "o que é" — e não com "o que será" —, ele não tem razão alguma para guardar e acumular; nenhuma necessidade de reserva. Pode, pois, fazer da totalidade de seus bens um consumo instantâneo:

> Tudo transparece, tudo é aberto, tudo é infinito entre aqueles que consomem intensamente. Mas nada conta a partir de então, a violência se libera e se desencadeia sem limites, na medida em que o calor aumenta.[11]

Silling seria uma autêntica sociedade de consumo, regida por um princípio fundamental: "j'absorbe, donc je suis".[12] As atividades levadas a termo no castelo poderiam ser qualificadas de "modo de improdução libertino", em que se produz a dilapidação.[13] O "excesso violento" seria contagiante, pois "seu contágio explosivo ameaça indistintamente todas as possibilidades da vida".[14] Encontramos aqui o tema da autofagia, fantasma da obra

---

[10] BATAILLE, Georges. A parte maldita pre*cedida de A noção de despesa. Julio Castañon Guimarães* (trad.). Rio de Janeiro: Imago, 1975, pp. 97-98, 96.
[11] Idem, ibidem, pp. 96-97.
[12] FINK, Béatrice. "Lecture alimentaire de l'utopie sadienne", op. cit., p. 186.
[13] HÉNAFF, Marcel. *L'invention. du corps libertin*, op. cit., pp. 165, 208.
[14] BATAILLE, Georges. *O erotismo: o proibido e a transgressão*. Lisboa: Moraes, 1970, p. 100.

sadiana. Quais os limites desse consumo violento que desconhece limites? Até onde vai a insaciedade dos libertinos?

Sade não responde a essa questão. Aponta uma trajetória, cuja consequência lógica parece ser a autofagia. Por isso, observa Noëlle Châtelet,

> *nada*, decididamente *nada*, deixa de ser objeto de consumo no território sadiano. Isso confirma ainda o efeito transgressor e, sobretudo, insaciável de um desejo que *nada* cessa — nem o nojo —, mas também a ideia de que na clausura do sistema libertino o par algoz/vítima não deve esperar *nada* de fora, que ele deverá viver de suas próprias reservas, até a pressão absoluta, o que inclui seus próprios dejetos corporais, como se a "autofagia" representasse o único limite possível de suas pulsões bulímicas.[15]

Hipótese compartilhada por Bataille, que considera a exigência do crime exterior ao indivíduo, afirmando que "a negação dos outros, *in extremis*, torna-se autonegação" e propondo que Sade, no limite, associa a continuidade infinita à destruição infinita, pondo em causa, "para além do egoísmo pessoal, o egoísmo de certo modo impessoal".[16]

Annie Le Brun, entretanto, vai discordar dessa interpretação dizendo que o materialismo do libertino é ancorado em seu ateísmo definitivo e, por isso, nenhum personagem sadiano deseja a morte.[17] A sugestão é significativa. O artigo décimo terceiro da Sociedade dos Amigos do Crime poderia reiterá-la:

> No seio da assembleia, nenhuma paixão cruel, com exceção do açoite, aplicado simplesmente nas nádegas, poderá exercer-se; existem haréns dependentes da sociedade nos quais as paixões ferozes poderão ser levadas ao extremo; mas, entre os irmãos, bastam as volúpias crapulosas, incestuosas, sodomitas e suaves.[18]

---

[15] CHÂTELET, Noëlle. "Le libertin à table", op. cit., pp. 78-79.
[16] BATAILLE, Georges. *O erotismo: o proibido e a transgressão*, op. cit., pp. 156-157.
[17] LE BRUN, Annie. *Soudain un bloc d'abîme, Sade: introduction aux oeuvres complètes*. Paris: Jean-Jacques Pauvert, 1986, p. 153.
[18] SADE, Donatien-Aldonze-François, marquês de. *Histoire de Juliette*, op. cit., t. 8, pp. 441-442.

Além disso, vale lembrar, o libertino jamais se descuida de sua restauração física, sua saúde é ponto de partida; não há devassos frágeis nem doentes.

A autofagia é uma questão que Sade estrategicamente deixa em suspenso; ela permanece em seu texto — que *tudo* esclarece — como uma ameaça que não se realiza, adormecida. Sua obra é uma longa dissertação sobre o consumo, em sua forma mais violenta, mas invariavelmente dirigida ao outro. Um limite?

Ao sangue quente das vítimas opõe-se o sangue-frio dos libertinos. Nesse mundo da desmedida tudo é contabilizado com precisão; a atenção fixa-se nos diversos graus de consumo, nas pequenas diferenças, nos detalhes que cada prazer proporciona. Para aceder a eles, diz Sade, trata-se apenas de vencer os primeiros obstáculos, trata-se tão somente de abrir comportas. Mas, depois de abertas, o salto não é cego: caminha-se lentamente, sem pular etapas. Na fenda aberta por esse caminho o devasso encontra infinitas possibilidades. Não há por que mudar de rumo: o banquete que nunca sacia é eterno.

Descartando a autofagia ou pelo menos deixando-a em suspenso, o libertino está livre para servir-se de tudo e escolher o que mais lhe agrada, sem riscos. Descartado o medo, ele desfruta do consumo. E vale lembrar aqui a ambiguidade do verbo *consommer*, que lhe permite desfrutar duplamente de suas vítimas. Do consumo à consumação, da ceia ao sacrifício: é nesse grande intervalo — nesse *continuum* nomeado por Sade ora como luxúria, ora como vício — que ele enuncia sua liberdade. Cerimônia da abundância, da riqueza e da despesa, o banquete é o lugar de uma liberdade que, embora ilimitada, jamais limita o sujeito. Os insaciáveis libertinos satisfazem-se com ela. Depois do banquete, eles recolhem-se.

CAPÍTULO 5

O BOUDOIR.

I

> Passemos então para meu *boudoir*, lá estaremos mais à vontade; já alertei meus criados; asseguro-vos que ninguém ousará nos interromper.
> *La philosophie dans le boudoir*

"Guardai vossas fronteiras e recolhei-vos em casa" — adverte o devasso, depois de instalado no *boudoir*, último ponto de chegada de sua longa viagem.[1] Inviolável, protegido por enormes muralhas, o espaço libertino sempre fica longe do mundo. E o *boudoir* — ou pelo menos o mais famoso deles na obra de Sade —, ao que tudo indica, fica em Paris.

O *boudoir* é a unidade mínima do espaço sadiano: concentração da luxúria, síntese da libertinagem.[2] Madame de Saint-Ange recebe nesse agradável aposento de seu palacete a jovem Eugénie e Dolmancé, o célebre devasso de "Français, encore un effort si vous voulez être republicains", que serão seus hóspedes por dois dias. O encontro tem um objetivo: educar a jovem dentro dos

---

[1] SADE, Donatien-Aldonze-François, marquês de. *La philosophie dans le boudoir*, in *Oeuvres complètes*. Paris: Jean-Jacques Pauvert, 1986, t. 3, p. 535.
[2] A concepção do *boudoir* estará presente em toda a arquitetura sadiana. As celas do mosteiro de Sainte-Marie-des-Bois são descritas como "local encantador, mobiliado com gosto e voluptuosidade"; a própria Justine admite que, nelas, "não faltava nada para tornar essa solidão tão agradável quanto adequada ao prazer". Também em Silling encontramos variantes desse aposento: os quatro apartamentos ocupados por Durcet, Curval, Blangis e o bispo contêm, cada qual, um *boudoir* com "esplêndidas camas turcas com dosséis de damasco em três cores", e um mobiliário "adequado à lubricidade e ao conforto de seus ocupantes". Há ainda no castelo um aposento semelhante, que serve a todos os senhores, destinado a entrevistas particulares, concursos retirados e "outras volúpias secretas". Não há habitação do debauche que não contemple esse espaço fechado, privado, íntimo, que, na obra sadiana, ganha sua expressão máxima em *La philosophie dans le boudoir*.

princípios da libertinagem, tarefa que os preceptores compartilham alegremente com outros exclusivos visitantes da casa. Não faltarão ao *boudoir* de Saint-Ange todos os excessos que caracterizam o deboche: orgias, flagelações, assassinatos, volúpias.

Percebe-se ali, contudo, uma economia de objetos: além da otomana, móvel imprescindível nas cenas lúbricas, e dos espelhos que o revestem, não há menção a outros detalhes que compõem o ambiente. Ao apresentá-lo, Sade refere-se usualmente a um "mobiliário destinado à luxúria" ou, ainda, de forma mais geral, à existência de "objetos que convêm à impureza", como não se fosse necessário precisar nada mais além disso. Se o teatro e o banquete caracterizam-se como espaços onde se reúne toda a comunidade libertina, dando, portanto, a conhecer a sociabilidade do deboche, o *boudoir* será lugar da descontração e da informalidade: o pequeno aposento — além de prescindir do monumental aparato cenográfico indispensável às cerimônias coletivas, assim como dos opulentos figurinos e excessivos protocolos obrigatórios nas situações rituais — é marcado pela desobrigação da presença de todos e, nesse sentido, o oposto da "câmara de assembleias" de Silling. No *boudoir* os devassos realizam a intimidade libertina.

Yvon Belaval observa que a palavra *boudoir*, assim como *ottomane*, que em Sade andam sempre juntas, são relativamente novas quando o marquês escreve *La philosophie dans le boudoir*, em 1795. Um de seus primeiros registros data de 1768, no *Voyage autour du monde* de Bougainville, numa passagem bastante significativa se associada ao universo sadiano: chegando ao Taiti o viajante avista "uma montanha alta, íngreme e isolada" que resolve batizar com o nome de Le Boudoir, provavelmente inspirado na fragata em que navegava, La Boudeuse. Em 1787, a palavra já aparece ligada a conteúdos eróticos no *Manuel des boudoirs* ou *Essais* érotiques *sur les demoiselles d'Athènes*, escrito por Mercier de Compiègne.[3] A relação entre alturas inacessíveis e segredos eróticos não é, de forma alguma, estranha ao marquês;

---

[3] BELAVAL, Yvon. "Préface", in SADE, Donatien Alphonse François, marquês de. *La philosophie dans le boudoir: ou les instituers immoraux*. Paris: Gallimard, 1976, p. 7.

nesse sentido, sua obra é precursora, constituindo uma das mais densas reflexões sobre o tema. Mas há nela, também, ressonâncias da época: no momento em que ele escreve, novas sensibilidades estão sendo produzidas, ecoando na imaginação dos escritores e pedindo que seus significados se expressem através de novas palavras.

Boudoir é uma das muitas palavras que os contemporâneos de Sade criam para dar conta desse tema fundamental da sociedade setecentista, a privacidade. A busca de espaços íntimos, durante todo o século XVIII, revela-se de imediato na arquitetura. Uma nova concepção de casa aparece para abrigar a família burguesa, enriquecida, exigindo maior conforto: surgem então os cômodos especializados (salão, gabinete e quarto, separando as esferas mundana, profissional e familiar), isolados ademais por corredores, espaços de circulação interna que garantem a privacidade de seus moradores. Mas a intimidade também ganha espaço nas habitações da nobreza: se até o século XVII os castelos eram abertos ao movimento da criadagem e da clientela, daí para frente os palácios setecentistas modificam suas plantas criando uma divisão em apartamentos independentes.[4]

São várias as privacidades que a época produz. Daí a dificuldade em se traduzir o termo *boudoir*, correndo-se o risco de neutralizar importantes diferenças ao substituí-lo por "quarto", "toucador" ou "alcova", mesmo quando se reconhecem as afinidades desse vocabulário.[5] Com efeito, a expressão "quarto de dormir", segundo Pascal Dibie, também surge na segunda metade

---

[4] Sobre as relações entre a arquitetura setecentista e o sentimento da vida privada consultar: Ariès, Philippe. *História social da criança e da família*. Dora Flaksman (trad.). Rio de Janeiro: Zahar, 1978, p. 24 et seq; Elias, Norbert. *A sociedade de corte*. Ana Maria Alves (trad.). Lisboa: Estampa, 1987, cap. I; Ranum, Orest. "Les refuges de l'intimité", in Ariès, Philippe; Duby, Georges (dir.). *Histoire de la vie privée*. Paris: Seuil, 1986, t. 3: De la Renaissance aux lumières, pp. 214-234.

[5] A palavra alcova, utilizada em várias traduções de *La philosophie dans le boudoir* para o português, tem sentido ambíguo. "Aposento, recâmara, quarto de dormir", de origem árabe, aparece no século XVI no idioma português (conforme o *Dicionário etimológico Nova Fronteira*). "1. Em casas antigas, pequeno quarto de dormir, ordinariamente sem janelas. 2. Quarto de dormir. 3. Esconderijo." (conforme o *Dicionário Melhoramentos da Língua Portuguesa*). Optei por não traduzir *boudoir*, pois poderia cometer o mesmo equívoco de Richard Seaver na versão inglesa criticada por Yvon Belaval, *The philosophy in the bedroom*.

do século, para marcar uma das novas formas de organização do *habitat*.[6] Por trás dessas palavras residem diferentes concepções de vida privada, e cada qual abriga uma utopia do homem íntimo.

Com efeito, o sentimento de intimidade está ligado a uma significativa constelação de valores que estão se consolidando na época: a infância, a educação, o amor materno, as responsabilidades domésticas e a sexualidade, o grande segredo da vida privada.[7] Temas rigorosamente tratados em *La nouvelle Héloïse* e no *Émile* e exaustivamente revisitados em *La philosophie dans le boudoir*. Rousseau e Sade são dois dos mais expressivos formuladores desse sentimento; dois polos, opostos, fixando os limites de um mesmo campo. Talvez se possa dizer que o tema da privacidade se estende, na filosofia setecentista, no espaço intermediário que separa esses dois pensadores. Um levando ao *lar*, o outro ao *boudoir*.

Comecemos pelas semelhanças: há, tanto em Sade como em Rousseau, um pressuposto de recusa ao social que parece se constituir como pedra angular da noção de privacidade. Rousseau critica o império das aparências que se instalou na corte, nos salões, na sociedade e desmascara o homem público dizendo que "ser e parecer desvendam duas coisas completamente diferentes".[8] Como se fizesse eco a essas reflexões, Sade indaga: "será certamente a virtude, ou sua aparência, que se torna realmente necessária ao homem social? Não duvidemos que a aparência lhe basta: tem tudo de que precisa quem a possui".[9] O homem referido à sociedade — mas particularmente a essa sociedade, no

---

[6] DIBIE, Pascal. *O quarto de dormir: um estudo etnológico*. Paulo Azevedo Neves da Silva (trad.). Rio de Janeiro: Globo, 1988, p. 141.

[7] Consultar, nesse sentido, além de Philippe Ariès: SHORTER, Edward. *Naissance de la famille moderne*. Paris: Seuil, 1977; BADINTER, Elisabeth. *Um amor conquistado: o mito do amor materno*. Waltensir Dutra (trad.). Rio de Janeiro: Nova Fronteira, 1985; FOUCAULT, Michel. *História da sexualidade I: a vontade de saber*. Maria Thereza da Costa Albuquerque e J. A. Guilhon Albuquerque (trads.). Rio de Janeiro: Graal, 1980; SENNETT, Richard. *O declínio do homem público: as tiranias da intimidade*. Lygia Araújo Watanabe (trad.). São Paulo: Companhia das Letras, 1988; ARIÈS, Philippe; DUBY, Georges (dir.). *Histoire de la vie privée*, op. cit., v. 3: De la Renaissance aux lumières.

[8] ROUSSEAU, Jean-Jacques, citado por BELAVAL, Yvon. "Notes", in SADE, Donatien Alphonse François, marquês de. *La philosophie dans le boudoir: ou les instituers immoraux.*, op. cit., p. 301.

[9] SADE, Donatien-Aldonze-François, marquês de, citado por BELAVAL, Yvon. "Notes", in SADE, Donatien Alphonse François, marquês de. *La philosophie dans le boudoir: ou les instituers immoraux.*, op. cit., p. 301.

caso de Rousseau — é visado na implacável contestação de ambos os pensadores, que concebem a vida social de seu século como o lugar por excelência de valores falsos, máscaras a encobrir a verdadeira natureza humana.

De fato, a privacidade moderna nasce marcando sua diferença em relação à sociedade, produzindo novas formas de discurso e de existência, postulando zonas de segredo que não existiam antes. Reivindicação de uma nova forma de liberdade que Benjamin Constant definirá mais tarde como "liberdade dos modernos" em oposição à "dos antigos": "o objetivo dos modernos é a segurança dos privilégios privados". Leia-se aí o livre exercício das paixões, pautado pela independência individual, em contraposição à liberdade dos antigos, que se circunscrevia à participação ativa e constante nos negócios públicos e só se realizava no âmbito da política.[10]

Philippe Ariès mostra como, no decorrer do século XVIII, "a família começou a manter a sociedade a distância, a confiná-la a um espaço limitado, aquém de uma zona cada vez mais extensa da vida particular". A organização da casa, diz ele, "passa a corresponder a essa nova preocupação de defesa contra o mundo".[11] Mesmo a corte, marcada pela indistinção entre as esferas do público e do privado, já no fim do século deixa-se penetrar pelos valores que emergem fora das fronteiras de seus palácios. Com Maria Antonieta tem-se o triunfo da vida privada: avessa à etiqueta, afeita à intimidade, a rainha abandona as grandes construções de Versalhes pelo espaço *mignon* do Pequeno Trianon, onde recebe seus amigos sem as formalidades rituais com que a realeza exibe e reconhece sua hierarquia.[12]

---

[10] CONSTANT, Benjamin. "Da liberdade dos antigos comparada à dos modernos". *Filosofia Política*. Porto Alegre: L&PM, n. 2, pp. 16 et seq., 1985 [Loura Silveira (trad.)]. Para uma interpretação desse processo de diferenciação entre as esferas do público e do privado, consultar também: ARENDT, Hannah. *A condição humana*. Roberto Raposo (trad.). Rio de Janeiro: Forense-Universitária/Salamandra; São Paulo: Edusp, 1981, cap. II.

[11] ARIÈS, Philippe. *História social da criança e da família*, op. cit., p. 265.

[12] RIBEIRO, Renato Janine. *A etiqueta no Antigo Regime: do sangue* à *doce vida*. São Paulo: Brasiliense, 1983, pp. 92-93.

Na literatura, a afirmação do privado aparece através das narrativas escritas em primeira pessoa, das "histórias secretas" aos romances epistolares, dos textos autobiográficos aos diários íntimos. Entre eles, destaca-se o romance erótico, por exigência mesmo de seu objeto.[13] Proliferam personagens, nobres ou burgueses, que compartilham o sentimento de privacidade: já em *Manon Lescaut*, de Prévost, há uma exaltação dos interiores em detrimento dos espaços públicos; convém lembrar também a frequência de situações nas quais se encontram personagens que, exaustos pelos deveres da representação, simulam uma doença e se recolhem a seus aposentos particulares (em Laclos e em Sade esse expediente é bastante utilizado). É nos românticos, porém, que a exaltação da intimidade converte-se numa verdadeira febre introspectiva: contra as exigências sociais, eles reivindicarão, ao extremo, a "intimidade dos corações", seguindo Rousseau.[14]

De Juliette a Julie, de madame de Saint-Ange a Sophie, da marquesa de Merteuil a madame d'Epinay, será a mulher, por excelência, a habitante desse reino da interioridade. Estará a seu cargo a educação,[15] conforme ao ideal pedagógico das Luzes que, assim como a vida privada, também se revela em múltiplas facetas: a preceptora libertina forma seus discípulos através de uma educação sentimental e erótica, ensinando a arte da sedu-

---

[13] No caso de Sade, vale citar as três versões de *Justine*, escritas na primeira pessoa, e o romance epistolar *Aline et Valcour*. Em *Les 120 journées de Sodome*, é significativo que as quatro historiadoras contem sua vida, como se estivessem a narrar suas memórias.

[14] GOULEMOT, Jean-Marie. "Les pratiques littéraires ou la publicité du privé", in ARIÈS, Philippe; DUBY, Georges (dir.). *Histoire de la vie privée*. Paris: Seuil, 1986, t. 3: De la Renaissance aux lumières, pp. 392-405; DARNTON, Robert. *Boemia literária e revolução: o submundo das letras no Antigo Regime*. Luís Carlos Borges (trad.). São Paulo: Companhia das Letras, 1987, pp. 195-207; LIMA, Luiz Costa. "Júbilos e misérias do pequeno eu", in *Sociedade e discurso ficcional*. Rio de Janeiro: Guanabara, 1986.

[15] "La mére en prescrira la lecture à sa fille" — diz a epígrafe de *La philosophie dans le boudoir*, cujo subtítulo é *Les instituteurs immoraux: dialogues destinés à l'education des jeunes demoiselles*. Segundo Louis Perceau, a epígrafe cita, às avessas, outra — "La mére en proscrira la lecture à sa fille" —, contida num livro de 1791, *Fureurs utérines de Marie–Antoinette, femme de Louis XVI*. Ver: PEIXOTO, Fernando. *Sade: vida e obra*. Rio de Janeiro: Paz e Terra, 1979, p. 195. Para Belaval ("Préface", in SADE, Donatien Alphonse François, marquês de. *La philosophie dans le boudoir: ou les instituteurs immoraux*. op. cit.), há uma referência direta ao prefácio de Choderlos de Laclos a *Les liaisons dangereuses*, no qual o autor afirma, não sem ironia, que todas as mães de família prestariam grande serviço às suas filhas dando-lhes tratados de educação que, substituindo os antigos manuais de civilidade (preocupados com a etiqueta, o *savoir faire*, as boas maneiras), visassem instruir as mães na educação dos filhos.

"Petit théâtre érotique" — Gravura anônima, França, século XVIII/XIX.

ção e as diversas formas de se alcançar o prazer, objetivo último dessa pedagogia; à educadora do lar, a mãe-professora, cumpre instruir os filhos sobre os bons costumes, os hábitos de higiene e as responsabilidades civis, e incentivar o amor pela família, essa "afeição obrigatória", segundo Ariès, que se constitui como a grande promessa de felicidade.

"A verdadeira mãe de família, longe de ser uma mulher de sociedade, não será menos reclusa em sua casa do que a religiosa em seu claustro" — dirá Rousseau nos *Fragments pour l'Émile*. A maternidade é um sacerdócio. Sophie, feita para "agradar o homem", para "ceder e suportar até mesmo sua injustiça", dedicando-se exclusivamente ao lar e às crianças, será o oposto dessas "doces mães que, livres de seus filhos, entregam-se alegremente às diversões da cidade", mulheres que Jean-Jacques acusa de preguiçosas, insensíveis e egoístas. Mulheres desnaturadas que, perdidas nas máscaras sociais, já não mais conseguem reconhecer em si mesmas o "instinto materno"; Sophie, ao contrário, "segue o caminho da natureza" e encontra na família, única sociedade verdadeiramente natural, sua "razão de viver".[16]

Fechada em seu *boudoir*, madame de Saint-Ange também propõe um retorno à natureza formulando críticas radicais às mulheres da sociedade. Mas seu alvo são aquelas que se associam em torno das sociedades filantrópicas e maternais:

> não há nada mais ridículo e ao mesmo tempo mais perigoso do que todas essas associações: é a elas, às escolas gratuitas e às casas de caridade que nós devemos a horrível desordem em que hoje nos encontramos.[17]

O assassinato da virtuosa madame de Mistival, mãe de Eugénie, expressa as dimensões dessa recusa: no *boudoir*, ela será sodomizada, flagelada e penetrada por um criado que a conta-

---

[16] ROUSSEAU, Jean-Jacques, citado por: BADINTER, Elisabeth. *Um amor conquistado: o mito do amor materno*, op. cit., p. 245 et seq.

[17] SADE, Donatien-Aldonze-François, marquês de. *La philosophie dans le boudoir*, op. cit., t. 3, p. 412. A "horrível desordem" a que alude Saint-Ange remete o leitor ao parágrafo anterior, no qual Dolmancé enumera as nefastas consequências dos atos de caridade: de um lado, a conservação de seres inúteis à sociedade; de outro, a possibilidade de uma indesejável superpopulação.

mina com um vírus venenoso, numa orgia que culmina na cena de sua filha costurando seus genitais para garantir a morte lenta, indispensável aos prazeres da libertinagem que a jovem discípula rapidamente assimila.

O *boudoir* contém os elementos do lar: o leito, na otomana, objeto emblemático da volúpia; a educação, na rigorosa conjunção de teoria e prática que orienta a atividade dos preceptores libertinos; a criança, no infanticídio; a mãe e o pai, no incesto, no matricídio, no parricídio. Numa troca de sinais, a alcova libertina projeta a face noturna da família, dá-lhe segredos inconfessáveis, ao mesmo tempo que descortina por completo o que há de mais oculto nela, o sexo. O *boudoir* é o lar pelo avesso.

Contestando a vida sedentária dos apartamentos e salões, dedicada à frivolidade, ao luxo e à galanteria, "prisões voluntárias" que encerram indivíduos prisioneiros de seu interesse privado, Rousseau elabora uma contundente crítica ao "homem fechado em si mesmo": "O pior homem é aquele que mais se isola, que mais concentra o coração sobre si mesmo; o melhor é o que divide igualmente seus afetos por todos os seus semelhantes".[18] A utopia rousseauniana concebe um sujeito privado e público ao mesmo tempo, exercitando os ensinamentos do lar em praça pública, vivendo em família como membro de uma associação que, por ser afetiva, não estará menos sujeita às convenções. Habitado por homens e mulheres de paixões domesticadas, o lar do filósofo genebrino supõe uma esfera comunitária mais ampla. Os princípios da pedagogia familiar são os mesmos da educação pública: simplicidade, comedimento, regramento, respeito aos outros, disciplina. Transparência absoluta, já que entre o público e o privado não há segredos.[19] O lar é a antessala da sociedade e, a

---

[18] ROUSSEAU, Jean-Jacques. *Carta a d'Alembert*, in *Obras*. Lourdes Santos Machado (trad.). Porto Alegre, Globo, 1958, p. 422.

[19] Os fundamentos pedagógicos do Émile parecem reemergir na obra política de Jean-Jacques Rousseau. Vejam-se, por exemplo, os princípios da educação pública apresentados em *Considerações sobre o governo da Polônia e sua reforma projetada*. Uma interpretação nesse sentido encontra-se em: GOULEMOT, Jean-Marie. "Les pratiques littéraires ou la publicité du privé", op. cit., p. 385 et seq.

se concluir de livros como *Émile* e *La nouvelle Héloïse*, o homem privado de Rousseau é um cidadão.

Vejamos: se há, nele, um elogio à clausura do lar, também lemos em sua obra uma apologia do céu aberto, do ar livre. A praça, o campo, a festa e os jogos públicos, temas tão caros à sua filosofia (diríamos mesmo: seus temas felizes), estão sempre envolvidos pela natureza, pela expansão do eu na exterioridade. É nessa atmosfera que o mundo se revela positivamente ao homem, seja no espaço público da festa, seja no mais recluso momento de introspecção. O solitário caminhante de *Les Rêveries du promeneur solitaire*, abandonado a seus devaneios, entrega-se à paisagem, em profunda comunhão com a natureza: quanto mais fora de si, mais dentro do mundo ele se sente; momentos de êxtase em que a individualidade se perde, dando lugar a um sentimento de continuidade entre o eu e o mundo. Semelhante sentimento orienta o cidadão que, reunido com seus pares ao ar livre, em festa ou assembleia, partilha e compartilha de uma liberdade que é de todos, de uma felicidade que só encontra sua razão de ser na coletividade. Assim, o caminhante perde-se na natureza; o cidadão, na comunidade; e, da mesma forma, na clausura do lar, o indivíduo perde-se na família: triunfo do exterior sobre o interior, vitória do que está *fora de si* sobre o *eu*.

Em Sade, ao contrário, o elogio à clausura será cada vez mais referido aos interiores. Um espaço que se abre para dentro: cada clausura suscita a seguinte, cada espaço fechado pede outro, mais fechado ainda, e cada vez mais afastado da luz do dia, do exterior. O sentido do percurso é, pois, descendente. Leva ao fundo.

II

> ... julgávamos estar no fundo do universo.
> *Histoire de Juliette*

Rodrigo, rei da Espanha, "o mais sábio de todos os príncipes na arte de variar seus prazeres, o menos escrupuloso nas formas de procurá-los", tendo seu trono ameaçado, aventura-se a profanar um tenebroso monumento antigo que encerrava valiosos tesouros, conhecido como Torre Encantada. "Não aproximes se crês na morte" — lia-se na porta de ferro que impedia a entrada na torre. O valente rei, todavia, ignora a sinistra inscrição e também os estranhos avisos que lhe são dirigidos enquanto invade, sozinho, o lugar: gigantes, fantasmas, estátuas animadas tentam, em vão, interromper seu percurso em direção aos tesouros. Porém, ao atingir a cúpula da torre, Rodrigo é surpreendido pela voz de uma estátua que anuncia seu retorno aos infernos, "lugar de onde saíste para a desgraça dos homens". Nesse momento, "a terra treme e abre uma fenda; Rodrigo é precipitado, contra a vontade, a mais de dez mil toesas da superfície da terra".[1]

"Rodrigue ou la Tour Enchantée", "conto alegórico" de inspiração árabe, segundo o autor,[2] traz uma imagem rara em Sade: a

---

[1] SADE, Donatien-Aldonze-François, marquês de. "Rodrigue ou la Tour Enchantée", in *Les crimes de l'amour*, in *Oeuvres complètes*. Paris: Jean-Jacques Pauvert, 1988, t. 10, pp. 313-317.

[2] Sade admite, em "Idée sur les romans", em *Les crimes de l'amour*, op. cit., t. 10, p. 41, ter buscado a inspiração dessa novela no relato de um historiador árabe, Abul-coecim-terif-aben-tario, "escritor pouco conhecido dos literatos de hoje". Maurice Heine afirma que Abulcacim Tarif Abentarique foi o suposto historiador ao qual Miguel de Luna atribuiu a composição de seu romance *La verdadera hystoria del rey Don Rodrigo*, publicado em Granada (1592-1600), e traduzido pela primeira vez para o francês por Le Roux, sob o título *Histoire de la conquête d'Espagne par les Arabes*, em 1680. Béatrice Didier sugere que a fonte oriental de Sade deve ter sido o *Livro das mil e uma noites*. A lenda do rei Rodrigo foi objeto de inúmeras recriações antes e depois de Sade: consta na *Crônica geral de Espanha de 1344*, esta provavelmente baseada num manuscrito árabe que narrava uma lenda criada em torno do último rei godo, difundida nos séculos IX e X entre os habitantes do sul da Espanha, então sob o domínio muçulmano. Ver: PAUVERT, Jean-Jacques. "Note bibliographique", in SADE, Donatien-Aldonze-François, marquês de. *Les crimes de l'amour*, op. cit.; DIDIER, Béatrice. "Commentaires et éclairissements", in SADE, Donatien-Aldonze-François, marquês de. *Les crimes de l'amour*. Paris: Librairie Générale Française, 1972; CINTRA, Luís Filipe Lindley. "Introdução", in *Crônica geral de Espanha de 1344: a lenda do rei Rodrigo*. Lisboa: Verbo, 1964.

torre. Embora os libertinos demonstrem absoluta preferência pelos lugares altos, topografia privilegiada de seus castelos, há poucas torres na arquitetura sadiana. A ausência é significativa, sobretudo se considerarmos que a torre é um *topos* do gênero gótico, ao qual Sade estaria, senão filiado, bastante próximo.

Hoffmann, em "O castelo mal-assombrado", conta a história do barão Roderich de R..., homem de "triste e sombria disposição de espírito", que apaziguava a "terrificante solidão em que vivia" encerrando-se na torre mais elevada de seu castelo. Nessa cúpula, ele havia construído um gabinete que dispunha de várias lunetas e completa aparelhagem astronômica. De lá, todos os dias, o velho barão observava distâncias, e, especialmente à noite, ocupava-se com trabalhos astrológicos, dando a crer que se dedicava às ciências ocultas e à magia negra. Logo após sua morte, essa torre desaba misteriosamente, e seus herdeiros passam a conviver com um estranho cenário no castelo: imensas escadarias conduzem a uma porta murada, originalmente a entrada do observatório, mas então levando ao vazio, ao nada. Do outro lado, um abismo guarda, em suas profundezas, os escombros da antiga torre.[3]

Imagem semelhante aparece nos *Carceri d'invenzione*, de Piranesi: grandes escadarias, em meio a ruínas, levam a alturas desconhecidas, a lugar nenhum. Imagem cara a Thomas de Quincey que, nas *Confissões de um comedor de ópio*, associa as escadas inacabadas de Piranesi aos delírios produzidos pelo ópio — "com o mesmo poder de infinito crescimento e repetição procedia minha arquitetura em meus sonhos" — remetendo a associação às estrofes de um poema que menciona "torres que em suas inquietas extremidades vestem estrelas".[4]

Essas imagens, aludindo a um observatório que já não existe, que foi fechado ou destruído, ou mesmo que nunca existiu, mas que se impõe à imaginação na condição de fantasma, apontam outra forma de contemplação, a que se realiza de dentro para

---

[3] HOFFMANN, E. T. A. *O castelo mal-assombrado*. Ary Quintela (trad.). São Paulo: Global, 1985.
[4] QUINCEY, Thomas de. *Confissões de um comedor de ópio*. Porto Alegre: L&PM, 1982, p. 75.

dentro.⁵ Se em Quincey tal disposição se desvela pelo tom confidencial de suas confissões, no *roman noir* ela se evidencia nos cenários fechados e sombrios que encerram melancólicos personagens. A leitura apurada de André Breton, ao examinar a arquitetura do romance gótico, levou-o a chamar esses castelos de "observatórios do céu interior".⁶

Não poderíamos propor o mesmo para Rodrigo que, chegando à cúpula da torre, deve voltar-se para dentro, sendo precipitado numa profunda fenda que se abre para a terrível observação de seus atos? Pois à rápida passagem em que Sade descreve sua entrada na torre contrapõe-se a longa descrição de sua descida aos infernos, onde ele reencontra as vítimas e as funestas imagens de todas as atrocidades que, na superfície, cometeu. Tal percurso "dava-lhe a impressão de que há mais de dois anos ele viajava pelas entranhas da Terra, desde sua entrada na torre, há menos de uma semana".⁷

Privilegiando a mesma verticalidade das imagens concebidas por Hoffmann, Piranesi e Quincey, mas, revertendo seu sentido (contra o caminho ascendente daquelas escadarias, Sade propõe, sempre, a descida), serão os subterrâneos, e não as torres, os espaços de expansão da arquitetura do deboche. É necessário, portanto, sublinhar a relação que se estabelece, na espacialidade sadiana, entre o *alto* e o *baixo*.

Ao isolar-se nas alturas, o libertino enfatiza não só seu deslocamento em relação à sociedade, mas, sobretudo, sua elevação de espírito. Uma leitura dessa situação, partindo da tradição platônica, levaria a pensar num privilégio da alma em relação ao

---

[5] Escutemos Charles Baudelaire a respeito das *Confissões de um comedor de ópio*, de Thomas de Quincey: "Horrível solidão! Sentir o espírito fervilhar de ideias, e não mais poder atravessar o ponto que separa os campos imaginários do devaneio das colheitas positivas da ação!" BAUDELAIRE, Charles. "Um comedor de ópio", in *Os paraísos artificiais*. Alexandre Ribondi (trad.). Porto Alegre: L&PM, 1982, p. 60.

[6] "Sim, devem existir observatórios do céu interior. Quero dizer, observatórios, no mundo exterior naturalmente. Esta seria, poder-se-ia dizer, do ponto de vista surrealista, a *questão dos castelos*". BRETON, André. "Limites non-frontières du surréalisme", in *La clé des champs*. Paris: Jean-Jacques Pauvert, 1953, p. 22.

[7] SADE, Donatien-Aldonze-François, marquês de. "Rodrigue ou la Tour Enchantée", op. cit., t. 10, p. 323.

corpo: "o alto é meta da alma; o baixo é o reino do perecível e do contingente, do obscuro e do ambíguo, desta vida provisória *que leva à morte*". O corpo estaria para a alma assim como a imagem para a ideia — "indício, vestígio, simulacro, pegada, provisório e impróprio albergue, precária e inexata encarnação": do mortal ao imortal seria seu percurso, "da imanência (banalizada pela imediatez) da imagem à transcendência (sublime) da essência".[8] Sade, porém, não nos autoriza essa leitura, pois ao fundamentar seu raciocínio na própria corporeidade e não numa essência incorpórea, ele subverte a dualidade do platonismo. Ao privilegiar a verticalidade, mas percorrendo-a de alto a baixo, a libertinagem propõe a fusão do espírito e da carne.

E não será essa unidade que permite a entrada da filosofia no *boudoir*? Sim, pois, se o libertino escala montanhas para instalar-se nas alturas, uma vez lá ele empreende uma extraordinária descida ao fundo do universo.[9]

Léonore descreve sua entrada nos tribunais da Santa Inquisição:

> Depois de atravessar toda a casa, descemos uma grande escada que se abria no assoalho que, ao fim de cem degraus, nos conduziu à porta de um corredor muito sombrio, que mal conseguíamos enxergar ou segui-lo. No fim dessa passagem extremamente longa, encontramos uma porta de ferro muito estreita, levando a outra escada em caracol, que nos oferecia ainda cem passos a descer; parecia-me que estávamos sendo tragados pelas entranhas da Terra.[10]

À descrição de Léonore corresponde o próprio desenvolvimento do livro que contém sua história: *Aline et Valcour* se inicia como um romance de aventuras, mas "de maneira insidiosa, de aventura em aventura, do campo social o mais matizado possível, Sade nos conduz à profundidade que é a do campo erótico".[11]

---

[8] PESSANHA, José Américo Motta. "A imagem do corpo", in *A imagem do corpo nu*. Rio de Janeiro: Fundação Nacional de Artes (Funarte)/Instituto Nacional do Livro (INF), 1986, pp.6-8.
[9] Vale lembrar aqui o duplo sentido, também reconciliador, da palavra *fundo* — em português ou em francês —, significando ao mesmo tempo profundeza e profundidade.
[10] SADE, Donatien-Aldonze-François, marquês de. *Aline et Valcour*, in *Oeuvres complètes*. Paris: Jean-Jacques Pauvert, 1986, t. 5, p. 205.
[11] LE BRUN, Annie. *Sade, aller et détours*. Paris: Plon, 1989, p. 31.

A frequência com que esse tipo de descrição aparece na obra sadiana é significativa: no castelo de Minski ouvem-se gemidos que vêm das profundezas da Terra; na fortaleza de Roland, as vítimas são aprisionadas em celas subterrâneas cavadas numa gruta localizada no interior de um poço; nos pátios internos da Sociedade dos Amigos do Crime, os arbustos escondem passagens secretas que levam a caves extremamente profundas. É o mosteiro de Sainte-Marie-des-Bois, porém, que apresenta a mais detalhada e complexa arquitetura subterrânea, com inúmeros aposentos distribuídos nos vários níveis de profundidade e, no último deles, a célebre sala de refeição dos monges, contígua aos *boudoirs*, onde "eles se fecham quando desejam isolar seus prazeres... furtá-los aos olhos da sociedade".[12] Das entranhas da terra às entranhas, eis o percurso libertino.

Com efeito, Jean-Jacques Brochier dirá que o espaço sadiano, caracterizando-se como lugar fechado, celular e circular, é marcado pela profundidade, sempre precisada com rigor pelo número de degraus das escadarias, do número de níveis subterrâneos ou mesmo do tempo gasto na descida. Não são, portanto, as extensões que interessam a Sade, mas as dimensões verticais; o espaço profundo viabiliza a concentração necessária às atividades do deboche: ao dirigir-se para um centro, o libertino descarta todas as possibilidades de dispersão para fixar-se completamente no mal.[13] E, consequentemente, na morte: "o castelo é uma tumba", completa Béatrice Didier. Ao descer a essas profundezas, o devasso "se familiariza com a ideia da morte" e, assim, desafia todas as leis — naturais, humanas e divinas —, anunciando seu triunfo sobre elas: "o subterrâneo do castelo permite uma descida aos infernos de onde o libertino regressa imortal. O espaço vertical e descendente autoriza uma possessão da morte".[14]

---

[12] SADE, Donatien-Aldonze-François, marquês de. *La nouvelle Justine*, in *Oeuvres complètes*. Paris: Jean-Jacques Pauvert, 1987, t. 6, p. 297.
[13] BROCHIER, Jean-Jacques. "La circularité de l'espace", in *Le Marquis de Sade: Colloque d'Aix-en--Provence sur Le Marquis de Sade, les 19 et 20 février 1968*. Paris: Armand Colin, 1968.
[14] DIDIER, Béatrice. *Sade, essai: une écriture du désir*. Paris: Denoël/Gonthier, 1976, p. 22.

Entranhas da terra: imagem das mais importantes em Sade, cuja significação só disputa sua força com os abismos. Mas não seria ela um correspondente interior da paisagem abismal, logo à entrada dos castelos libertinos? Não se deve, pois, tomá-los como antagônicas, mas perceber que a profundidade dos abismos anuncia, do lado de fora, a verticalidade que os libertinos percorrem uma vez instalados nos castelos. Inspirando-se no célebre "salão no fundo de um lago" de Rimbaud, Annie Le Brum propõe, para o pensamento sadiano, a bela imagem de "um precipício no meio do salão".[15] Isso bastaria para nos certificar de que a intimidade libertina — que tem seu ponto último no *boudoir* — não se reconhece jamais em céu aberto e que a atmosfera rousseauniana do ar livre não serve, de forma alguma, para realizá-la.

Nas entranhas da terra, diz Rousseau, "o homem vai buscar bens imaginários em lugar dos bens reais que a natureza lhe oferecia de si mesma quando ele sabia deles gozar": "ele foge do sol e do dia que não é mais digno de ver". Reino mineral, reserva oculta, segredo fatal da natureza que, de sua interioridade, aponta a finitude e a morte: esse perigoso suplemento instaura uma violência porque é excesso, acrescenta-se ao natural, e se rege, portanto, pela ordem das substituições. Assim também, diz Jacques Derrida, "a negatividade do mal, segundo Rousseau, terá a forma de suplementariedade": a escritura, a representação, a imagem, a arte, a convenção etc. só fazem *suprir* essa natureza que deveria bastar-se a si mesma.[16]

Suplemento perigoso, igualmente, será a experiência do autoerotismo: "assim como a escritura abre a crise da fala viva a partir de sua *imagem*, de sua pintura ou representação, assim também o onanismo anuncia a ruína da vitalidade a partir da sedução imaginativa".[17] Haveria, pois, na experiência da masturbação, vivida por Jean-Jacques como perda irremediável da substância

---

[15] Le Brun, Annie. *Les châteaux de la subversion*. Paris: Jean-Jacques Pauvert, 1982, p. 11.
[16] Derrida, Jacques. "Este perigoso suplemento...", in *Gramatologia*. Miriam Schnaiderman e Renato Janine Ribeiro (trads.). São Paulo: Perspectiva, 1973, pp. 177-182.
[17] Idem, ibidem, p. 184.

Ilustração para o livro *Histoire de Juliette* do Marquês de Sade — Gravura anônima, Holanda, 1797.

vital, uma destruição da natureza: o desvio, sedutor, conduz o desejo à errância, submetendo-o aos artifícios do imaginário.

Negação da vida em função da imaginação, já que as ideias libertinas, segundo um personagem das *120 journées*, familiarizam o devasso com a morte. "Nada excita mais a imaginação, nada a inflama, como o silêncio e o mistério" — diz Juliette ao ser recebida na pequena ilha de Nicette, sentindo-se "no fundo da terra".[18] Silêncio e mistério, entendamos bem, são metáforas do isolamento libertino, do vazio que o devasso funda ignorando os códigos sociais, da *tabula rasa* a partir da qual sua imaginação opera para conceber um erotismo que se constrói como negação do outro em função do prazer individual. A vítima, sendo objeto, é reduzida à condição absoluta de imagem, existindo unicamente a serviço da fruição do devasso. Não estaríamos, nesse sentido, autorizados a conceber a experiência libertina como autoerotismo, na medida em que impõe ao outro a condição de objeto-imagem através da qual, numa cadeia de substituições, o devasso se objetiva? E não é dessa forma, mediante esses artifícios, que ele excede e, portanto, supre a natureza?

O suplemento ultrapassa a natureza. Nada mais perfeito para a realização desse objetivo último do deboche que se instalar nas entranhas da terra, imaginando que, a exemplo dos vulcões, os excessos ali praticados tornem-se realmente uma culminação da presença, a transbordar pela superfície, devastando todo o universo.

---

[18] SADE, Donatien-Aldonze-François, marquês de. *Histoire de Juliette*, in *Oeuvres complètes*. Paris: Jean-Jacques Pauvert, 1987, t. 9, p. 350.

III

> A filosofia deve dizer tudo.
> *Histoire de Juliette*

O triunfo da filosofia, diz o autor na primeira versão de *Justine*, logo na apresentação do livro:

> estaria em lançar a luz do dia sobre a obscuridade dos caminhos de que se serve a Providência para chegar aos fins que se propõe sobre o homem, e em traçar a partir daí algum plano de conduta que pudesse dar a conhecer a esse infeliz indivíduo bípede, perpetuamente movido por esse ser que, dizem, o dirige tão despoticamente, a maneira pela qual ele deve interpretar os decretos dessa Providência sobre si, o caminho que deve ter para prevenir os caprichos bizarros dessa fatalidade à qual se dão vinte nomes diferentes, sem que se consiga ainda defini-la.[1]

O triunfo da filosofia implicaria o conhecimento de regiões desconhecidas, carentes de definição, que o filósofo, iluminista, consciente dos deveres pedagógicos de conduzir o homem à verdade, propõe-se a percorrer.

"Ele caminha à noite, mas precedido de uma tocha" — diz, com efeito, o verbete *le philosophe* da *Encyclopédie*. Determinado pela razão, o filósofo dirige-se às fontes do conhecimento, examina as origens, observa com rigor as particularidades, ocupa-se demoradamente nos detalhes, pois é na observação, e não na adivinhação, que ele constrói seu sistema e forma seus princípios. Orientado pela máxima de Terêncio — *Homo sum, humani nil a me alienum puto* (Homem sou, nada do que é humano me é estranho) —, ele despe-se dos preconceitos que impedem, ao homem comum, o reconhecimento da verdade. Resta saber, no

---

[1] Idem. *Les infortunes de la vertu*, in *Oeuvres complètes*. Paris: Jean-Jacques Pauvert, 1986, t. 2, p. 257.

entanto, a extensão atravessada pelos raios de sua tocha, e, se na escuridão da noite, eles chegam a iluminar trevas.

Ao comedimento que o suposto *philosophe* revela no parágrafo de abertura das três versões de *Justine*, para justificar a história que apresentará logo a seguir, poderíamos submeter a fala de Minski:

> É necessário muita filosofia para me compreender... eu sei: sou um monstro, vomitado pela natureza para cooperar com ela nas destruições que ela exige... sou um ser único na minha espécie... um... Oh! Sim, conheço todas as inventivas nas quais me gratifico, mas, poderoso o suficiente para não precisar de ninguém, sábio o suficiente para me comprazer na minha solidão, para detestar todos os homens, para desafiar sua censura, e zombar de seus sentimentos por mim, instruído o suficiente para pulverizar todos os cultos, para chacotear todas as religiões e me foder de todos os deuses, corajoso o suficiente para abominar todos os governos, para me colocar acima de todos os laços, de todos os freios, de todos os princípios morais, eu sou feliz em meu pequeno domínio.[2]

Será a filosofia concebida na *Encyclopédie* suficiente para iluminar um homem como Minski? Diz o verbete cuja assinatura se atribui a Diderot:

> O homem não é um monstro que deva viver nos abismos do mar ou no fundo de uma floresta; as necessidades básicas da vida fazem que o comércio com os outros lhe seja necessário; e, em qualquer estado no qual ele possa se encontrar, suas necessidades e seu bem-estar o engajam a viver em sociedade.

Nessa concepção, o filósofo não é um ser exilado do mundo, mas dele participa: é um *honnête homme*, que deseja compartilhar prazeres com seus semelhantes, agradar e ser útil aos outros. A sociedade não é sua inimiga, mas, ao contrário, constitui-se como "a única divindade que ele reconhece sobre a face da Terra".

A razão orienta o filósofo das Luzes, opondo-o às paixões. Estas devem ser evitadas a todo custo, pois "assaltam os homens de maneira cega" e, quando muito, só devem ser admitidas na "justa medida", se apaziguadas. Para Diderot, a razão coincide

---

[2] Idem, *Histoire de Juliette*, op. cit., t. 8, pp. 598-599.

com a probidade, sentimento constituidor da disposição mecânica do filósofo, que o faz agir em conformidade à ordem: "sua razão cultivada o guia e jamais o conduz à desordem". Assim, ao dizer que "o homem não é um monstro", ele revela o duplo sentido de sua concepção: é monstro quem se exila da sociedade e também o é aquele que segue o curso livre de suas paixões sem submetê-las à domesticação social. Razão e sociedade tornam-se termos equivalentes, excluindo seus opostos, paixão e solidão. Reencontramos o monstro solitário de Sade.

"É necessária *muita* filosofia para me compreender" — diz ele, justificando a entrada de Juliette e Sbrigani em seus domínios por considerá-los "*assez* philosophes pour venir s'amuser quelques temps chez moi",[3] ou seja, pares à sua altura. E esse *plus* que Minski exige não é contemplado pelo filósofo da *Encyclopédie*, de cujas ideias Sade, na abertura de *Les infortunes de la vertu*, parece compartilhar. Bastaria um *tanto* de filosofia para iluminar o homem dentro dos limites da sociedade — é o que parece sugerir o cruel libertino. Mas algo ficaria de fora, exigindo ainda um esforço por parte dos filósofos.

Dirigindo-se, numa nota, aos *philosophes* — "amável La Mettrie, profundo Helvétius, sábio e erudito Montesquieu" —, Sade indaga-lhes por que, se tão convictos da existência do crime, eles se dispuseram unicamente a indicá-lo em "seus divinos livros", sem aprofundar a observação, rigor exigido de todo pensador:

> Ó século da ignorância e da tirania, a que equívocos foram conduzidos os conhecimentos humanos e a que escravidão foram condenados os maiores gênios do universo! Ousemos, pois, falar hoje, porque podemos fazê-lo; e, como devemos a verdade aos homens, ousemos revelá-la completamente".[4]

---

[3] Idem ibidem, p. 599 (grifo nosso).
[4] Idem, ibidem, p. 209 (nota).

Mais adiante, o marquês, menos complacente, vai chamar Montesquieu de *demi-philosophe*.⁵

Convém ressalvar que Sade compartilha apenas inicialmente das teses enciclopédicas: o segundo parágrafo da primeira *Justine* sugere que o conhecimento buscado por ele, esse saber perigoso que poucos homens dominam, implica um "abuso das luzes". E abuso, na libertinagem, tem sempre um sentido superior. Do *philosophe* ao filósofo libertino há, senão um rompimento, uma ampliação no que tange à intensidade das luzes: ali, onde o primeiro acredita deparar-se com os limites da razão, do que cega e, portanto, não permite esclarecimento, o segundo excursiona com segurança e liberdade, vendo tudo, esclarecendo tudo. Daí a importância da iluminação absoluta dos cenários sadianos, que não deixa nada na obscuridade: "A filosofia deve dizer tudo".⁶

Sade leva a extremos o ideal da razão iluminista e, para fazê-lo, concebe outro tipo de filósofo — um "mais-filósofo", poderíamos dizer — que, em lugar da razão-probidade é movido por uma razão-paixão. Concepção que Foucault condensa com precisão ao afirmar que o devasso sadiano "é aquele que, obedecendo a todas as fantasias do desejo e a cada um de seus furores, pode, mas também deve, esclarecer o menor de seus movimentos por uma representação lúcida e voluntariamente operada. Há uma ordem estrita da vida libertina: toda representação deve animar-se logo no corpo vivo do desejo, todo desejo deve enunciar-se na pura luz de um discurso representativo".⁷ Concepção evidenciada já na estrutura dos textos de Sade, que alternam, num movimento vertiginoso, as cenas lúbricas e as discussões filosóficas, até o ponto de reuni-las num só ato, em que pensamento e carne se

---

⁵ Sade identifica também os "bons filósofos": é assim, por exemplo, que Dolmancé define Buffon. Acrescente-se o nome de La Mettrie e, sobretudo, o do barão d'Holbach, cujo *Système de la nature, ou Des loix du monde physique et du monde moral* recebe dele grandes elogios, qualificando-o, numa carta de 1783 a madame de Sade, como "livro de ouro" que "deveria estar em todas as bibliotecas". Os "bons filósofos" são aqueles que lhe dão a base sobre a qual ele constrói sua filosofia; porém, do sistema da natureza ao sistema da libertinagem, há um salto fundamental, marcando a distância que separa Sade dos "naturalistas modernos" por ele elogiados.

⁶ SADE, Donatien-Aldonze-François, marquês de. *Histoire de Juliette*, op. cit., t. 9, p. 582.

⁷ FOUCAULT, Michel. *As palavras e as coisas: uma arqueologia das ciências humanas*. Salma Tannus Muchail (trad.). São Paulo: Martins Fontes, 1981, p. 224.

ligam, em que reflexão e paixão se fundem. Eis o que o libertino chama de "filosofia lúbrica".

"Localizado entre o salão, onde reina a conversação, e o quarto, onde reina o amor, o *boudoir* simboliza o lugar de união da filosofia e do erotismo".[8] E não seria também a otomana um móvel intermediário entre a cama e o sofá, reiterando que discurso e ação são indissociáveis na libertinagem? Encontramos a mesma concepção em Laclos, na Carta X, em que a marquesa de Merteuil narra uma de suas conquistas ao visconde de Valmont: "Passamos ao *boudoir*, que se apresentava em toda sua magnificência. Aí, um pouco por reflexão, um pouco por sentimento, passei-lhe os braços na cintura e deixei-me cair aos seus pés".[9]

Não se cometa o equívoco de imaginar que as dimensões do pequeno aposento limitam a extensão dos pensamentos e das práticas ali produzidos; elas apenas indicam que tudo é concentrado no *boudoir*. Lá serão praticadas todas as paixões libertinas e todos os prazeres do vício. Lá, também, serão citados Suetônio, Nero, Maquiavel, Buffon, Alcebíades, Thomas Morus, César, Rousseau, Virgílio, Safo e tantos outros pensadores com os quais discute Dolmancé para justificar filosoficamente o crime, ora adensando suas argumentações, ora reparando suas ideias, ou ainda combatendo seus princípios, sem abrir mão, jamais, das luzes da razão. Lá o libertino colocará o mundo inteiro: a Grécia, a Turquia, o Império Romano, o Oriente, os longínquos reinos selvagens. O passado, o presente e o futuro. E, ao entrar nessa imensidão que é o *boudoir*, Eugénie exclama: "Que delicioso ninho!".[10]

"O ninho é um fruto que incha, que se comprime contra seus limites" — sublinha Gaston Bachelard, interpretando a imagem

---

[8] BELAVAL, Yvon. "Préface", op. cit., pp. 7-8.
[9] LACLOS, Choderlos de. *Relações perigosas: ou cartas recolhidas num meio social e publicadas para ensimanento de outros*. Carlos Drummond de Andrade (trad.). Rio de Janeiro: Ediouro, [s.d.], p. 38.
[10] SADE, Donatien-Aldonze-François, marquês de. *La philosophie dans le boudoir*, op. cit., t. 3, p. 59.

em Michelet.[11] Poderíamos dizer o mesmo do *boudoir* libertino: um lugar pequeno, privado e íntimo cujas dimensões se ampliam indefinidamente. Um espaço ao mesmo tempo confinado e ilimitado. Daí a presença dos espelhos, acessório que, ao lado da otomana, é imprescindível nos aposentos do deboche.

Saint-Ange explica:

> é que repetindo as atitudes em mil sentidos diversos, [os espelhos] multiplicam ao infinito os mesmos prazeres aos olhos daqueles que os desfrutam sobre essa otomana. Dessa forma, não se oculta nenhuma das partes de um ou outro corpo: é necessário que tudo se evidencie; são tantos os grupos reunidos em volta desses que o amor encadeia, tantos os imitadores de seus prazeres, tantos quadros deliciosos que só fazem excitar sua lubricidade e servem imediatamente para completá-la.[12]

À visibilidade absoluta proporcionada pela iluminação soma-se o efeito multiplicador do espelho que, segundo Marcel Hénaff,

> visa tornar o espaço absolutamente circular na onivisibilidade, a garantir o fechamento da cena e seu controle pelo olho libertino; ele não serve apenas à imaginação em seu trabalho de invenção de quadros, mas se constitui numa espécie de *maquette* de realização prática da imaginação, uma projeção objetiva de suas estruturas internas.

Máquina de reflexos que automatiza a *mimesis*, o espelho sadiano é "reconstruído segundo o pensamento das Luzes, se é possível dizê-lo, despojado de toda a metafísica".[13]

Na condição de "senhor *onivoyeur*", o libertino detém um "panóptico erótico", que lhe assegura a onipresença de um olhar sem reciprocidade, permitindo acesso à soma de todos os pontos de vista possíveis. Nada se oculta à sua visão. Por isso, os espelhos sadianos não têm a função de abrir para um novo universo —

---

[11] BACHELARD, Gaston. *A poética do espaço*. Antônio de Pádua Danesi. São Paulo: Martins Fontes, 1988, p. 113.
[12] SADE, Donatien-Aldonze-François, marquês de. *La philosophie dans le boudoir*, op. cit., t. 3, p. 399.
[13] HÉNAFF, Marcel. *L'invention du corps libertin*. Paris: Presses Universitaires de France (PUF), 1978, pp. 129-130.

Ilustração para o livro *Les Aphrodites* de Andrea de Nerciat — Gravura anônima, França, 1793.

como o espelho barroco, sinônimo de *psyché*, abre para os segredos da alma —, mas justamente o contrário: fechar o sistema, sem que nada lhe falte, sem que nada lhe escape. Por isso também, se a presença de espelhos é frequente nos aposentos sadianos, não são seus efeitos de profundidade que o devasso enfatiza, mas os multiplicadores; e, ainda, se isso acontece, é porque o profundo veio à tona, o desconhecido foi descoberto. O espelho, aí, torna o espaço saturado, sem resto.

Ao reunir filosofia e erotismo, ao enunciar o desejo de tal forma que nada deixa de ser testado pelo corpo, o libertino abre mão do *imaginário* em função do *imaginável*[14] — completa Hénaff. Um imaginário sem fantasmas que vence o sonho, diz o indizível, e realiza o incondicional do desejo. Seria desse modo, também, que o devasso faria coincidir o triunfo da filosofia com seu próprio triunfo, sobre a natureza, sobre a morte. Poderíamos então concluir que, no *boudoir*, ponto de chegada, não haveria mais nenhuma profundidade a ser percorrida. A não ser talvez para nós, leitores.

Mesmo levando em conta a eventual contribuição do leitor, que Sade não deixa de solicitar, a sugestão de Hénaff é tentadora, sobretudo quando lembramos que, nas *120 journées*, o autor promete revelar "tudo o que se pode conceber nesse gênero de libertinagem". São seiscentas paixões, divididas em quatro classes de igual número, classificadas de acordo com sua progressão: simples, complexas, criminosas e assassinas. Tudo é apresentado, nada fica de fora. Com efeito, nas notas finais, prevendo talvez uma eventual correção, o autor adverte: "Não se desvie em nada desse plano: tudo foi combinado várias vezes e com a maior exatidão". Contudo, um pequeno lapso vem perturbar tal construção, tão acabada: na última classe de paixões a progressão numérica não atinge a casa dos cento e cinquenta: "148. A última. (Verificar por que faltam essas duas, estavam todas nos rascunhos.) O último senhor que se abandona à última paixão que nós designaremos sob o nome de inferno foi"...[15]

[14] Idem, ibidem, p. 133.
[15] SADE, Donatien-Aldonze-François, marquês de. *Les 120 journées de Sodome*, in *Oeuvres complètes*. Paris: Jean-Jacques Pauvert, 1986, t. 1, pp. 450, 443.

IV

... eu sou feliz no meu pequeno domínio.
Histoire de Juliette

Se a trajetória do devasso começa nos espaços abertos do universo, por onde ele viaja, seu desenvolvimento será marcado por um percurso que vai do externo ao interno, do disperso ao concentrado, dos grandes salões de seu castelo ao pequeno *boudoir*, laboratório da libertinagem,[1] onde a imaginação e a experiência substituem as convenções coletivas. A viagem permite ao libertino formular uma antropologia do crime, testando seu caráter universal ao mesmo tempo que conhece suas particularidades. Mas à horizontalidade da trajetória inicial sobrepõe-se a verticalidade que ele percorre dentro do castelo, perfurando as superfícies para observar profundezas. O etnólogo torna-se, então, filósofo. A exigência de distanciamento será ainda maior.

Apatia: distância, deslocamento, afastamento — princípio fundamental da libertinagem, de antigos antecedentes filosóficos. Apatia, *apatheia*: ao redor dessa palavra, que pertence à tradição asceta, organizam-se os motivos da ética estoica. O homem deve suportar, impávido, todas as dores, e evitar, deliberado, todos os prazeres — aconselhando a indiferença pelas paixões, o estoicismo prega a impassibilidade absoluta, estado de identificação perfeita entre o homem e o *logos*, almejado pelos sábios. Motivos que reemergem na *tranquillitas animi* de Sêneca ou na *quies mentis* dos teólogos medievais, consistindo importante matriz do pensamento ocidental, identificada, sobretudo, na tradição cristã

---

[1] Cabe aqui a famosa metáfora do "laboratório" que Maurice Heine criou para definir o lugar sadiano: um espaço onde as ideias são experimentadas, onde o pensamento é sempre testado pelo corpo.

que vai da Idade Média a Fénelon, passando por são Francisco de Sales e certos místicos.

O epicurismo também evoca a apatia, assimilando o prazer, bem supremo, à quietude da mente: a ausência de paixões leva o homem ao domínio de si, forma mais acabada de felicidade. Hénaff chega a dizer que o epicurismo trai sua posição de partida, moralizando suas demandas de prazer ao reivindicar tal grau de insensibilidade: "A *apatheia* só é epicurista na medida em que o epicurismo se transforma em estoicismo. O resultado visado é o mesmo domínio das pulsões no cumprimento de uma sabedoria ascética". Austeridade, indiferença, autodomínio: a apatia indica um triunfo do espírito sobre as paixões.[2]

"A apatia, a negligência, o estoicismo, a solidão de si mesmo, eis a tonalidade à qual devemos necessariamente elevar nossa alma, se quisermos ser felizes sobre a Terra"[3] — é o que propõe Sade resumindo numa frase os exaustivos discursos que seus personagens proferem para justificar essa máxima filosófica da libertinagem. A questão é delicada para seus intérpretes. De um lado podemos reconhecer a importância da disposição apática do devasso: o sangue-frio, o endurecimento do coração, a insensibilidade em relação à dor alheia e a ausência de remorso constituem pressupostos indispensáveis do deboche. De outro, porém, ela nos coloca diante de um paradoxo: não há uma contradição fundamental — pergunta Philippe Roger — na figura do "libertino estoico" que Clairwil propõe a Juliette? Como conceber lado a lado a insensibilidade apática e a "extrema sensibilidade dos sentidos" que a libertinagem reclama? Ou, como indaga Hénaff, como é possível reintroduzir a paixão depois de rejeitá-la?

As respostas são várias, mas apontam um mesmo caminho: Sade opera uma conversão no conceito de apatia, transformando-o em meio de acesso ao absoluto do prazer. Segundo Maurice

---

[2] HÉNAFF, Marcel. *L'invention du corps libertin.*, op. cit., pp. 98-99; ROGER, Philippe. *Sade: la philosophie dans le pressoir*. Paris: Bernard Grasset, 1976, pp. 50-51. Sobre a relação entre Sade e François Fénelon, ver: ROGER, Philippe. "La trace de Fénelon", in *Sade: écrire la crise Colloque tenu au] Centre Culturel International de Cerisy-la-Salle [19 au 29 juin 1981]*. Paris, Pierre Belfond, 1983.

[3] SADE, Donatien-Aldonze-François, marquês de. *La nouvelle Justine*, op. cit., t. 7, p. 299 (nota).

Blanchot, "para que a paixão se torne energia, é preciso que ela seja comprimida, que se mediatize ao passar por um momento necessário de insensibilidade; então ela será a maior possível".[4] Roger dirá que a apatia sadiana é um procedimento mecânico: a ascese libertina não traz em si mesma seu próprio fim, mas serve à libertinagem, na medida em que permite ao sujeito acostumar-se progressivamente com o mal até o ponto de fazê-lo convergir com o prazer. Assim, também Hénaff propõe a apatia, não como estado, mas como técnica de multiplicação das paixões: "O artefato do vazio apático não é, portanto, em nada, uma eliminação da paixão, mas, ao contrário, a técnica refinada de sua exasperação". A insensibilidade metódica, instaurando um vazio de signos, prepara "as condensações explosivas e tumultuosas do prazer".[5]

Ao libertar o sujeito de toda influência que seus sentidos possam ter recebido do exterior, a apatia permite uma ascese singular, "a transição entre o ser moral do preconceito e o ser livre da libertinagem", isolando as experiências sensíveis das convenções morais, para dar lugar à sensibilidade superior do crime.[6] Promovendo a distância necessária a toda atividade do deboche, a indiferença despe a paixão das "fraquezas do espírito", retirando o devasso da humanidade inteira, desligando-o completamente das exigências da vida em sociedade: "a apatia realiza essa maravilha de produzir a separação infinita".[7]

Sim, a maravilha: "O ser mais feliz da Terra não é aquele no qual as paixões endureceram o coração... levando-o ao ponto de ser unicamente sensível ao prazer?"[8] Ou seja, a apatia é indispensável no deboche porque dela decorre esse objetivo sem o qual a libertinagem é injustificável: a felicidade. Note-se que a indiferença e a insensibilidade, como afirma o narrador de *La nouvelle Justine*, são as condições espirituais necessárias para quem "deseja ser feliz sobre a Terra". Entenda-se, portanto, e não

---

[4] BLANCHOT, Maurice. "La raison de Sade", in *Sade et Restif de la Bretonne*. Bruxelas: Complexe, 1986, p. 45.
[5] HÉNAFF, Marcel. *L'invention du corps libertin*, op. cit., p. 110.
[6] ROGER, Philippe *Sade: la philosophie dans le pressoir*, op. cit., p. 54.
[7] HÉNAFF, Marcel. *L'invention du corps libertin*, op. cit., p. 116.
[8] SADE, Donatien-Aldonze-François, marquês de. *Histoire de Juliette*, op. cit., t. 8, p. 134.

poderia ser diferente tratando-se do mais ateu dos filósofos, que essa felicidade é temporal, material e corporal. Despe-se o espírito para se chegar à carne.

Estranha-se que tal relação passe despercebida a alguns dos mais importantes intérpretes de Sade, que, por vezes, parecem esquecer que o personagem sadiano é, simultaneamente, filósofo e libertino. Hénaff dirá que a apatia é a "condição de um erotismo superior, o erotismo mental: aquele do verdadeiro libertino", concluindo que o devasso frui dos "prazeres do método": "essa vitória da *cabeça* significa não ter mais corpo senão como ocasião de um gozo para o espírito".[9] Semelhante conclusão encontramos em Gilles Deleuze: ao comparar a frieza do ideal masoquista à indiferença sádica, ele recorre à crítica de Sade a Restif de la Bretonne para dizer que é o "entusiasmo" do segundo que o primeiro contesta:

> E, sem dúvida, dessa apatia decorre um prazer intenso; mas, no fim das contas, não é mais o prazer de um Ego que participa da natureza segunda (mesmo que seja um Ego criminoso participando de uma natureza criminosa), é, pelo contrário, o prazer de negar a natureza em mim e fora de mim, e de negar até mesmo o Ego. Numa palavra, é um prazer da demonstração.[10]

Deleuze fala ainda em "espiritualização" do erotismo sadiano, citando a distinção que o libertino de *La philosophie dans le boudoir* faz entre as duas espécies de crueldade, "uma estúpida e disseminada no mundo, outra depurada, refletida, tornada *inteligente*, à força de se ter sensualizado".[11] Mesmo reconhecendo a importância da sensualidade no deboche, esses autores privilegiam uma concepção mental ou espiritual do erotismo, a

---

[9] HENÁFF, Marcel *L'invention du corps libertin*, op. cit., pp. 99 e 116.
[10] DELEUZE, Gilles. *Sade/Masoch*. José Martins Garcia (trad.). Lisboa: Assírio & Alvim, 1973, p. 29.
[11] Idem, ibidem, p. 37.

ele submetendo o corpo.[12] Ora, a questão que a singular ascese libertina nos coloca não supõe justamente uma subversão dessa "espiritualização do erotismo"?

Convém reler a passagem:

> Nós distinguimos, em geral, dois tipos de crueldade: uma que nasce da estupidez, que, irracional, jamais analisada, assimila o indivíduo às feras: essa não oferece nenhum prazer, pois aquele que tem tais inclinações não se dedica a pesquisá-la; as brutalidades de tal ser raramente são perigosas: sempre é fácil defender-se delas; o outro tipo de crueldade, fruto da extrema sensibilidade dos órgãos, só é conhecido por seres extremamente delicados, e os excessos a que ela os leva são refinamentos de sua delicadeza[...].[13]

Dolmancé esclarece que a crueldade selvagem, sendo irracional, não pode ser erótica: assemelhando-se às feras, os homens que a praticam não se entregam ao trabalho de pesquisá-la, e é nele que se encontra o prazer. Ao conjugar teoria e prática, a investigação realiza o erotismo do devasso: a outra espécie de crueldade, "fruto da extrema sensibilidade dos órgãos", implica constante pesquisa do corpo, *locus* privilegiado da experiência libertina. Assim, se a metáfora do laboratório cabe para o deboche, convém ressalvar que os experimentos ali efetuados circunscrevem-se, segundo Dolmancé, ao campo do "exercício dos sentidos".[14] O prazer da demonstração coincide plenamente com o prazer da experiência: o movimento de negação do Ego é um meio de acesso à carne.

É difícil se chegar à ideia de felicidade libertina sem reconhecer em Sade, como sustenta Annie Le Brun, que "essa mente trabalha em regime integral porque há um corpo por trás dela

---

[12] Poderíamos formular uma hipótese em relação à interpretação de Gilles Deleuze: é o "tipo sádico", e não Sade, que parece estar em jogo em *Sade/Masoch*. Tal convicção me foi reforçada depois da leitura da biografia de Sacher-Masoch assinada por Bernard Michel, na qual emerge a mesma ordem de problemas. Michel discute as teses do ensaio de Deleuze, mostrando que muitas das categorias interpretativas de *Sade/Masoch*, se válidas para alguns dos livros do escritor, podem ser contestadas se considerarmos a totalidade de sua obra, problematizando a noção de frieza do ideal masoquista em Masoch. Ver: MICHEL, Bernard. *Sacher-Masoch: 1836-1895*. Paris: Robert Laffond, 1989.

[13] SADE, Donatien-Aldonze-François, marquês de. *La philosophie dans le boudoir*, op. cit., t. 3, pp. 450-451.

[14] Idem, ibidem, p. 499.

e porque esse corpo e essa mente não existem jamais um sem o outro".[15] Falar de "espiritualização do erotismo" ou mesmo de "erotismo mental" supõe uma distinção entre corpo e alma que a obra sadiana contesta radicalmente ao propor que toda reflexão deve submeter-se aos sentidos. E, quanto mais radical a experiência, mais válida ela será. Felicidade e alegria: é difícil reconhecê-las nos livros sadianos, pois a seu lado estarão sempre as imagens mais violentas, as mais cruéis, as mais repugnantes. Eis, portanto, o que se deve ultrapassar para descobrir Sade. Haveria muitas formas de fazê-lo. Uma delas é esta: acompanhando o percurso do libertino, seu deslocamento do lugar social para o lugar do desejo. Da viagem ao *boudoir*.

Viagem e intimidade: expansão e introspecção do eu. Termos a princípio paradoxais que o marquês reúne com particular rigor. Mas não só ele: apenas um ano separa *La philosophie dans le boudoir* de *Voyage autour de ma chambre*, publicado em 1794.

"Proibiram-me de percorrer uma cidade, um ponto; mas deixaram-me o universo inteiro: a imensidade e a eternidade estão às minhas ordens" — diz o viajante sedentário de Xavier de Maistre, que, assim como Sade, escreve no cativeiro.[16] Preso, o narrador subverte o castigo que lhe foi imposto, estabelecendo uma ousada relação entre reclusão e liberdade: o isolamento, em vez de reprimir, oferece-lhe as condições de sua viagem, permitindo seu deslocamento das referências externas do mundo social para os interiores da imaginação. O sujeito muda de lugar: fechado em seu quarto, afastado do convívio da sociedade, o viajante percorre os caminhos do pensamento, deixando-se levar por devaneios.

Poderíamos vislumbrar várias afinidades entre o viajante de Maistre e o caminhante de Rousseau, perdido em suas meditações solitárias, não fosse a diferença entre o cenário noturno do quarto e a paisagem diurna da natureza. Melhor ainda, poderíamos associá-lo a outro contemporâneo seu, Thomas de Quincey: nas *Confissões de*

---

[15] LE BRUN, Annie. *Sade, aller et detours*, op. cit., p. 45.
[16] MAISTRE, Xavier de. *Viagem à roda do meu quarto: e Expedição noturna à roda do meu quarto*. Marques Rebelo (trad.). São Paulo: Estação Liberdade, 1989, p. 77.

um comedor de ópio, reencontramos o indivíduo isolado, escondido em sua pequena cabana no alto de uma montanha, desfrutando apenas (esse apenas é tudo) do ópio, de uma biblioteca de cinco mil volumes e de suas divagações. Assim como na cabana do escritor inglês, os livros terão um lugar de honra no quarto de Maistre. O mesmo acontecerá nas celas do marquês de Sade.

Diferentes motivações, ou obrigações, levaram esses homens à reclusão. Mas, uma vez fechados, o que fazem é contemplar o pensamento, mergulhando num eu íntimo e secreto, à procura de uma nova verdade. Ou, melhor dizendo, buscando novos efeitos de verdade, mais condizentes, ou até menos, com uma época tão afeita aos temas da privacidade. Nesse sentido, o escrito autobiográfico é revelador: se as "memórias" dos séculos anteriores reduziam as individualidades aos atos públicos, constituindo o sujeito através do espaço social, nos diários íntimos e confissões trata-se de compreender a razão de ser do eu profundo, para além do hábito social e dos costumes. "Às memórias, o espaço público; à autobiografia, o íntimo e o privado. De um lado, o domínio do ter; de outro, o do ser".[17] O indivíduo aparece então, segundo Luiz Costa Lima, como "verdadeiro sujeito do mundo".[18] O critério de verdade contido nas normas exteriores é substituído pela convicção íntima e pela intuição do eu que prenunciam uma importante ruptura com a razão iluminista, ruptura ainda minoritária no XVIII, que, na literatura oitocentista, conquista definitivamente seu espaço. É a sensibilidade romântica a instalar-se nas brechas do privado.

A presença dos livros nesses cenários de clausura é significativa, sobretudo por tratar-se de um momento em que se assiste ao declínio das artes mais públicas, particularmente do teatro, em contraposição ao florescimento da música, da poesia e do romance. Artes "privadas", poderíamos dizer, sobretudo a literatura que, na passagem do século XVIII para o XIX, faz da sua leitura cada vez

---

[17] GOULEMOT, Jean-Marie. "Les pratiques littéraires ou la publicité du privé", op. cit., p. 401. O autor analisa um grande número de obras autobiográficas da época, dando especial ênfase a *Les confessions* e a *Les rêveries du promeneur solitaire*, ambas de Jean-Jacques Rousseau.
[18] LIMA, Luiz Costa. "Júbilos e misérias do pequeno eu", op. cit., p. 249.

mais uma atividade solitária. Se, em meados do século, a fruição dos romances era coletiva, realizada nos "gabinetes de leitura", depois da Revolução uma indústria literária em plena expansão permite que cada indivíduo isole-se no ato de ler. E quem seria, senão esse leitor moderno, o mais perfeito "viajante sedentário"?

Também o romancista — diferente do narrador e do poeta épico — é um sujeito segregado, que se comunica a distância com quem o lê: "o local do nascimento do romance é o indivíduo na sua solidão", diz Walter Benjamin, observando ainda que nada contribui mais para a "perigosa mudez do homem interior que o espaço cada vez maior dedicado à leitura dos romances", como se fizesse eco a Rousseau, que insistia em afirmar que "teatros são necessários para as grandes cidades, e romances, para os povos corruptos".[19] Afirmação contida num dos romances mais lidos na segunda metade do século XVIII, *La nouvelle Héloïse*.

Não se trata de paradoxo. Rousseau escreve para um novo tipo de leitor. Não é para a elite dos salões, os acadêmicos e homens de letras que frequentam o sofisticado meio cultural de Paris que ele se dirige; "o leitor ideal deve ser capaz de se despojar das convenções da literatura, bem como dos preconceitos da sociedade".[20] O novo tipo de leitura exige distância espiritual da alta sociedade parisiense; recusa o refinamento literário em nome da verdade e da autenticidade. *La nouvelle Héloïse* torna-se livro obrigatório logo após sua publicação, em 1756. O romance epistolar tem como extensão lógica a imensa correspondência que Jean-Jacques recebe de seus inúmeros fãs durante as décadas seguintes: escritor e leitor, confidentes e íntimos, trocam, no ato da leitura, os segredos de suas almas.

A comunicação entre os corações perfura os isolamentos, criando uma rede comunicativa, ainda que silenciosa, no interior

---

[19] BENJAMIN, Walter. "O narrador"; "A crise do romance", in *Magia e técnica, arte e política: ensaios sobre literatura e história da cultura*. Sérgio Paulo Rouanet (trad.). São Paulo: Brasiliense, 1985, v. I, pp. 201, 55. (Obras Escolhidas, 1).

[20] DARNTON, Robert. "Os leitores respondem a Rousseau: a fabricação da sensibilidade romântica", in *O grande massacre de gatos: e outros episódios da história cultural francesa*. Sonia Coutinho (trad.). Rio de Janeiro: Graal, 1986, p. 296.

da sociedade. Rousseau consegue atingir até o distante coração de Sade, que, na Bastilha, escreve:

> Que vigor, que energia na *Héloïse*! Enquanto Momo ditava *Candide* a Voltaire, o Amor traçava com seu archote todas as ardentes páginas de *Julie*, e com razão se poderá dizer que esse livro sublime jamais encontrará imitadores. Possa essa verdade fazer cair a pena das mãos dessa multidão de efêmeros escritores que, há trinta anos, não cessam de produzir más cópias desse imortal original; sintam eles finalmente que, para o conseguir, é necessário ter uma alma de fogo como a de Rousseau, um espírito filosófico como o seu, duas coisas que a natureza não reúne duas vezes no mesmo século.[21]

Passagem significativa, pois, ao mesmo tempo que dá a perceber a repercussão da obra rousseaniana, ao ser citada por um homem que está na prisão há mais de uma década, sugere que a *Héloïse* tornou-se um modelo a ser copiado por outros escritores. E não será apenas na literatura que Rousseau criará modelos. Apesar de tão avesso à moda, o filósofo concebe também tipos exemplares, que orientam a vida de seus leitores. Julie, Sophie, Saint-Preux, *monsieur* de Wolmar serão todos reconhecidos nessa sociedade e lá terão seu lugar. E estarão em seus lares, construindo sua privacidade, realizando sua felicidade — palavra que, já em fins do século XVIII, começa a desalojar outra: o prazer. Fechados em seus ninhos, os leitores de Rousseau entregam-se à intimidade dos corações. Uma intimidade então realizável.

Escrevendo na clandestinidade para um leitor que também deve "se despojar das convenções da literatura bem como dos preconceitos da sociedade", o marquês tematiza um tipo de intimidade que não encontra lugar onde se realizar. E, ao propor um espaço privado que se constitui como o avesso do lar, opondo-se ao modelo rousseauniano, Sade não está apenas construindo uma intimidade negativa: se o *boudoir* é contra a sociedade, ele representa, mais que isso, a criação de uma privacidade restrita

---

[21] SADE, Donatien-Aldonze-François, marquês de. "Idée sur les romans", op. cit., t. 10, p. 69.

ao indivíduo.[22] Esta supõe a diferença entre cada homem, recusando toda teoria que submete a singularidade do sujeito ao corpo social. Seria então a intimidade sadiana uma conquista, equivalente àquelas que seus contemporâneos exaltam e exigem, dando-lhes o nome de "direitos do homem"?[23]

Vale lembrar que aqueles "libertinos e voluptuosos de todas as idades" a quem o autor se dirige na dedicatória de *La philosophie dans le boudoir* não são tipos que se fazem reconhecer no interior da sociedade. Pelo menos, não no grau de excesso com que são apresentados. A rigor, o libertino sadiano é modelo sem concretude, não se realiza no social. Mesmo assim ele será radicalmente recusado.

As raras edições dos livros de Sade na época, quase todas clandestinas e proibidas, o atestam. Porém, mais que isso, os vinte e sete anos que, no Antigo Regime e depois da Revolução, ele passou recluso em prisões e hospícios, onde se perderam dois terços de sua obra, confirmam que a intimidade do seu *boudoir* era absolutamente insuportável para uma sociedade que atribuía ao ideal de felicidade significados bastante abstratos, esforçando-se em desligá-la, o máximo possível, do corpo e do prazer.

Se os "vícios privados" concebidos por Sade já eram indesejáveis para uma corte que tentava domesticar os atos violentos,

---

[22] Theodor W. Adorno, por exemplo, na *Dialética do esclarecimento: fragmentos filosóficos* (Guido Antônio de Almeida [trad.]. Rio de Janeiro: Zahar, 1986), propõe o libertino sadiano como figura emblemática do avesso da privacidade burguesa. Se de um lado essa interpretação realça a vertente crítica da obra de Sade, ao defini-lo exclusivamente como um negativo da ordem burguesa Adorno dificulta a compreensão do que é mais singular na filosofia sadiana, a saber, a criação de um lugar que produz uma intimidade de valor absolutamente individual, sem nenhum laço com a sociedade.

[23] O tema é atual e polêmico. Se tomarmos um trabalho de fôlego como o de Richard Sennett, *O declínio do homem público: as tiranias da intimidade*, op. cit., percebemos que a intimidade é tomada como valor negativo, e não como conquista. As "tiranias da intimidade", diz ele, impedem o homem de exercitar sua liberdade política, impelindo-os, mais e mais, às atitudes privadas, pessoais. É certo que a afirmação do autor diz bem mais respeito ao século XX (e bem provavelmente a seu país de origem, os Estados Unidos) que à França setecentista. Não cabe, neste trabalho, discutir as formas que o sentimento de privacidade tomou na sociedade contemporânea; mas o que é importante ao lermos a tese de Sennett à luz de Sade é que se torna impossível a generalização do modelo criticado pelo autor. Resta-nos refletir sobre a perda desse sentido outro de intimidade em nossos dias e verificar, seguindo a linha de Sennett, mas considerando também a significativa contribuição de Michel Foucault a essa temática, as razões pelas quais se consolidou um modelo de privacidade marcado pela mesquinhez e pela vigilância.

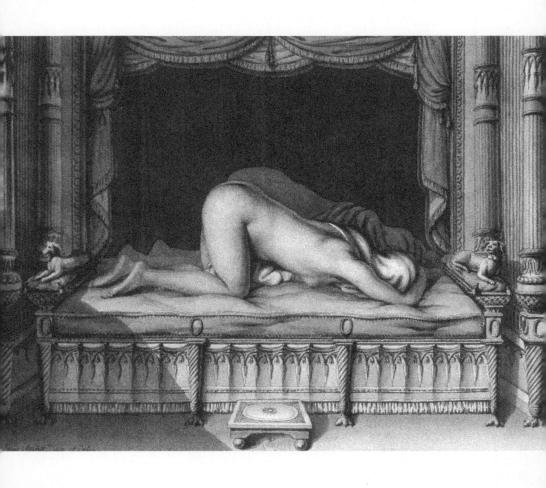

"Figures lascives et obscènes — Dessin d'un boudoir, côté du canapé" — Aquarela de Jean-Jacques Lequeu, França, século XVIII.

empenhando-se na elaboração de procedimentos civilizatórios, tornam-se ainda mais inaceitáveis para a família burguesa que se construía através de "ideais do amor". Na segunda metade do século XVIII, período no qual Foucault reconhece um "acontecimento subterrâneo", uma "profunda ruptura" que transforma os saberes e as sensibilidades, período que Michel Vovelle credencia como produtor de "sensibilidades de transição", um novo projeto de sociedade começava a se consolidar, excluindo a violência de seu discurso e só reconhecendo-a em sua ausência. Mais tarde, quando esse projeto estiver realizado, a crueldade sadiana será considerada; e catalogada como patologia, perversão, enfim, como *sadismo*, para marcar sua distância dos valores sociais. Mais que nunca, importará lançá-la aos declives da loucura.

Por volta de 1760, diz Jean Paulhan, as almas sensíveis nutriram-se com as leituras das *Voyages de Bougainville, Sauvages de Tahiti, Histoires de Sévarambes, Suppléments aux voyages*, através dos quais conheceram o homem primitivo, fora dos códigos morais e das leis. Homens "sem fé, sem lei, sem rei", que, desde o século XVI, foram descritos pelos viajantes, reais ou ficcionais, como praticantes de horríveis crueldades. Esses relatos de viagem, detalhando as mais exóticas formas de suplícios, constituíram um público fiel, na cidade e na corte, amante de uma literatura "que contém (com as imagens) mais torturas que toda a obra de Sade, e com maior refinamento".[24]

Nenhuma novidade, então, em Sade. As mortes lentas, os suplícios cruéis, as orgias sangrentas, os assassinatos em massa já haviam tomado seu lugar na literatura da época. Lugar de honra, ao lado da obra dos enciclopedistas, não menos afeitos aos exemplos dos selvagens que aos da virtude. Estranha-se que o marquês não tenha recorrido às figuras desses "maus selvagens". Com exceção do reino de Butua, em *Aline et Valcour*, não há, em sua obra, nenhum elogio a primitivos sanguinários; quando busca

---

[24] PAULHAN, Jean. *Le marquis de Sade et sa complice: ou, Les revanches de la pudeur*. Bruxelas: Complexa, 1987, p. 60.

alteridades, e o faz com frequência, ele prefere as grandes civilizações do passado: os persas, os gregos, os romanos. Nenhuma novidade, talvez, na obra sadiana, a não ser esta, que só um século depois de sua morte emerge da obscuridade: a presença da crueldade, não no outro, mas em si mesmo. A violência de cada um e de todos. Porém, ainda mais que isso, o que ele faz, no distante século XVIII, é deslocá-la para um novo lugar, abrigando-a no *boudoir*, espaço do prazer.

Apontando a supremacia da imaginação sobre o biográfico — ou o primado da fantasia sobre o vivido —, Sade realiza na literatura uma ficção absoluta do eu, produzindo outra felicidade para o homem íntimo, construindo para ele um lugar onde tudo é suprido, onde não há amor nem fome, signos da falta. Um século depois, Freud e a psicanálise vão instalar-se nessa região limítrofe entre o prazer e a dor, percebendo, num momento de extrema privacidade do sujeito, que o ponto que os separa também os une. Mas, então, o erotismo já terá se cristalizado em sexualidade; o divã toma o lugar da otomana, e o consultório substitui o *boudoir*. Haverá um grande hiato, um vazio, a isolar a fala e o corpo. Entre Sade e Freud, um abismo.

BIBLIOGRAFIA

I — Epígrafes
As epígrafes que abrem as diversas partes de cada capítulo são todas de Sade, em *Oeuvres complètes*, Paris, Jean-Jacques Pauvert, 1986-1988, t. 1-10, a saber:

1 — A viagem
I *Histoire de Juliette*, t. 8, p. 595.
II "Florville et Curval", in *Les crimes de l'amour*, t. 10, p. 299.
III *Histoire de Juliette*, op. cit., t. 9, p. 193.

2 — O castelo
I *La nouvelle Justine*, t. 7, p. 62.
II *Les 120 journées de Sodome*, t. 1, p. 76.
III *La nouvelle Justine*, t. 6, p. 298.
IV *La nouvelle Justine*, t. 6, p. 292.

3 — O teatro
I *Histoire de Juliette*, t. 9, p. 165.
II *Histoire de Juliette*, t. 9, p. 567.
III *L'union des arts ou les ruses de l'amour*, citado por LE BRUN, Annie. *Soudain un bloc d'abîme: introduction aux oeuvres complètes*, Paris, Jean-Jacques Pauvert, 1986, p. 144.

4 — O banquete
I *Les 120 journées de Sodome*, t. 1, p. 124.
II *Les 120 journées de Sodome*, t. 1, p. 106.
III *Les 120 journées de Sodome*, t. 1, p. 183.
IV *Histoire de Juliette*, t. 8, p. 598.

5 — O boudoir
I *La philosophie dans le boudoir*, t. 3, p. 392.
II *Histoire de Juliette*, t. 8, pp. 593-594.
III *Histoire de Juliette*, t. 9, p. 582.
IV *Histoire de Juliette*, t. 8, p. 599.

II — Obras de Sade

SADE, Donatien-Aldonze-François, marquês de. *Histoire secrète d'Isabelle de Bavière, reine de France*. Paris: Union Générale d'Éditions, 1968. (Le Monde em 10/18, 396-397).
_____. *La Marquise de Ganges*. Paris: Belfond, 1965.
_____. *Lettres choisis*. Paris: Union Générale d'Éditions, 1969. (Le Monde en 10/18, 443).
_____. *Oeuvres complètes*. Paris: Jean-Jacques Pauvert, 1986-1988, t. 1-10.
_____. *Opuscules et lettres politiques*. Paris: Union Générale d'Éditions, 1979. (Le Monde en 10/18, 1321).

III — *Outras obras*

ADORNO, Theodor W. "Juliette ou esclarecimento e moral". In: _____. *Dialética do esclarecimento: fragmentos filosóficos*. Guido Antônio de Almeida (trad.). Rio de Janeiro: Zahar, 1986.
ALEWYN, Richard. *L'univers du barroque*. Genebra: Gonthier, 1964.
APOLLINAIRE, Guillaume. *El Marqués de Sade*. Hugo Acevedo (trad.). Buenos Aires: Brújula, 1970.
ARENDT, Hannah. *A condição humana*. Roberto Raposo (trad.). Rio de Janeiro: Forense-Universitária/Salamandra; São Paulo: Edusp, 1981.
ARIÈS, Philippe. *História social da criança e da família*. Dora Flaksman (trad.). Rio de Janeiro: Zahar, 1978.
ARIÈS, Philippe; DUBY, Georges (dir.). *Histoire de la vie privée*. Paris: Seuil, 1986, t. 3: De la Renaissance aux lumières.
ARNAUD, Alain; EXCOFFON-LAFARGE, Gisèle. *Bataille*. Paris: Seuil, 1978.
ARTAUD, Antonin. *O teatro e seu duplo*. Teixeira Coelho (trad.). São Paulo: Max Limonad, 1984.
BACHELARD, Gaston. *A poética do espaço*. Antônio de Pádua Danesi (trad.). São Paulo: Martins Fontes, 1988.
BADINTER, Elisabeth. *Um amor conquistado: o mito do amor materno*. Waltensir Dutra (trad.). Rio de Janeiro: Nova Fronteira, 1985.
BAKHTIN, Mikhail. *A cultura popular na Idade Média e no Renascimento: o contexto de François Rabelais*. Yara Frateschi Vieira (trad.). São Paulo: Hucitec, 1987.
BARTHES, Roland. *Roland Barthes por Roland Barthes*. Leyla Perrone-Moisés (trad.). São Paulo: Cultrix, 1977.
_____. *Sade, Fourier, Loiola*. Maria de Santa Cruz (trad.). Lisboa: Edições 70, 1979.
BATAILLE, Georges. *La literatura y el mal: Emily Brontë, Baudelaire, Michelet, Blake, Sade, Proust, Kafka, Genet*. Lourdes Ortiz (trad.). Madri: Taurus, 1981.
_____. *A parte maldita precedida de A noção de despesa*. Julio Castañon Guimarães (trad.). Rio de Janeiro: Imago, 1975.
_____. *O erotismo: o proibido e a transgressão*. Lisboa: Moraes, 1970.
_____. *El aleluya y otros textos*. Madri: Alianza Editorial, 1981.

Baudelaire, Charles. *Os paraísos artificiais*. Alexandre Ribondi (trad.). Porto Alegre: L&PM, 1982.

Beaujour, Michel. "Peter Weiss and the futility of sadism". *The House of Sade: Yale French Studies*. New Haven: Eastern Press, n. 35, jan. 1965.

Beauvoir, Simone de, "Deve-se queimar Sade?". In: Sade, Donatien-Aldonze-François, marquês de; Beauvoir, Simone de. *Novelas do Marquês de Sade e um estudo de Simone de Beauvoir*. Augusto de Sousa (trad.). São Paulo: Difusão Europeia do Livro (Difel), 1961.

Beckford, William. *Vathek*. Henrique de Araújo Mesquita (trad.). Porto Alegre: L&PM, 1986.

Belaval, Yvon. *L'esthétique sans paradoxe de Diderot*. Paris: Gallimard, 1950.

_____. "Notes". In: Sade, Donatien-Aldonze-François, marquês de. *La philosophie dans le boudoir: ou les instituers immoraux*. Paris: Gallimard, 1976.

_____. "Préface". In: Sade, Donatien-Aldonze-François, marquês de. *La philosophie dans le boudoir: ou les instituers immoraux*. Paris: Gallimard, 1976.

Benjamin, Walter. *Magia e técnica, arte e política: ensaios sobre literatura e história da cultura*. Sérgio Paulo Rouanet (trad.). São Paulo: Brasiliense, 1987. (Obras Escolhidas, 1).

_____. *Rua de mão única*. Rubens Rodrigues Torres Filho e José Carlos Martins Barbosa (trads.). São Paulo: Brasiliense, 1987. (Obras Escolhidas, 2).

Blanchot, Maurice. *Lautréamont et Sade: avec le texte integral de* Chants de Maldoror. Paris: Minuit, 1963.

_____. "La raison de Sade". In: _____. *Sade et Restif de la Bretonne*. Bruxelas: Complexe, 1986.

Bomel-Rainelli, Béatrice. "Sade ou l'alimentation générale". *Dix-huitieme Siècle*. Paris: Garnier, n. 15, 1983. Aliments et cuisine.

Bonnet, Jean-Claude. "Sade historien". In: *Sade, écrire la crise [Colloque tenu au] Centre Culturel International de Cerisy-la-Salle [19 au 29 juin 1981]*. Paris: Pierre Belfond, 1983.

Borges, Luiz Augusto Contador. "Sade e a revolução dos espíritos". In: Sade, Donatien--Aldonze-François, marquês de. *Ciranda dos libertinos*. Luiz Augusto Contador Borges (trad.). São Paulo: Max Limonad, 1988.

Bouer, André. "La Coste, laboratoire du Sadisme". In: *Le Marquis de Sade: Colloque d'Aix-en-Provence sur Le Marquis de Sade, les 19 et 20 février 1968*. Paris: Armand Colin, 1968.

Braudel, Fernand. *O espaço e a história no Mediterrâneo*. Marina Appenzeller (trad.). São Paulo: Martins Fontes, 1988.

Braunfels, Wolfgang. *Arquitectura monacal en Occidente*. Michael Faber-Kaiser (trad.). Barcelona: Barral, 1974.

Breton, André. *La clé du champs*. Paris: Jean-Jacques Pauvert, 1953.

Bretonne, Nicolas-Edmé Restif de la. *As noites revolucionárias*. Marina Appenseller e Luiz Paulo Rouanet (trads.). São Paulo: Estação Liberdade, 1989.

Brillat-Savarin, Jean Anthelme. *A fisiologia do gosto*. Enrique Renteria (trad.). Rio de Janeiro: Salamandra, 1989.

Brochier, Jean-Jacques. "La circularité de l'espace". In: *Le Marquis de Sade: Colloque d'Aix-en-Provence sur Le Marquis de Sade, les 19 et 20 février 1968*. Paris: Armand Colin, 1968.

Brown, Judith C. *Atos impuros: a vida de uma freira lésbica na Itália da Renascença*. Cláudia Sant'Ana Martins (trad.). São Paulo: Brasiliense, 1987.

Brunhes, Jean et al. *Geografia humana*. Joaquina Comas Ros (trad.). Barcelona: Juventud, 1955.

Candido, Antonio. "Catástrofe e sobrevivência". In: _____. *Tese e antítese: ensaios*. São Paulo: Companhia Editora Nacional, 1964.

_____. "Melodia impura". In: _____. *Tese e antítese: ensaios*. São Paulo: Companhia Editora Nacional, 1964.

Carvalho, José Carlos de Paula. "A corporeidade outra". In: Ribeiro, Renato Janine (org.). *Recordar Foucault: os textos do Colóquio Foucault*. São Paulo: Brasiliense, 1985.

Chanover, E. Pierre. *The Marquis de Sade: a bibliography*. Metuchen: Scarecrow Press, 1973.

Charney, Maurice. *Sexual fiction*. Nova York: Methuen, 1981.

Châtelet, Noëlle. "Le libertin à table". In: *Sade: écrire la crise [Colloque tenu au] Centre Culturel International de Cerisy-la-Salle [19 au 29 juin 1981]*. Paris: Pierre Belfond, 1983.

Chaunu, Pierre. *A civilização da Europa das Luzes*. Manuel João Gomes (trad.). Lisboa: Estampa, 1985, 2 v.

Chaussinand-Nogaret, Guy. *La noblèsse au XVIIIeme siècle: de la féodalité aux lumières*. Bruxelas: Complexe, 1984.

Cintra, Luís Filipe Lindley. "Introdução". In: *Crónica geral de Espanha de 1344: a lenda do rei Rodrigo*. Lisboa: Verbo, 1964.

Clastres, Pierre. "Da tortura nas sociedades primitivas". In: _____. *A sociedade contra o Estado: pesquisas de antropologia política*. Théo Araújo Santiago (trad.). Rio de Janeiro: Francisco Alves, 1978.

Cleland, John. *Fanny Hill: memoirs of a woman of pleasure*. Londres: Granada, 1982.

Coelho, Rui. "Do sobrenatural ao inconsciente". *Folha de S.Paulo*, São Paulo, 2 out. 1987. Folhetim.

Coelho, Teixeira. *Antonin Artaud*. São Paulo: Brasiliense, 1983.

Constant, Benjamin. "Da liberdade dos antigos comparada à dos modernos". In: *Filosofia Política*. Porto Alegre: L&PM, n. 2, 1985 [Loura Silveira (trad.)].

Correia, João David Pinto (org.). *Autobiografia e aventura na literatura de viagens: a "Peregrinação" de Fernão Mendes Pinto*. Lisboa: Editorial Comunicação; Seara Nova, 1979.

Crepax, Guido. *Justine*. São Paulo: Martins Fontes, 1987.

Darnton, Robert. *Boemia literária e revolução: o submundo das letras no Antigo Regime*. Luís Carlos Borges (trad.). São Paulo: Companhia da Letras, 1987.

_____. "Os leitores respondem a Rousseau: a fabricação da sensibilidade romântica". In: _____. *O grande massacre dos gatos: e outros episódios da história cultural francesa*. Sonia Coutinho (trad.). Rio de Janeiro: Graal, 1986.

Deleuze, Gilles. *Lógica do sentido*. Luiz Roberto Salinas Fortes (trad.). São Paulo: Perspectiva, 1982.

_____. *Sade/Masoch*. José Martins Garcia (trad.). Lisboa: Assírio & Alvim, 1973.

Deprun, Jean. "Sade et la philosophie biologique de son temps". In: *Le Marquis de Sade: Colloque d'Aix-en-Provence sur Le Marquis de Sade, les 19 et 20 février 1968*. Paris: Armand Colin, 1968.

DERRIDA, Jacques. *A escritura e a diferença*. Maria Beatriz Marques Nizza da Silva (trad.). São Paulo: Perspectiva, 1971.

_____. "Este perigoso suplemento...". In: _____. *Gramatologia*. Miriam Schnaiderman e Renato Janine Ribeiro (trads.). São Paulo: Perspectiva, 1973.

DESBORDES, Jean. *O verdadeiro rosto do Marquês de Sade*. Frederico dos Reys Coutinho (trad.). Rio de Janeiro: Vecchi, 1968.

DIBIE, Pascal. *O quarto de dormir: um estudo etnológico*. Paulo Azevedo Neves da Silva (trad.). Rio de Janeiro: Globo, 1988.

DIDEROT, Denis. *Discurso sobre a poesia dramática*. Luiz Fernando Batista Franklin de Matos (trad.). São Paulo: Brasiliense, 1986.

_____. *Les Bijoux indiscrets*. Paris: Garnier-Flammarion, 1968.

_____. *Paradoxo sobre o comediante*. In: _____. *Diderot*. Marilena de Souza Chaui e J. Guinsburg (trads.). São Paulo: Abril Cultural, 1979 (Os Pensadores).

DIDIER, Béatrice. *Sade, essai: une écriture du* désir. Paris: Denoël/Gonthier, 1976.

_____. "Commentaires et éclairissements". In: SADE, Donatien-Aldonze-François, marquês de. *Les crimes de l'amour*. Paris: Librairie Générale Française, 1972.

_____. "Préface". In: SADE, Donatien-Aldonze-François, marquês de. *Les crimes de l'amour*. Paris: Librarie Générale Française, 1972.

DIX-HUITIEME Siècle. Paris: Garnier, n. 15, 1983. Aliments et cuisine.

DOUGLAS, Mary. *Pureza e perigo*. Mônica Siqueira Leite de Barros e Zilda Zakia Pinto (trads.). São Paulo: Perspectiva, 1976.

DUCHET, Michèle. *Antropología e historia en el Siglo de las Luces: Buffon, Voltaire, Rousseau, Helvecio, Diderot*. Francisco González Aramburo (trad.). Cidade do México: Siglo XXI, 1984.

ELIAS, Norbert. *A sociedade de corte*. Ana Maria Alves (trad.). Lisboa: Estampa, 1987.

EUROPE. Paris: Europe; Messidor; Temps Actuels, n. 659, 1984. Le Roman gothique.

FABRE, Jean. "Sade et le roman noir". In: *Le Marquis de Sade: Colloque d'Aix-en-Provence sur Le Marquis de Sade, les 19 et 20 février 1968*. Paris: Armand Colin, 1968.

FINK, Béatrice. "Lecture alimentaire de l'utopie sadienne". In: *Sade: écrire la crise [Colloque tenu au] Centre Culturel International de Cerisy-la-Salle [19 au 29 juin 1981]*. Paris: Pierre Belfond, 1983.

FOUCAULT, Michel, *As palavras e as coisas: uma arqueologia das ciências humanas*. Salma Tannus Muchail (trad.). São Paulo: Martins Fontes, 1981.

_____. *História da loucura*. José Teixeira Coelho Netto (trad.). São Paulo: Perspectiva, 1978.

_____. *História da sexualidade I: a vontade de saber*. Maria Thereza da Costa Albuquerque e J. A. Guilhon Albuquerque (trads.). Rio de Janeiro: Graal, 1980.

_____. *História da sexualidade II: o uso dos prazeres*. Maria Thereza da Costa Albuquerque (trad.). Rio de Janeiro: Graal, 1984.

_____. *Vigiar e punir: nascimento da prisão*. Lígia M. Ponde Vassallo (trad.). Petrópolis: Vozes, 1977.

FRANTZ, Pierre. "Sade: texte, théâtralité". In: *Sade: écrire la crise [Colloque tenu au] Centre Culturel International de Cerisy-la-Salle [19 au 29 juin 1981]*. Paris: Pierre Belfond, 1983.

FRANZ, Marie-Louise von. *A interpretação dos contos de fada*. Rio de Janeiro: Achiamé, 1981.

_____. *A sombra e o mal nos contos de fada*. Maria Christina Penteado Kujawski (trad.). São Paulo: Paulinas, 1985.

GALLOP, Jane. *Intersections: a reading of Sade with Bataille, Blanchot, and Klossowski*. Lincoln: University of Nebraska Press, 1981.

GAUTIER, Théophile. "A morte amorosa". In: _____. *O clube dos haxixins*. José Thomaz Brum (trad.). Porto Alegre: L&PM, 1986.

GAY, Peter. *A educação dos sentidos: a experiência burguesa da rainha Vitória a Freud*. Pat Salter (trad.). São Paulo: Companhia das Letras, 1989.

GOMBRICH, E. H. *A história da arte*. Álvaro Cabral (trad.). Rio de Janeiro: Zahar, 1985.

GOMES, Manuel João. "Introdução". In: WALPOLE, Horace. *O castelo de Otranto*. Manuel João Gomes (trad.). Lisboa: Estampa, 1978.

GOULEMOT, Jean-Marie. "Beau marquis parlez-nous d'amour". In: *Sade: écrire la crise [Colloque tenu au] Centre Culturel International de Cerisy-la-Salle [19 au 29 juin 1981]*. Paris: Pierre Belfond, 1983.

_____. "Les pratiques littéraires ou la publicité du privé". In: ARIÈS, Philippe; DUBY, Georges (dir.). *Histoire de la vie privée*. Paris: Seuil, 1986, t. 3: De la Renaissance aux lumières.

_____. "Un roman de la Révolution: *Le voyageur sentimental en France sous Robespierre* de François Vernes". *Europe*. Paris: Europe; Messidor; Temps Actuel, n. 659, 1984. Le roman gothique.

GROMORT, Georges. *Histoire abrégée de l'architecture de la Reinassance en France: XVIe, XVIIe et XVIIIe siècles*. Paris: Vincent, Fréal & Cie., 1930.

GROSRICHARD, Alain. *Estructura del harén: la ficción del despotismo asiático en el Occidente clásico*. Marta Vasallo (trad.). Barcelona: Petrel, 1981.

GUADALUPI, Gianni; MANGUEL, Alberto. *The dictionary of imaginary places*. Nova York: MacMillan, 1980.

GUICHARNAUD, Jacques. "The wreathed columns of St. Peter". *The House of Sade: Yale French Studies*. New Haven: Eastern Press, n. 35, jan. 1965.

HÉNAFF, Marcel. *Sade, L'invention du corps libertin*. Paris: Presses Universitaires de France (PUF), 1978.

HOBBES, Thomas. *Leviatã ou matéria, forma e poder de um Estado eclesiástico e civil*. João Paulo Monteiro e Maria Beatriz Nizza da Silva (trads.). São Paulo: Abril Cultural, 1979 (Os Pensadores).

HOFFMANN, E.T.A. *O castelo mal-assombrado*. Ary Quintela (trad.). São Paulo: Global, 1985.

_____. *Sor Monika: documento filantropínico-filantrópico-físico-psico-erótico del convento secular de X en S*. Jordi Jané (trad.). Barcelona: Tusquets, 1986.

HOSKINS, William George. *The making of the English landscape*. Harmondsworth: Penguin, 1977.

JUIN, Hubert. "Les infortunes de la raison". In: SADE, Donatien-Aldonze-François, marquês de. *Les Infortunes de la vertu*. Paris: Reinassance, 1970.

_____. "Une raison deraisonnable". In: SADE, Donatien-Aldonze-François, marquês de. *Les Crimes de l'amour*. Paris: Renaissance, 1970.

KLOSSOWSKI, Pierre. *Sade, meu próximo*. Armando Ribeiro (trad.). São Paulo: Brasiliense, 1985.

"Le diable et la liseuse de romans" — Desenho de Antoine Wiertz, Bélgica, 1853.

LACLOS, Choderlos. *As relações perigosas: ou cartas recolhidas num meio social e publicadas para ensimanento de outros*. Carlos Drummond de Andrade (trad.). Rio de Janeiro: Ediouro, [s.d.].

LEACH, Edmund. *Cultura e comunicação: a lógica pela qual os símbolos estão ligados; introdução ao uso da análise estruturalista em antropologia social*. Carlos Roberto Oliveira (trad.). Rio de Janeiro: Zahar, 1978.

LE BRUN, Annie. *Les châteaux de la subversion*. Paris: Jean-Jacques Pauvert; Garnier, 1982.

_____. *Sade, aller et détours*. Paris: Plon, 1989.

_____. *Soudain un bloc d'abîme, Sade: introduction aux oeuvres complètes*. Paris: Jean-Jacques Pauvert, 1986.

LE Marquis de Sade: Colloque d'Aix-en-Provence sur Le Marquis de Sade, les 19 et 20 février 1968. Paris: Armand Colin, 1968.

LEBRUN, Gérard. "O cego e o filósofo, ou o nascimento da antropologia". *Discurso*. São Paulo: Faculdade de Filosofia, Letras e Ciências Humanas da Universidade de São Paulo (FFLCH-USP), v. 3, n. 3, pp. 127-140, 1972.

LÉLY, Gilbert. *Vie du Marquis de Sade*. Paris: Gallimard, 1952-1957, 2 t.

LIMA, Luiz Costa. "Júbilos e misérias do pequeno eu". In: *Sociedade e discurso ficcional*. Rio de Janeiro: Guanabara, 1986.

_____. "Stendhal e a Itália". In: STENDHAL. *Crônicas italianas*. Sebastião Uchoa Leite (trad.). São Paulo: Max Limonad, 1981.

LORAUX, Nicole. *Maneiras trágicas de matar uma mulher: imaginário da Grécia antiga*. Mário da Gama Kury (trad.). Rio de Janeiro: Zahar, 1988.

LOVECRAFT, Howard Phillis. *O horror sobrenatural na literatura*. João Guilherme Linke (trad.). Rio de Janeiro: Francisco Alves, 1987.

LUSEBRINK, Hans-Jürgen. "La Bastille, château gothique". *Europe*. Paris: Europe; Messidor; Temps Actuels, n. 659, 1984. Le roman gothique.

MAISTRE, Xavier de. *Viagem à roda do meu quarto: e Expedição noturna à roda do meu quarto*. Marques Rebelo (trad.). São Paulo: Estação Liberdade, 1989.

MANDIARGUES, André Pieyre. "Préface", In: SADE, Donatien-Aldonze-François, marquês de. *Histoire de Juliette: ou, Les prospérités du vice*. Paris: Jean-Jacques Pauvert, 1967.

MATOS, Luiz Fernando Batista Franklin de. "Os filósofos e o teatro da revolução". *Folha de S.Paulo*, São Paulo, 29 out. 1988. Folhetim.

MICHEL, Bernard. *Sacher-Masoch: 1836-1895*. Paris: Robert Laffond, 1989.

MOLINO, Jean. "Sade devant la beauté". In: *Le Marquis de Sade: Colloque d'Aix-en-Provence sur Le Marquis de Sade, les 19 et 20 février 1968*. Paris: Armand Colin, 1968.

MONTESQUIEU, Charles-Louis de Secondat, barão de. *Cartas persas*. Mário Barreto (trad.). Belo Horizonte: Itatiaia, 1960.

MORAES, Eliane Robert. *Marquês de Sade: um libertino no salão dos filósofos*. São Paulo: Educ, 1992.

_____. "Quase plágio: o *roman noir*". *334 Letras*. Rio de Janeiro: Nova Fronteira/34 Literatura, n. 5-6, set. 1989.

_____. "Sade, uma proposta de leitura". In: TRONCA, Italo (org.). *Foucault vivo*. Campinas: Pontes, 1987.

MOREL, Jacques. "Le théâtre français". In: DUMUR, Guy (dir.). *Histoire des spectacles*. Paris: Gallimard, 1965.

NIETZSCHE, Friedrich. *Genealogia da moral: um escrito polêmico*. Paulo César Souza (trad.), São Paulo: Brasiliense, 1987.

PAULHAN, Jean. *Le Marquis de Sade et sa complice: ou, Les revanches de la pudeur*. Bruxelas: Complexe, 1987.

PAUVERT, Jean-Jacques. *Sade vivant*. Paris: Robert Laffond/Jean-Jacques Pauvert, 1986, v. 1: Une innocence sauvage: 1740-1777.

PAZ, Octavio. "El banquete y el ermitaño". In: _____. *Corriente alterna*. Cidade do México: Siglo XXI, 1969.

PEIXOTO, Fernando. *Sade: vida e obra*. Rio de Janeiro: Paz e Terra, 1979.

PESSANHA, José Américo Motta. "A imagem do corpo". In: *A imagem do corpo nu*. Rio de Janeiro: Fundação Nacional de Artes (Funarte)/Instituto Nacional do Livro (INF), 1986.

PLATÃO. *O banquete*. Sampaio Marinho (trad.). Lisboa: Europa-América, 1977.

PLEYNET, Marcelin. "Sade, des chiffres, des lettres, du renfermement". *Tel Quel*. Paris: Seuil, n. 86, pp. 26-37, 1980.

PRADO Jr., Bento. "Gênese e estrutura dos espetáculos: notas sobre a *Lettre à d'Alembert* de Jean-Jacques Rousseau". *Estudos Cebrap*. São Paulo: Centro Brasileiro de Análise e Planejamento (Cebrap)/Editora Brasileira de Ciências, n. 14, pp. 6-34, out.-nov.-dez. 1975.

PRÉVOST, Antoine François, abade. *Manon Lescaut*. Casimiro L. M. Fernandes (trad.). Rio de Janeiro: Ediouro, [s.d.].

QUAINI, Massimo. *A construção da geografia humana*. Liliana Lagana Fernandes (trad.). Rio de Janeiro: Paz e Terra, 1983.

QUINCEY, Thomas de. *Confissões de um comedor de ópio*. Porto Alegre: L&PM, 1982.

_____. *Do assassinato, como uma das belas-artes*. Henrique de Araújo Mesquita (trad.). Porto Alegre: L&PM, 1985.

RABELAIS, François. *Gargantua*. Aristides Lobo (rtad.). São Paulo: Hucitec, 1986.

RADCLIFFE, Ann. *O italiano ou o confessionário dos penitentes negros*. Manuel João Gomes (trad.). Lisboa: Estampa, 1979.

RANUM, Orest. "Les refuges de l'intimité". In: ARIÈS, Philippe; DUBY, Georges (dir.). *Histoire de la vie privée*. Paris: Seuil, 1986, t. 3: De la Renaissance aux lumières.

REICHLER, Claude. *L'age libertin*. Paris: Minuit, 1987.

RIBEIRO, Renato Janine. *A etiqueta no Antigo Regime: do sangue à doce vida*. São Paulo: Brasiliense, 1983.

_____. "A glória". In: VÁRIOS AUTORES. *Os sentidos da paixão*. São Paulo: Companhia das Letras, 1987.

_____. "A política de Don Juan". In: VÁRIOS AUTORES. *A sedução e suas máscaras: ensaios sobre Don Juan*. São Paulo: Companhia das Letras, 1988.

_____. *Ao leitor sem medo: Hobbes escrevendo contra o seu tempo*. São Paulo: Brasiliense, 1984.

_____. "O discurso diferente". In: *Recordar Foucault: os textos do Colóquio Foucault*. São Paulo: Brasiliense, 1985.

ROGER, Philippe. "La trace de Fénelon". In: *Sade: écrire la crise [Colloque tenu au] Centre Culturel International de Cerisy-la-Salle [19 au 29 juin 1981]*. Paris: Pierre Belfond, 1983.

_____. *Sade: la philosophie dans le pressoir*. Paris: Bernard Grasset, 1976.

Rouanet, Sérgio Paulo. *O espectador noturno: a Revolução Francesa através de Rétif de la Bretonne*. São Paulo: Companhia das Letras, 1988.

Rousseau, Jean-Jacques. *Carta a d'Alembert*. In: _____. *Obras*. Lourdes Santos Machado (trad.). Porto Alegre: Globo, 1958.

_____. *Considerações sobre o governo da Polônia e sua reforma projetada*. Luiz Roberto Salinas Fortes (trad.). São Paulo: Brasiliense, 1982.

_____. *Discurso sobre a origem e os fundamentos da desigualdade entre os homens*. In: _____. *Rousseau*. São Paulo: Abril Cultural, 1978 (Os Pensadores).

_____. *Émile: ou l'education*. Paris: Bibliothèque Larousse, [s.d.].

_____. *Les rêveries du promeneur solitaire*. Paris: Garnier; Flammarion, 1964.

Sade: *écrire la crise* [Colloque tenu au] Centre Culturel International de Cerisy-la-Salle [19 au 29 juin 1981]. Paris: Pierre Belfond, 1983.

Sedgwick, Eve Kosofsky. *The coherence of gothic conventions*. Nova York: Methuen, 1986.

Sennett, Richard. *O declínio do homem público: as tiranias da intimidade*. Lygia Araújo Watanabe (trad.). São Paulo: Companhia das Letras, 1988.

Shorter, Edward. *Naissance le da famille moderne*. Paris: Seuil, 1977.

Sollers, Philippe. *L'écriture et l'expérience des limites*. Paris: Seuil, 1968.

Sombart, Werner. *Lujo y capitalismo*. Luis Isabel (trad.). Madri: Alianza Editorial, 1979.

Souza, Gilda de Mello e. *O espírito das roupas: a moda do século XIX*. São Paulo: Companhia das Letras, 1987.

Starobinski, Jean. *1789: les emblèmes de la raison*. Paris: Flammarion, 1979.

Stendhal. *Crônicas italianas*. Sebastião Uchoa Leite (trad.). São Paulo: Max Limonad, 1981.

Stoker, Bram. *Drácula*. Theobaldo de Souza (trad.). Porto Alegre: L&PM, 1985.

The House of Sade: *Yale French Studies*. New Haven: Eastern Press, n. 35, jan. 1965.

Turner, Victor Witter. *O processo ritual: estrutura e antiestrutura*. Petrópolis: Vozes, 1974.

Vailland, Roger. *Le regard froid: réflexions, esquisses, libelles, 1945-1962*. Paris: Bernard Grasset, 1963.

Van Gennep, Arnold. *Os ritos de passagem: estudo sistemático dos ritos da porta e da soleira, da hospitalidade, da adoção, gravidez e parto, mascimento, infância, puberdade, iniciação, ordenação, coroação, noivado, casamento, funerais, estações etc*. Mariano Ferreira (trad.). Petrópolis: Vozes; São Paulo: Edusp, 1978.

Voltaire. *Contos*. Mário Quintana (trad.). São Paulo: Abril Cultural, 1979.

Vovelle, Michel. *Ideologias e mentalidades*. Maria Júlia Goldwasser (trad.). São Paulo: Brasiliense, 1987.

_____. "Sade, seigneur de village". In: *Le Marquis de Sade: Colloque d'Aix-en-Provence sur Le Marquis de Sade, les 19 et 20 février 1968*. Paris: Armand Colin, 1968.

Walpole, Horace. *O castelo de Otranto*. Manuel João Gomes (trad.). Lisboa: Estampa, 1978.

Weiss, Peter. *Perseguição e assassinato de Jean-Paul Marat representados pelo grupo teatral do hospício de Charenton, sob a direção do senhor de Sade: drama em 2 atos*. João Marschner (trad.). São Paulo: Grijalbo, 1968.

Wilde, Oscar. *O fantasma de Canterville*. Isabel Paquet de Araripe (trad.). Rio de Janeiro: Marco Zero, 1986.

Retrato imaginário de Sade — Desenho de H. Biberstein, França, 1912.

CADASTRO
ILUMI//URAS

Para receber informações
sobre nossos lançamentos e
promoções envie e-mail para:

cadastro@iluminuras.com.br

Este livro foi composto em Garamond pela *Iluminuras*
e foi impresso nas oficinas da *Meta Brasil Gráfica*, em
Cotia, SP, sobre papel offwhite 80 gramas.